SEGREDOS ENTERRADOS DISPENSAM COVEIRO

Título: Segredos Enterrados Dispensam Coveiro

Edição: Cláudia Lemes
Publisher: Artur Vecchi
Revisão: Camilla Villalba
Projeto Gráfico: Pedro Cruvinel

1ª edição, 2025
Impresso no Brasil/ Printed in Brazil

Dados Internacionais de catalogação na Publicação (CIP)
(Câmara Brasileira do Livro, SP, Brasil)

A 785
Artagão, Iza
Segredos enterrados dispensam coveiro / Iza Artagão. –
Porto Alegre : Avec, 2025.

ISBN 978-85-5447-316-7

1. Ficção brasileira I. Título CDD 869.93

Índice para catálogo sistemático:
1.Ficção : Literatura brasileira 869.93

AVEC EDITORA
Caixa Postal 6325
CEP 90035-970
Porto Alegre – RS
contato@aveceditora.com.br
www.aveceditora.com.br
aveceditora

IZA
ARTAGÃO

SEGREDOS ENTERRADOS DISPENSAM COVEIRO

AVEC
ROCKET

1ª EDIÇÃO
2025

ALERTA DE GATILHO

Esta obra aborda temas de violência, estupro, assassinato, grooming e relações familiares conturbadas. Se você é sensível a qualquer um desses assuntos, talvez este livro não seja o ideal para a sua leitura.

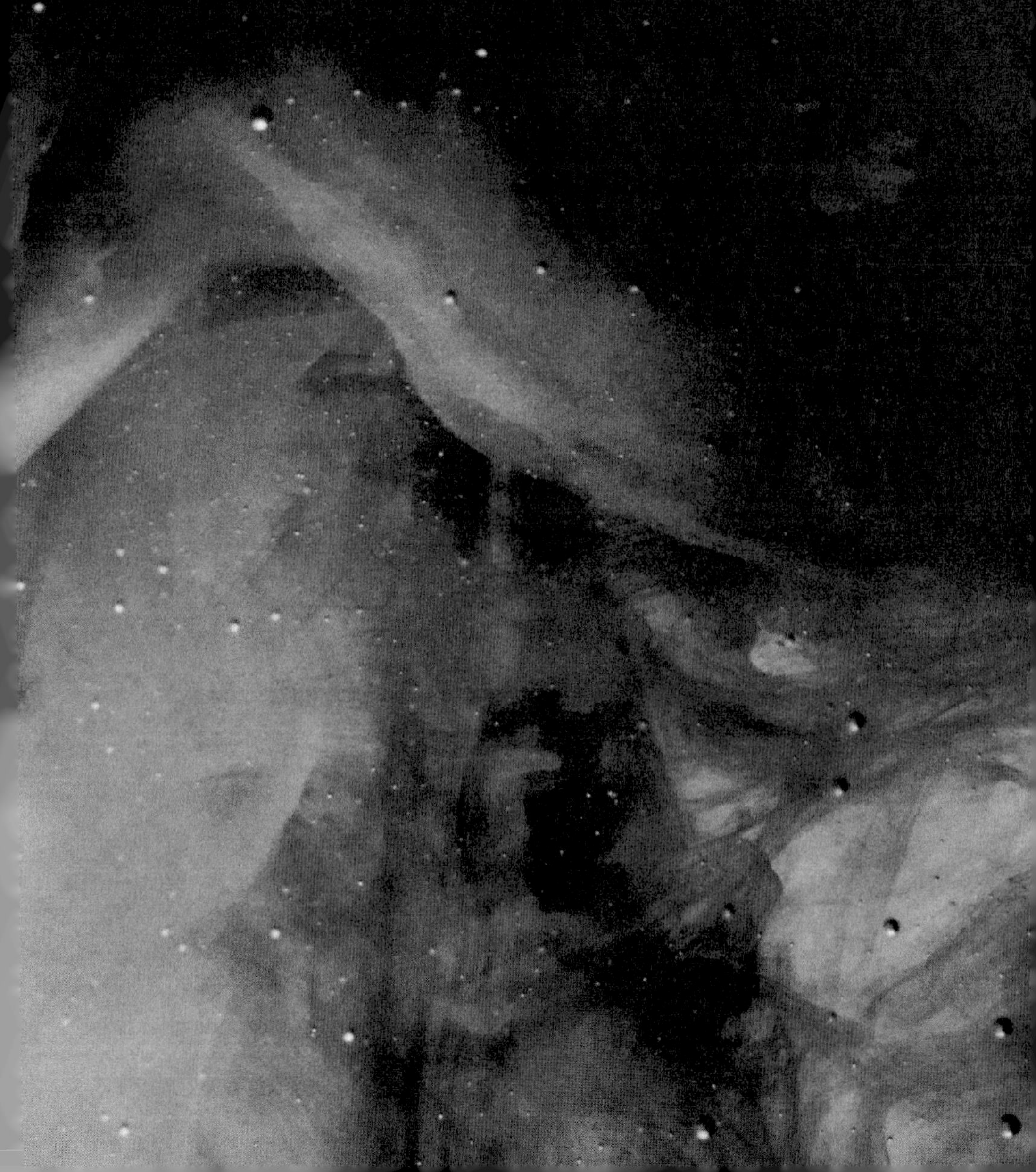

O luto de um filho em
vida dói tanto quanto na morte.

Aos meus filhos, que me ensinaram
o amor incondicional.

CAPÍTULO 1

Segredos destruíram a minha família.

Como um cancro mortal, seus tentáculos venenosos nos consumiram, enquanto a superfície jazia imperturbável. Quando finalmente brotaram explodindo a carne, era tarde demais.

— *O tempo está acabando. Você precisa voltar!*

Sete palavras de merda que eu não queria ouvir.

— Estou no meio de uma investigação importante, pai…

— *Você sempre está no meio de uma investigação, Ariela. O que é mais importante do que se despedir da sua mãe?*

E quem disse que eu desejava me despedir? Há quatorze anos, eu já tinha me despedido, e decidido que era para sempre.

— *Por favor, estou te pedindo… faz pelo teu velho pai. Ela precisa falar contigo para morrer em paz, e eu prometi que você viria…* — A voz deu uma engasgada pelo telefone antes de ele completar a frase.

Meu pai era um bom homem. Minha mãe foi quem me fez conhecer o fundo do poço cedo demais. Descer ao inferno com meros dezesseis anos forjou a mulher que sou hoje, e de quebra desenvolveu a minha asma nervosa e o meu dom para ler canalhas.

O seu Gilberto me protegeu como podia, mas, por mais que tentasse agradá-la e com isso tirar o alvo da minha cabeça, era só ele sair para trabalhar e ela me caçava pela casa. O ódio, palpável nas moléculas do ar, cheirava como um sapo esmagado pela roda do carro e esturricado no asfalto, e nem a porcaria de aerossol com cheirinho de lavanda espirrado em todos os cômodos conseguia disfarçar o fedor.

— *Você está me escutando, minha filha?*

— Ãh? — Se tinha uma coisa que o deixava chateado era não o ouvir. — Sim, pai...

— *Você vem, né? Posso preparar teu quarto?*

Enchi os pulmões de ar, como se me preparasse para um salto profundo em águas frias e turvas, e então mergulhei:

— Pode. Vou adiantar as coisas aqui e tomo a estrada amanhã.

Eu estava de tocaia, no banco do carona do Cavalão, quando o número familiar na tela me socou a cara. Graças ao vício do Marco por café, pude ter aquela conversa com o meu pai a sós.

Eu não menti ao dizer que estava no meio de uma investigação. Marco e eu estávamos em um caso difícil em muitos aspectos: o homicídio de Calvin Soares, um calouro de *odonto*, duas semanas após o início do primeiro semestre de 2024, em uma situação de *bullying* travestida de um trote *inocente*.

"Foi só uma resenha..."

A alegação sarcástica de mera reunião social entre calouros e veteranos, de que todo o ocorrido fora consentido, me causava tanto nojo quanto o estalar da casca dura da barata sendo esmagada por um pé sonâmbulo em busca do banheiro na madrugada — e que tem como bônus a gosma branca deslizando entre os dedos do pé.

E quem fala isso na cara de uma mãe enlutada, ainda por cima pressionando os lábios para disfarçar o sorriso? Os privilegiados, filhinhos de papai, com seus cursinhos pré-Enem, não entendiam os sacrifícios e a luta do Calvin Soares. Com sua cabeleira afro e diploma de escola pública, ele era o *estranho no ninho*. A vítima perfeita.

Tive contato com o Calvin por duas vezes: a primeira, no local do crime, e a outra por meio da sua mãe. Dona Elisa Soares fazia questão de visitar a delegacia semanalmente para substituir a imagem do corpo largado, igual a um entulho, no terreno baldio localizado atrás do campus, pela figura viva do filho.

— Meu filho não bebia — disse ela, abraçando um objeto parecido com um caderno. As bolsas embaixo dos olhos e os sulcos nos cantos da boca eram provas cabais: o sofrimento de fato nos envelhece.

Elisa Soares tinha apenas trinta e oito anos. O cabelo crespo, preso por uma faixa estampada de girassóis, indicava que, apesar da tragédia, a mulher ainda tentava manter o amor-próprio.

— Conseguiram as provas de que aqueles quatro malditos mataram meu menino? Que forçaram ele a beber até morrer? Ou só existe cadeia pra pobre? — Ela me olhava com o queixo levantado e o fosso abaixo dos olhos, úmido.

É foda sustentar o olhar enquanto se diz a uma mãe que os assassinos do seu filho ainda não foram indiciados por não conseguirmos delimitar a conduta e exata participação de cada suspeito no crime, mesmo com as três acareações feitas na delegacia. Eu quis baixar o rosto, mas ela merecia mais. A infeliz, mesmo com todas as porradas da vida, ainda teimava em se levantar da cama, e isso era admirável.

— Dona Elisa, a senhora aceita um cafezinho? — Marco Aurélio se levantou para ceder o lugar. — Senta na minha cadeira, vou lá buscar um para a senhora...

Olhei para a cara dele e a minha vontade era gritar que o *cafezinho do humor* não traria Calvin Soares de volta dos mortos, e nem sempre a merda do café coado em filtro de pano "importado" de Minas funcionava, mas esse era o jeito do Marco ser gentil.

— Não, obrigada... — Dona Elisa apertou o objeto colado ao peito e mexeu a cabeça para os lados. — Me desculpe por parecer falta de respeito, mas não saí cedo de casa e peguei três conduções pra tomar café com vocês. Vim trazer isso... — e virou o objeto abraçado com tanta força. — ... a foto do meu menino.

Calvin Soares sorria. Um sorriso largo e franco, pois os olhos também sorriam. Cascatas de cachos cobriam a testa. A pele, luminosa, como se minúsculas estrelas ali habitassem. Tão diferente do corpo cinza opaco, descartado como sacos de lixo.

— Quero que fique na mesa de vocês pra se lembrarem da pessoa por trás da papelada. — Ela me estendeu o porta-retratos, depois passou as mãos pelo blazer amarelo xadrez feito para alguém maior, e saiu, sem aguardar que a acompanhássemos até a recepção da delegacia.

Agora, Calvin Soares estava ali no Cavalão comigo. Coloquei o porta-retratos no painel do carro e o encarei durante todo o telefonema do meu pai. Eu não podia viajar sem entregar para a dona Elisa o culpado pela morte do filho.

A abertura repentina da porta do motorista me catapultou para longe dos meus pensamentos.

— Aqui ó, comprei um *chai latte*, com canela dobrada, como você gosta. — Marco estendeu o porta-café e se jogou no banco do motorista.

Retirei o copo de plástico sentindo a quentura do chá nas mãos e o pousei no descanso entre os bancos, sem pressa de consumir a bebida. Mofar dentro do carro com o sol a pino me fazia sentir como se eu estivesse dentro de um forno de micro-ondas. Só o Marco para beber café quente como quem bebe água.

— Obrigada — agradeci com sinceridade.

Mirei a calçada por onde iam e vinham centenas de estudantes, e, então, ele estava lá. O jovem com os cabelos de pontas azuis caminhava despreocupadamente com fones no ouvido e a mochila trespassada.

Em uma fração de segundos agarrei a maçaneta e pulei para fora. Ouvi os berros do Marco e, mesmo com o seu tom desesperado invadindo os meus tímpanos, não olhei para trás ao atravessar a rua. Cravei o pé direito na calçada e fui em direção ao Smurf homicida. Quando faltavam cerca de cinco metros para que nos cruzássemos, puxei o distintivo do bolso da jaqueta e estendi bem na cara dele.

Assim, não tem como você me errar...

— André, Inspetora Ariela da Delegacia de Homicídios, lembra de mim? — A minha voz soou um pouco mais aguda, mas o moleque não me conhecia o suficiente para notar a diferença.

Ele puxou os fones das orelhas.

— E dá pra esquecer? — A postura relaxada derreteu.

— Vamos conversar por cinco minutos — determinei, demonstrando não estar aberta a outras opções.

Apontei um banco de cimento em um recuo cercado por um canteiro de plantas e o conduzi para lá. Marco nos alcançou.

O Smurf se sentou.

— O negócio é o seguinte, André... — Apoiei a perna direita no banco e me debrucei sobre o joelho. Eu o encarava, tentando adivinhar o que se passava por trás de seus olhos inquietos. O rapaz engoliu em seco. — A polícia tem provas, você travou a garrafa de cachaça na boca do Calvin. Temos suas impressões digitais no vidro — blefei.

Marco franziu a testa e estreitou os olhos, possivelmente por não concordar com a linha tomada. Ignorei o código Morse emitido pelas suas sobrancelhas. A minha intenção era provocar no rapaz reações que pudessem entregar a sua mentira.

— Mas isso não prova nada... — A voz dele deu uma falhada e ele emudeceu. Puxou o ar e prosseguiu — ... só que toquei na garrafa em algum momento. Só isso.

— Temos uma testemunha que te viu e está disposta a depor. — Dobrei a aposta.

A tensão que ele emanava pelos poros impregnava o ambiente e senti o cheiro do medo. Lembrava arroz azedo. A escolha dele tinha sido proposital, era o elo mais fraco. Marco e eu tínhamos debatido sobre isso depois da última visita da dona Elisa, e a minha intuição era de que André seria o menos resistente diante de uma abordagem daquele tipo. A minha intuição é a minha melhor amiga, já me livrou de várias... A mulher surda à sua intuição é de fato alijada de um dos seus sentidos.

— Hoje é teu dia de sorte... — Fiz uma pausa dramática de poucos segundos. — Se você abrir a boca, não pega cana. Te colocaremos no programa de delação premiada.

— E se eu não disser nada por não saber mesmo de nada? — Apesar da sombra da amendoeira, o suor escorria pelo pescoço dele. Os braços esticados e rígidos e os dedos esbranquiçados de tanto apertarem a ponta do banco falavam por si sós. Ele mentia.

— Vamos te indiciar e você responderá por homicídio doloso, pois assumiu o risco de matar o Calvin. E será o único! Temos tuas digitais e uma testemunha que viu você forçando o menino a beber quando ele já beirava a inconsciência. Fora os seus depoimentos anteriores… lembra deles? Você não negou sua participação no trote. Percebe a sua situação delicada?

Aquilo não fazia parte de nenhum manual de investigação ou de conduta ética, mas às vezes para pegar um culpado é preciso flexibilizar as regras, senão o *jogo* fica desigual. Não dava para continuar a bancar a virtuosa; não com esse sistema, tampouco com os parcos recursos da polícia.

— Além disso, você é o mais fodido da sua galera…

— Na verdade, Paixão, ele é o amigo duro que anda com os riquinhos porque não aceita a própria dureza e se contenta com as migalhas. — A fala do Marco foi tão forte quanto um tiro. — Em qual mundo você vive, rapaz, pra achar que o seu pai, motorista de aplicativo, vai conseguir bancar um advogado *bam bam bam* pra te safar?

O Smurf engoliu em seco.

— Vai pagar sozinho pelo crime? — insisti.

André não respondeu. A respiração estava ofegante. Ele passou as mãos pela cabeça e os fios azuis pareciam o mar em ressaca. Depois, mordiscou a ponta da unha do dedão direito. Evidente que ele tentava ocupar a boca para não vomitar a verdade.

Marco cruzou os braços e afastou as pernas, demonstrando que não estávamos de brincadeira.

— E aí, cara, não temos a tarde toda. É pegar ou largar!

O rapaz olhou para ambos os lados da calçada como se conferisse quem estava por perto, bateu as mãos nos joelhos e se levantou.

— Tá beleza, *man*… tô dentro.

— Vamos brindar pelo sucesso da delação! Agora esse inquérito vai ficar redondo. — Ele levantou o copo suado e deu um gole na cerveja, sujando a parte superior dos lábios de espuma. — Mais uma vez, você matou a pau! Reparou na cara do Chefe? Aquele rosto vermelho e bolachudo transpirava orgulho.

Os dois tapinhas no meu ombro, seguidos de um "parabéns, Paixão..." eram um reconhecimento bem-vindo, mas eu estava verdadeiramente feliz por possibilitar que a justiça fosse feita no caso do Calvin Soares, um inquérito que tinha tudo para engrossar a pilha de inquéritos inconclusivos e arquivados.

— Como sabia que o moleque ia arregar?

— Não sei explicar... — Forcei um sorriso. — É como se eu conseguisse *ver* por baixo da superfície — respondi, e fiz uma careta ao tentar encaixar a coluna na cadeira de ferro, dessas com marca de cerveja no encosto e lotadas de verrugas de ferrugem, típicas de um *pé sujo* raiz.

— Você fareja a mentira! Talento nato para a investigação, Paixão.

Marco e o Chefe eram os únicos que eu admitia que me chamassem pelo sobrenome. Em um universo profissional dominado pela masculinidade tóxica, "Paixão" soava como uma cantada.

— Também não é assim. Eu só aprendi a ler as pessoas... — Eu não estava a fim de explicar para o Marco que a convivência com a minha mãe me ensinara a enxergar os sinais escondidos ou involuntários dos outros.

Foi questão de sobrevivência.

Com o tempo, eu sabia identificar quando ela ia me atacar, ou se estava segura em casa. Como um animal assustado ou ferido que aprende a reconhecer o perigo quando ele ainda é uma sombra. Eu era uma aberração da natureza: marcada por ser a cria que sobreviveu aos arroubos maternais. Para o bem e para o mal.

Ergui a lata de Coca Zero e levei à boca, mas a minha vontade era a de encher a cara e esquecer o compromisso do dia seguinte. O líquido borbulhante desceu queimando a garganta.

— Não posso ficar até tarde, Marco. Amanhã preciso viajar... — mudei o assunto.

— Quando você ia me contar? — Os olhos de cachorrinho abandonado procuraram os meus. — Achei que depois de ontem... — Ele se calou por alguns segundos. — ... do jeito que você me olhou e apoiou a cabeça no meu peito, deixando a gente dormir abraçado, que finalmente íamos engrenar.

Marco parecia aquela piada do "marido traído". Graças a algumas "comemorações de casos encerrados" regadas a gim tônica, acabei deixando que ele pulasse o muro erguido por mim e aterrissasse no meio dos meus lençóis. Eu não levava a sério essas trepadas alcoólicas, era só sexo mesmo, um instinto sendo saciado, porém o Marco sempre ficava um pouco estranho nos dias seguintes.

— Estou contando agora... — Dei de ombros. — Já te falei que não namoro ninguém. — Mordisquei a batata frita besuntada em óleo e que poderia substituir a almofada de tintas para colher digitais da delegacia. — Meus planos são de ficar fora só cinco dias. Não vai dar tempo nem de você sentir minha falta.

Era a pura verdade. Além disso, quem acabaria em um caixão seria eu.

CAPÍTULO 2

Voltar para Santo Amaro evocava em mim as piores sensações.

Não que a cidade pequena a cerca de trezentos quilômetros do Rio de Janeiro fosse o cu do mundo. Ela tinha os seus encantos: a calmaria, mal falada na juventude, se torna uma virtude quando a gente conhece o caos; a paisagem bucólica e o contato estreito com a natureza embotam os tons cinzentos entranhados na íris, acostumada com a poluição e os arranha-céus; e a simplicidade com que se toca a vida afasta todo o peso agregado à rotina dos últimos anos.

Por outro lado, havia a minha mãe e todas as más lembranças despertadas pela promessa do convívio, mesmo breve. Coisa que nem o balançar gostoso do ônibus, nem a vista deslumbrante da serra conseguiam afastar. Só de pensar que em algumas horas eu estaria no mesmo cômodo que dona Beatriz me fazia suar nas mãos. Eu me sentia como a boiada conduzida ao matadouro, e a injeção de adrenalina fez o papel dela: boca seca e coração acelerado.

Levei a garrafinha de água mineral aos lábios e encarei as montanhas esverdeadas na tentativa de afastar a sensação de morte. Tateei o bolso da jaqueta jeans e apalpei o pequeno frasco de plástico. Alívio. *De asma ela não me mata*. A paisagem passava rapidamente pela janela em forma de um borrão hipnotizador e outra cena se formou na minha frente.

Bati, sem querer, a porta da sala. Porcaria de dobradiça frouxa. A minha intenção era conseguir chegar ao meu refúgio sem ser vista. O barulho ecoou e me desesperei. Se a minha mãe fosse um bicho ela seria um tubarão, que detecta movimentos e sangue a quilômetros de distância. Ela sempre teve o dom de perceber o meu medo. Com ele, vinha o chiado... o maldito chiado X-9.

E ele veio...

Eu puxava o ar a cada passo, e ele saía em forma de assovio. Um barulho agudo e longo. Quanto mais eu tentava controlar, mais sibilava.

— Ariela, você se atrasou quinze minutos. O que houve? — A voz vinha da sua suíte, mas a cada sílaba pronunciada parecia mais perto.

— Não aconteceu nada — gritei do corredor, encarando a porta localizada ao final dele, meu refúgio protetor.

Squeek squeek squeek fazia a sola de borracha do tênis contra o chão de taco. Agarrei o metal frio da maçaneta do meu quarto. Eu precisava ultrapassar aquela barreira para a segurança. A sensação de alívio por ter atravessado as ondas sem ser comida viva me banhava, até...

— O que você está me escondendo, menina? — A mão de dedos longos segurou o meu ombro direito e me puxou. Meu corpo acompanhou o movimento involuntário. — Levanta o rosto... — A ordem agulhou a minha pele.

Congelei. Dedos ossudos envolveram o meu queixo e o ergueram com força. Seus olhos pretos chamuscavam.

— O que é isso? Essa boca manchada? — gritou. Ela pegou o pano de limpeza jogado sobre o seu ombro e o tecido arranhou repetidamente um canto ao outro dos meus lábios. — Isso é coisa de vagabunda! De mulher fácil!

As lágrimas encharcaram as minhas bochechas, estacionando na boca esfolada.

— Quem você beijou? — Ela sacudiu os meus ombros.

— Nin... guém. — A palavra saiu baixa, entrecortada, sem força, salgada.

— Você está de castigo! Vá para o seu quarto! — Ela abriu a porta e me empurrou. — Vai ficar aí até eu mandar...

Abraçada ao meu travesseiro, o som da chave girando no ferrolho foi um consolo. Mil vezes eu preferia sofrer quieta com o ardor da mucosa em carne viva do que tê-la ali, mesmo que fosse para passar pomada cicatrizante e pedir desculpas vazias.

Eu estava na metade do caminho e as lembranças já me assombravam.

Não que eu ainda fosse aquela menina de treze anos, a quem era proibido vibrar com o primeiro beijo. Não mesmo. Era uma policial de trinta e três anos recém-completados voltando para *casa*. Uma Ariela diferente, forjada nos plantões da DH, nas valas e esquinas escuras, nas periferias. No entanto, encarar dona Beatriz era muito mais assustador do que o cano de uma arma. A competência surreal para estragar os momentos importantes e mais felizes da minha vida havia deixado um belo estrago, e isso parecia insuperável.

O choro de um bebê recém-nascido ecoou pelo ônibus. O berreiro potente, indicativo de toda uma vida pela frente, para mim significava dor e morte. A memória que eu teimava em tentar soterrar no canto perdido e empoeirado da minha mente sentou-se ao meu lado e me encarou com um sorriso triste.

Estava na cara, muitas coisas enterradas se arrastariam cova afora para me agarrar com dedos sujos e me puxar para um buraco escuro e claustrofóbico. Porém, o velho não merecia uma nova fuga. Meu pai precisaria de mim quando finalmente ela fosse descansar no colo do capeta.

Eu pensava que viagem no tempo fosse coisa de seriados, mas bastou descer os degraus do ônibus e fincar os pés no piso encardido da pequena rodoviária e 2009 havia voltado com força total.

Se nada daquilo tivesse acontecido, a minha vida teria sido aqui...

Santo Amaro continuava a mesma. Os quiosques azuis e redondos de fibra de vidro repletos de balas quebra-queixo e salgadinhos de isopor pendurados por linhas de nylon, dançando ao vento, ainda estavam lá. Os bancos de ripa de madeira, desses de jardim, também. A única bilheteria responsável por vender passagens para quem escapava dali mantinha os horários desde a minha última fuga. Com exceção de uma ou outra lojinha nova, o Centro não mudara quase nada.

Apesar do entardecer com nuvens em tons rosáceos calmantes, a cada passo no chão de paralelepípedos a sensação de quase-morte se avolumava. Pequenos choques pinicavam o meu rosto, e pensei em desistir uma dezena de vezes no trajeto de menos de um quilômetro.

Passei a praça principal, e o coreto parecia congelado no tempo. O cheiro de pipoca me lembrou da época em que meu pai me trazia para brincar e, depois, exausta e com os cabelos colados ao rosto e pescoço úmidos de suor, dividíamos um saco grande da iguaria misturada — metade salgada e metade doce —, nosso sabor preferido. Só adulta percebi a razão: esse nosso momento especial acontecia toda vez que a dona Beatriz havia me tirado para Cristo. Era como se ele procurasse balancear os sabores da vida para que eu acostumasse o meu paladar.

Crianças corriam de um lado para outro embaladas por risos e gritinhos agudos, aproveitando os brinquedos do parquinho, enquanto as mães oscilavam a atenção entre um berro ou choro chamativo e o *boletim* do dia. Senti uma pontada no peito. Cidade pequena era essa desgraça: as notícias mais saborosas corriam à boca miúda. Torci para que não houvesse ninguém da época do colégio e apressei o passo. Se a minha estadia pudesse passar despercebida seria melhor para todos.

O sobrado despontou na esquina e dali em diante não cabia mais volta. Parei em frente ao portão de ferro desenhado em forma de arabescos relutando em entrar. Todos os meus sentidos clamavam pela fuga, mas eu estava chumbada ao chão graças ao meu pai.

As janelas de madeira do segundo andar pareciam me encarar. "A filha pródiga retorna ao lar", sussurravam em um sorriso sarcástico. A luz do meu antigo quarto acendeu e apagou tão rápido como uma piscada de olhos, e alguns segundos depois a porta da entrada foi aberta.

— Minha filha! — Ele abriu os braços e o sorriso escancarado levantou as bochechas, deslocando os óculos ligeiramente para cima. — Você veio, Ari!

Seu Gilberto abriu o portão e me deu um demorado abraço de urso. Era só ali, com a cabeça encostada em seu peito, que eu me sentia em casa.

— Oi, pai! Também senti sua falta — falei quando ele me soltou.

— Eu sabia que você vinha, minha filha... vem, entra... entra... — Ele retirou a mochila dos meus ombros e me puxou pela mão. — Você chegou a tempo para se despedir da sua mãe.

É, ela me treinou bem. Nem para a sua morte eu consigo chegar atrasada.

CAPÍTULO 3

A figura cadavérica ocupava a cama de hospital localizada no centro do quarto.

O rosto encovado pela magreza doentia destacava os olhos. Antes, assustadores por transbordarem ódio, agora, ainda inspiravam terror, por mostrar um ser pensante, uma consciência aprisionada na carcaça. Era a sobra de um corpo comido vivo.

É isso que o malfeito faz com você. Te devora.

— Bia... Bia... — Meu pai passou a mão pelos cabelos grisalhos dela. Para quem não admitia um único dedo de raiz branca despontando, parecer uma múmia desgrenhada era um puta castigo. Nunca imaginei testemunhar a minha mãe pagando os seus pecados em vida. Porém, o mais surpreendente era o velho firme e forte ao seu lado. — Olha quem chegou...

Os olhos sem vivacidade foram do meu pai para mim.

— Ela veio, Gilberto... cof... cof... — A mão ossuda cobriu a boca. — Você conseguiu...

A voz rouca e fraca, como se ela tivesse mastigado vidro e arranhado a garganta.

— Nossa filha quando soube do seu pedido não pensou duas vezes, meu amor. Ela veio por você.

Minha língua pinicou com palavras querendo desmenti-lo.

— Eu sei que não... Quase quinze anos sem um mísero telefonema... cof... cof... — A mão seca feito um galho esturricado apontou para a jarra de água.

— O importante é a minha presença aqui e agora — falei incomodada. Eu sabia muito bem da minha ausência, não precisava de um dedo imaginário apontando na minha cara.

— Ariela, já passei da hora de fazer cobranças... — Ela pausou a fala ao receber o copo à boca. Pequenos goles demorados indicavam a sua falta de forças. — Gilberto, abre a primeira gaveta da cômoda e pega o envelope por baixo das calcinhas.

Meu pai obedeceu. Largou o cafuné e com passadas rápidas, como se ele não pudesse sair do lado da cama por ser o seu suporte vital, voou até a cômoda na parede oposta e em segundos retornou para o seu posto com um envelope branco, que ele estendeu para mim.

Sempre achei essa sua devoção doentia. Isso não era amor.

— Escrevi duas cartas para você, Ariela. Uma, seu pai entregou agora. A outra, só depois que eu não estiver mais aqui... cof... cof.

Meu pai ligou o tubo de oxigênio preso próximo da cabeceira da cama e fez que colocaria a máscara nela.

Somente no fim da vida foi que a dona Beatriz soube como eu me sentia durante uma crise de asma.

— Meu amor, você não pode se esforçar mais, precisa descansar, amanhã você conversa com a Ari.

Ela abanou a mão para baixo em um claro gesto de "bobagem".

— Leia a carta... está tudo explicado ali... não espero perdão... — Tossiu. — ... mas você merecia explicação. — Minha mãe fez um sinal débil e ele vestiu a máscara nela.

— Finalmente eu mereço alguma coisa para você. — Cuspi as palavras, expulsas pela mágoa.

— Ari, agora não. Sua mãe não está em condições. Sem discussões, por favor. — Seu Gilberto tentou não elevar o tom de voz, mas fechou a cara.

— Certo. — Dei a volta na cama e passei por ele, sentindo o papel aveludado entre os dedos. A decisão quanto a encarar ou não os fantasmas libertados pelas explicações dela fervilhava na minha mente.

Atravessei o corredor em direção ao meu antigo quarto, quando a campainha tocou.

— Ariela, atende, por favor, eu já vou... — O pedido ecoou porta afora.

Merda. Não tenho a mínima condição de fazer sala.

Enfiei a carta no bolso do jeans e desci a escada correndo. O salto da bota espancando os degraus. Girei a maçaneta da porta com toda a força, desejando poder transferir tudo de ruim que eu sentia através daquele apertão.

Assim que a porta foi aberta, a voz soou como se uma lufada de agulhas afiadas atingisse o meu rosto.

— Então, é verdade...

Como é possível, quinze anos e ele não mudou uma vírgula. Os olhos hipnóticos e a pequena cicatriz acima da sobrancelha, culpados pela minha paixonite adolescente, me arremessaram de volta às tardes na beira do rio e às escapadas noturnas. Meu coração bateu forte no fundo da goela fazendo questão de me lembrar da sua existência.

— Oi, Cadu. — A sensação de ser uma adolescente pega fazendo algo proibido agarrou-me de jeito.

— Eu não acreditei quando me disseram...

Cadu passou as mãos pelos cabelos castanhos e uma mecha ondulada caiu por cima da testa. A tal mecha teimosa que eu afastava para dar pequenos beijos no lugar. Agora, uma mão bem maior, com unhas aparadas e limpas, ostentava uma aliança dourada e tinha tomado para si essa tarefa. Cadu estava noivo.

— Achei que fosse uma brincadeira de péssimo gosto do Zeca. — Ele balançou a cabeça em sinal negativo e deixou os braços caírem ao lado do corpo. — Até porque ele sempre soube qual era o meu ponto fraco. Quando eu encarnava nele por causa do Vasco, ele devolvia jogando na minha cara as dezenas de telefonemas e mensagens que mandei sem um retorno seu.

— O Zeca sempre foi um grande filho da puta... — Foi a única coisa que consegui falar, desviando o olhar da aliança e engolindo em seco.

— Você não mudou quase nada. — Seus olhos brilhavam e o cheiro do perfume masculino misturado ao suor ligou um interruptor dentro de mim. Meu peito meio oco reconhecia o odor familiar. — Vai ficar até quando?

— No máximo cinco dias, ou até a dona Beatriz morrer. Para ser sincera, o que acontecer primeiro.

— Seu pai merecia mais... — A verdade foi como um tapa estalado no meio da minha cara. Cadu estava magoado. Eu entendia isso. No lugar dele, eu também estaria.

— Você sabe, não consigo ficar aqui. Essa cidade é o meu inferno!

— Santo Amaro também foi palco de coisas boas, Ariela. — Ele ergueu os cantos da boca, mas os olhos não acompanharam o sorriso. — Não se resume àquela madrugada... — Ele estendeu a mão na direção da minha, mas, em um gesto de estilingue, recuou. — A gente podia ter tido um futuro, mas você não deixou, ficou presa ao passado.

— Ainda estou — eu o interrompi com a sinceridade merecida, antes que o odor de éter e sangue me contorcesse o estômago e o engasgo de um soluço contido me impedisse de continuar a falar. Eu não queria pensar no hospital, na correria para a emergência, nos azulejos azuis desbotados da sala de cirurgia. — Nada supera aquele dia.

Foi ali que parei de viver.

Era estranho encontrar uma pessoa que eu não era mais.

Deitada na minha antiga cama de solteiro e encarando as estrelas fosforescentes coladas no teto, me dei conta de que a jovem Ariela, por mais que tenha comido o pão amassado pelo diabo, havia conseguido manter seus sonhos, ilusões e planos cor-de-rosa. Tinha até conhecido o amor e se embriagado dele.

Cadu não deixava de ter razão: Santo Amaro havia sido lugar de momentos bons. Aos quinze, o peso dos anos ainda não se fazia presente e a crueza da vida era abafada pela letra de uma música entregue em forma de um bilhete pelo menino mais lindo da sala. Meu coração quase estourou quando ele jogou as pernas compridas para o lado e se virou para me passar uma folha de caderno dobrada em quatro. Daquele dia em diante, "Um minuto para o fim do mundo" do CPM 22 nunca mais saiu da minha *playlist*.

Porém tudo ruiu por causa *dela*. Não dá para se permitir a amar quando aquilo que você conheceu como amor só serviu para causar dor. Ao mesmo tempo, o brilho da aliança no dedo do Cadu me afetou. Claro, ele merecia seguir com a vida dele, mas constatar que isso de fato aconteceu foi como um tiro no peito.

Agarrei a almofada largada no pé da cama e a abracei.

E se? Se aquela noite tivesse sido diferente? Se nada daquilo tivesse acontecido e ficássemos juntos? *O meu dedo anelar não ia tá vazio e eu teria uma família*, balancei a cabeça para os lados.

Você escolheu assim, Ariela. Você foi a primeira a ir, quem desistiu foi você, repeti mentalmente tentando colar os cacos. Ele havia me implorado para ficar, conseguido o aval da mãe para que eu morasse com eles quando completasse dezoito anos, mas não era longe o suficiente *dela*. Após aquele 10 de julho, o plano nunca foi o de permanecer. Santo Amaro era pequeno demais para nós duas.

Se eu estava de volta por causa da dona Beatriz, por que não acabar logo com isso? Alcancei a calça jeans jogada na cadeira da escrivaninha e puxei a maldita carta do bolso. Nada do que fosse dito poderia mudar o passado, então não faria diferença, certo?

Passei a mão na bombinha estrategicamente colocada em cima da mesinha de cabeceira, inspirei fundo e rasguei o envelope.

> "Ariela,
>
> *Eu não escrevo esta carta esperando a sua compreensão ou o seu perdão. Eu sei o quanto te marquei e o resultado disso. Deus sabe o quanto sofri e como a dor me transformou. Ele foi o meu confidente nas noites em que eu rezava pedindo para que o amor superasse a raiva. Ele foi testemunha dos pequenos choques que eu sentia quando te tocava e, que me lembravam da dificuldade de ser sua mãe por mais que eu quisesse e tentasse. Foi Ele que me aconselhou a te arranjar um pai, um homem bom, que suprisse a minha ausência, a falta de uma família.*

Você já sabia que o Gilberto não era o teu pai biológico. Se não sabia, devia desconfiar. Com seis anos já é possível se lembrar de algumas coisas mais marcantes, e você deve se lembrar daquelas moças de terninho que vieram te visitar aqui em casa e te encheram de perguntas. Eram a assistente social e a psicóloga responsáveis pelo processo de adoção.

Gilberto veio preencher um lugar que nós duas nunca tínhamos tido. Não que eu quisesse algo desse tipo com o homem que te gerou. Na verdade, queria ele morto... ou preso. Não, morto mesmo! Queria ele queimando nos degraus dos abusadores.

Você não foi concebida em um momento de paixão juvenil. Muito pelo contrário. Foi na cachoeira atrás da Casa Rosa, em cima de uma pedra dura e fria, enquanto eu, de pilequinho por causa de duas taças de coquetel de frutas com álcool, ralava a pele das costas na aspereza da rocha a cada penetração não consentida. Dizem que a mulher não sente o rompimento do hímen, mas eu percebia algo rasgando dentro de mim a cada estocada. Era toda a promessa de uma vida normal sendo dilacerada. Eu, a vítima, me vi como presidiária dos meus sentimentos, traumas e amarguras, enquanto o desgraçado andava livre.

É difícil dar os braços para a sua impotência e fazer as pazes com ela. Eu precisei tentar porque até hoje esbarro nele por aí, mas falhei e acabei nutrindo ódio. Vê-lo agir como se nada de mais tivesse acontecido, ser cumprimentada sem um pingo de vergonha ou arrependimento fazia eu me sentir violentada mais uma vez.

Eu poderia morrer com isso, levar para o meu túmulo, mas eu quis te contar para acabar com o seu eterno questionamento "o que fiz de errado?". Eu sei, isso ocupou a sua mente em várias e várias ocasiões. Dava para ler nos seus olhos.

A resposta é "nada". Não fez nada, e nada do que você fizesse mudaria isso. Eu te amava quando enxergava em você o pouco de mim, e te odiava quando reconhecia as semelhanças e características dele.

Luz e sombra em constante conflito.

E, naquela madrugada de 10 de julho, a sombra acabou vencendo.

Deixo essa carta como a primeira parte do caminho para tentar conduzi-la de volta à luz.

Beijos,

Sua mãe."

As lágrimas pingaram do meu queixo, borrando o papel.

Puta merda, então era isso! Toda a tortura psicológica, os beliscões inadvertidos, a perseguição dentro de casa, a implicância com o Cadu — que quase havia me levado à loucura — e aquela desgraça de dia... Quase tudo fazia sentido.

Até a fúria que me consumia e, no seu ápice, eclodia a casca, como o bolor na fruta apodrecida, fazia sentido. Eu pensei ter herdado o jeito dela e por isso me repreendi várias vezes pela falta de paciência com os outros. No entanto, não tinha como ter sido diferente: fruto de um estupro e criada em uma atmosfera tóxica demais...

A intenção tinha sido me fazer sentir melhor, ou me foder de vez?

Entretanto, passado alguns minutos, o choque da descoberta foi sendo substituído por uma compreensão torturante. Eu mal admitia ser chamada de "Paixão", a não ser pelo Marco e o Chefe, por soar invariavelmente como uma cantada. Perdi a conta de quantas vezes me senti objetificada e diminuída graças ao tom lascivo usado por alguns babacas no trabalho ao pronunciar o meu sobrenome, como se gozassem em cada sílaba. Imagine ser invadida dessa forma. Nossa, como ela havia aguentado todos esses anos?

Recostei na cabeceira da cama e reli a carta. Mirei os olhos no lustre de bronze com três bocais em forma de flor — que eu tanto odiara aos quinze — e fui arrebatada pelas palavras. Quase pude sentir dedos grossos e pesados enterrados nas minhas coxas, forçando-as a ficarem abertas; ouvir sussurros e gemidos rastejantes; sentir uma parte de mim morrer a cada serpentear da língua dentro da minha boca.

O choro veio forte e impossível de ser contido, e um grito silencioso explodiu dentro de mim.

Conviver com um corpo violado é como o mantra dos Alcoólatras Anônimos, "um dia por vez". É buscar se reconectar com a pessoa que se era antes do estupro, na tentativa de impedir a perda de si mesma. Se por um lado eu entendia que ela havia sucumbido, que sua alma fora quebrada da pior forma possível, por outro, não tive culpa, caramba! Eu era só uma menina desejando uma mãe feito a das outras garotas. Eu não tinha como saber.

Eu era feita de tantas dores diferentes, estava difícil demais equilibrar a balança. Uma linha de pensamento girava em torno do que minha mãe havia passado. Ela tinha vivido um dos maiores sofrimentos que uma pessoa pode viver. E, aí, quase instantaneamente, como se o meu subconsciente tentasse evitar o reestabelecimento da conexão perdida, possibilitada pela empatia, por me enxergar, enxergar a Dani, a Mari, tantas outras mulheres na cena narrada na carta, o pensamento seguia outra direção e a revolta por tudo que ela tinha me feito passar emergia com força.

Para piorar, essa descoberta havia feito eu me sentir a pior pessoa do universo e a única coisa que poderia ter me trazido redenção estava perdida, enterrada a sete palmos em um micro caixão, desses de cinquenta centímetros. Em um mundo justo uma merda desse tamanho nem existiria!

Naquela noite, só consegui dormir depois de virar quase meia garrafa do conhaque envelhecido do meu pai, comprado para brindar um casamento que nunca aconteceu.

CAPÍTULO 4

O gosto de cabo de guarda-chuva era menos pela ressaca do que pelo primeiro dia da minha vida pós-descoberta.

Arrastei-me para fora da cama apesar da vontade de nunca mais me levantar. No banheiro dei de cara com uma pessoa diferente. Alguém que eu não queria ser e desejava apagar. Uma Ariela abatida, morta, me encarava com os olhos avermelhados e inchados, deixando-os pequenos demais para a largura do meu rosto. Se eu pudesse bater a cabeça no espelho até esmagar todas as lembranças, até que todas as palavras lidas escorressem pela fenda aberta e acabassem no ralo da pia...

Encostei a testa no vidro gelado e dei leves batidinhas como se testasse a mim mesma, e um som seco na porta me interrompeu.

— Ariela, café da manhã! — O seu Gilberto parecia ter o dom de adivinhar os meus piores momentos.

— Já tô indo...

Encontrei o meu pai na cozinha passando o café, e meu Deus, como aquele homem me conhecia bem.

— A carta era tão ruim assim, minha filha? — Ele me deu um beijo na testa e colocou uma caneca na mesa, bem na minha frente, sentou-se no lado oposto e ficou me encarando enquanto levava a xícara à boca.

— Você já sabia de tudo, né, pai? — Eu passava o dedo pela borda da caneca sem a mínima intenção de beber o seu conteúdo.

— Minha filha, olha aqui pro seu velho...

Levantei os olhos empapuçados de tristeza. Ele estendeu a mão por cima da mesa e retribuí, mesmo sem vontade.

— Eu sei que é difícil para você entender isso, por todo o passado de vocês, mas a sua mãe sempre foi uma boa pessoa.

Balancei a cabeça para os lados e ele acariciou a minha mão.

— Eu sei que entre vocês duas as coisas não foram fáceis, e que o pior dela aparecia sempre para você, mas sua mãe te ama.

Graças às atitudes dela, cresci convencida da falta de amor.

— Sempre achei que não... — Foi a única coisa dita antes do enorme bolo na garganta me impedir de falar. Era a tal balança pendendo para a adolescente raivosa que ainda habitava em mim.

— Sabe, durante um ano ou mais da nossa relação eu sentia a sua mãe como um bicho traumatizado, desses que vive nos cantos se escondendo, que quer se aproximar, mas reluta. Sendo sincero, minha filha, eu quase desisti. Quase deixei a frustração da distância me vencer. — Ele ergueu a mão e aproximou o dedo indicador do polegar. — Foi por um triz. — A mão dele voltou a cobrir a minha. — Mas, aí, teve o teu tombo de bicicleta com direito a nove pontos no cotovelo, lembra? Eu trocava a gaze, limpava os pontos com álcool setenta e cantava "Os Dedinhos" para te distrair. Não teve como a Beatriz não perceber que eu já estava totalmente encantado por você, que te amava como filha. A confiança, então, veio e ela me contou. Mais do que um pai, sua mãe buscava alguém para dar o que ela não conseguia. Queria, mas não conseguia.

Ele esfregava a ponta do dedão nos nós dos meus dedos.

— Ela não conseguia cuidar, mas te amava do jeito dela. A preocupação em muitos momentos exagerada, é verdade, transformou o relacionamento de vocês em um inferno. Mas era como ela manifestava o sentimento por você. Foi essa preocupação que fez ela me trazer para a vida de vocês, que ocasionou toda a chateação durante o seu namoro com o Cadu, e...

— Não fala naquele dia, pai! Não força a barra! Toda a briga que ela causou e a consequência disso nunca foi amor. Me recuso a acreditar nisso. — Puxei a mão enlaçada por ele e pressionei os cantos dos olhos. Eu não queria chorar. Não queria o cheiro do hospital e o caos daquele dia voltando naquele momento. Nem voltar para casa com o colo vazio e o peito vazando colostro.

— Na visão embotada dela era... — Ele percebeu o óbvio, aquele terreno era lodoso demais. — Olha, minha filha, preciso muito que você saiba duas coisas, se é que nesse ponto fará alguma diferença. — Respirou fundo. — Primeiro, você não é o resultado do que aconteceu com a sua mãe. Você foi uma criança doce, esperta, resiliente. Mesmo com as suas dores, você não se fechou em si mesma e desabrochou; virou essa mulher corajosa, determinada, altruísta, e isso é tudo seu...

Ele deu um gole no café, frio naquela altura da conversa, e prosseguiu.

— Segundo, sua mãe tinha escolha. Naquela época não era nada difícil conseguir um punhado de ervas para resolver a questão de uma outra forma... e ela optou por você.

Quando eu ia retrucar que "optar" é bem diferente de "querer", a campainha tocou de forma insistente.

— Continuamos essa conversa mais tarde, se você quiser. — Ele se levantou e foi atender a porta.

— Você sabe quem foi, pai? Quem estuprou ela?

Ele estancou o passo quando estava prestes a alcançar o limiar da cozinha e se virou para me responder, ao mesmo tempo gritando um "já vai" impaciente diante de novos toques estridentes.

— Não, a sua mãe não me contou. Mas, filha, não permita ser consumida por isso, como aconteceu com ela. Vamos tentar deixar o passado no lugar dele.

O amargor do café, agora gelado, representava bem o sabor da minha vida. Meu pai tinha razão, eu não podia ser comida viva pela mágoa, pena e pela raiva transmutadas em um câncer grau quatro, e eu tinha os meus próprios ressentimentos. Definitivamente, não dava para seguir os passos dela e me manter passiva, apenas remoendo a situação. Não, comigo seria diferente. Buscar o culpado e fazê-lo pagar não apagaria o passado, mas me parecia um bom caminho para começar.

Santo Amaro é um ovo. Quase todo mundo se conhece... Trinta e quatro anos atrás, então. Não deveria ser difícil descobrir.

O raciocínio foi abortado quando meu pai retornou acompanhado por um homem baixo e também careca. Pelo uso da jaqueta em uma manhã quente e o jeito de andar, eu podia apostar, o homem era da civil e carregava um coldre axilar.

— Ari, minha filha, esse aqui é o investigador Carlos José, a gente chama ele de CJ, ele pediu para falar contigo. — Por trás do visitante, ele levantou os ombros e abriu os braços indicando não ter ideia do assunto.

Olhei para as mãos e ele tinha anéis dourados no mindinho e anelar e um relógio que reluzia feito o sol do meio-dia e gritava as suas "preferências profissionais".

Mais um policial dourado... tentei disfarçar o ranço.

— Bom dia, Ariela, o doutor Brandão me mandou aqui para te buscar.

— A troco de quê?

— Um corpo foi descoberto hoje pela manhã, e tudo indica que foi homicídio. Ele achou que podíamos ter a cooperação de uma inspetora da DH da Capital e já conversou com o seu chefe. Seria tipo uma consultoria.

— Morrer por aqui não deve ser tão raro assim.

— É, acontece. Só que estamos acostumados com brigas de foices por causa de uma cerca fora do lugar, desavenças de bar ou cachacídio, e ajustes com o aviãozinho que não deu conta do produto ou com usuários fodidos devedores da boca. Santo Amaro ainda é um lugar calmo, sem bizarrices. — Ele riu.

CJ olhou para mim e depois para o meu pai e, vendo que nenhum de nós dois o acompanhou no riso, murchou.

— Bom, esse parece ser diferente. Se você topar, seguimos para o local agora mesmo.

Ele silenciou, ansioso pela minha resposta.

— Olha, não vai dar. Tenho muita coisa para fazer aqui. — Levantei o dedo e fiz círculos no ar indicando a sala onde estávamos e o homem pareceu surpreso. Provavelmente não estava preparado para um "não". — Além disso, vim passar uns dias com meus pais.

Eu tinha tantos motivos para não aceitar. Para me enfiar debaixo do lençol e não sair enquanto não me entendesse com os pensamentos que giravam dentro da minha cabeça. Enquanto não a perdoasse, não me perdoasse, não parasse de mentir em relação aos meus sentimentos pelo Cadu, não me sentasse ao lado da cama dela, agarrasse as mãos frias e confessasse que minha parte mulher a compreendia, mas a outra, a parte menina, ainda sofria e a culpava.

— A gente contava com a ajuda de uma policial experiente num caso desse tipo. — CJ não fez esforço algum para disfarçar a decepção.

— Vocês deram a minha ajuda como certa antes de me perguntar...

Nove anos de polícia não tiveram o condão de me embrutecer, como havia ocorrido com muitos conhecidos, que foram se tornando verdadeiros icebergs com o tempo, no entanto, não posso me gabar de ter passado ilesa. Pilhas e mais pilhas de inquéritos arquivados, registros de ocorrência sem autoria determinada, uma multidão de familiares frustrados e raivosos socando o balcão da delegacia, cuspindo xingamentos bem na minha cara e alguns policiais sujos... Tudo isso feriu o idealismo carregado no peito. Amar a profissão não garantiu que eu não me sentisse muitas vezes consumida e desacreditada do sistema. Estranhamente, cada novo caso renovava a fé de que "dessa vez" as coisas seriam diferentes até a investigação acabar na pilha do arquivo, e isso minava a minha energia. Dias e dias em que eu só me arrastava da cama por insistência do Marco, sempre na minha porta com um balde de café, eram substituídos por uma Ariela que corria às seis da manhã, tomava banho gelado e chegava ao trabalho às oito com um copo de *smoothie* de frutas vermelhas com leite de castanha a tiracolo e o ânimo de um recém-concursado ao me envolver em uma nova investigação. O desafio de um novo crime a ser apurado, somado ao desejo de ver o olhar de agradecimento de uma mãe, de um filho, de um marido ao receberem a notícia de um indiciamento, causava em mim um frenesi, um estímulo para perseguir a solução, e uma sensação de completude. Um apelo irresistível. De certa forma, eu havia me viciado na adrenalina presente no início de um caso e na decepção e tristeza com o seu arquivamento. Era assim que eu me livrava da sensação de viver anestesiada.

— Se você puder pelo menos ver o corpo, dar algumas dicas. É fora do nosso normal, cara! Prometo que não vai tomar muito o teu tempo.

E, assim, o círculo vicioso foi reiniciado.

— Tá ok, CJ, vamos tentar descobrir o autor desse crime. Pelo visto, gente canalha não é exclusividade das cidades grandes.

CAPÍTULO 5

Santo Amaro era o paraíso da desova.

Com dezenas de estradas vicinais de terra batida, cercadas de mato e pasto, e quilômetros e quilômetros de margens de rio, se livrar de um corpo era moleza. Chegava a ser surpreendente que nenhum assassino serial se aproveitasse dessa vantagem natural da cidade.

O carro deixava um rabo de poeira ao trafegar com certa rapidez na estrada de terra batida, o trajeto até Jacuína, uma das regiões rurais do Terceiro Distrito do município. Jacuína era considerada a zona sul da cidade, porém, em vez de coberturas com vista para a praia, o lugar era repleto de fazendas abastadas, dignas dos cenários de novelas das nove. A fragrância típica da região era o cheiro de bosta de gado Nelore.

— O doutor fez questão de te chamar, espero que você possa trazer luz ao caso — CJ quebrou o silêncio desconfortável.

— E como o delegado sabia de mim?

CJ me deu uma olhada rápida e voltou a focar na estrada.

— Cidade pequena a gente dá um peido e todo mundo fica sabendo. A conversa que rodou nos botequins do Russo e do Camarão foi sobre a chegada da filha do Gilberto, a policial com jeito de brava e bonita como a mãe foi um dia. Beatriz era gostosa pra um cacete...

— Ei!

Olhei feio para ele. CJ usava o termo chulo de forma elogiosa, no entanto, não deixava de me incomodar a objetificação da minha mãe. Além disso, a merda da indiscrição de Santo Amaro gritava em mim a saudade do anonimato das cidades grandes. *Só faltou a minha chegada ser anunciada pelo carro do ovo.*

— ... foi mal, é com todo o respeito, tá. — O policial esticou os olhos na minha direção e os puxou de volta tão logo esbarraram na minha cara fechada. — É porque bateu uma nostalgia aqui, a Beatriz podia fácil ter participado daqueles concursos *As Panteras*, tanto é que tem uma modelo, uma que ganhou e foi capa da *Playboy*... caramba, o nome tá na ponta da língua e não vem... porra, qual o nome dela mesmo? — Ele bateu com a mão no volante, demonstrando a frustração. — Enfim, essa mulher é cuspida e escarrada a tua mãe.

Respirei fundo algumas vezes. Eu tentava aplicar uma técnica de respiração aprendida com minha ex-terapeuta para controlar os meus arroubos de impaciência e a vontade de acertar a sua orelha direita com um safanão. Não, eu não era fã da violência, apesar de um certo pavio curto. Não era isso. Existem tipos casca-grossa que só respeitam o seu espaço se a resposta for nesse nível.

— Dá para encerrar esse assunto ou a sua paixonite pela minha mãe vai ser o tema até a gente chegar no local? — Não existe técnica no mundo que mantenha dentro de mim uma boa resposta merecida. — Agora, o corpo foi achado hoje de manhã, não é? Meio rápido esse contato com o meu delegado.

— Olha, você pode ver isso com o próprio Brandão. — Uma gota de suor se equilibrava na linha da testa dele e desafiava a gravidade a cada chacoalhada do carro. — Vou te dizer só que Brandão é delegado há mais de vinte anos, conhece muita gente. E o crime...

— O que tem de tão especial?

— A vítima. Não é o nosso perfil comum. — Ele balançou a cabeça sem tirar os olhos do caminho. — Talvez lá na tua delegacia vocês estejam acostumados à maldade, mas nós, não.

Permaneci em silêncio. Graças à minha mãe, eu achava ter sido treinada no quesito maldade humana. Agora, bem ou mal, toda a minha crença estava sendo desconstruída. Desde ontem, eu era um amontoado de sentimentos e pensamentos desconectados tentando se colar novamente para fazer algum sentido.

Senti o celular vibrar quando passamos por um trecho da estrada com sinal, e três mensagens represadas do Marco entraram no WhatsApp.

E aí, td bem? Como vão as coisas na família?

Manda notícias, Paixão, tô preocupado

D. Elisa passou aqui pra agradecer e dizer q vc é foda. Tá, ela não disse o palavrão, mas a ideia é essa. Aqui não é a mesma coisa sem vc. Ando fazendo café pro Bittencourt porra

O Marco tem o dom de me irritar e me fazer rir na mesma mensagem, e a saudade da minha vida meio bosta bateu forte. Mesmo assim, resolvi não responder. Conversaríamos depois.

Eu mal havia acabado de ler a última mensagem e CJ encostou o carro na beira da estrada. Não havia nada ao redor, apenas alguns veículos estacionados a, sei lá, uns vinte metros adiante, indicando a proximidade do corpo.

— Vamos descer por aquela trilha ali. — Ele apontou uma falha na vegetação rasteira, rareada pelo pisoteamento do terreno.

Saltamos, e o segui pelo zigue-zague íngreme. A cada metro percorrido a paisagem parecia mudar. O mato baixo que cercava a estrada de terra avermelhada deu lugar a uma mata repleta de árvores. O chão era formado por um tapete de folhas amarronzadas e úmidas, e plantas rasteiras e largas estavam por todo o caminho. A terra ali não era mais barrenta, era escura, combinando com os parcos raios de sol, teimosos o suficiente para se espremerem entre as fendas no teto verde.

Às margens do rio Jacuína, a cobertura das árvores deu lugar a uma clareira.

As marcas da água nas pedras indicavam a altura do rio quando ele enchia — o que invariavelmente acontecia após dias de uma chuva ininterrupta, ou nos finais de tarde em um dia de muito calor. Às nove, de uma manhã de um azul-celeste expressivo, sem uma nuvem sequer para contar história, as chances de estar cheio ou de sermos surpreendidos por uma cabeça d'água beirava a zero.

O cadáver de longe lembrava alguém se bronzeando nas rochas. Era final de setembro e Santo Amaro, como a maioria das cidades úmidas e quentes, enfrentava tempestades quase todas as tardes, fazendo o rio encher em minutos. Isso indicava uma coisa: a vítima havia sido morta ou colocada ali na madrugada. O assassino deve ter contado com a colaboração da correnteza para se livrar do corpo. Guardei essa constatação para mim.

A dois metros, entendi a razão de ter sido chamada. Meu Deus, era uma menina! Tinha uns dezesseis anos. Deitada com as costas na rocha úmida, os braços abertos. O torso quase nu — mal coberto por um top vermelho, uma faixa do tipo tomara-que-caia torta e fora do lugar — lembrava uma pintura renascentista e o meu primeiro impulso foi o de cobrir o seio à mostra com a minha jaqueta. Mesmo morta, a exposição dela daquele jeito — um monte de marmanjo em volta cochichando, como se observassem uma peça exposta no museu — estava me enervando. Os cabelos longos e castanhos cascateavam a pedra fria, trazendo cor ao cinza. O rosto me parecia familiar.

Puta merda, deve ser filha de alguém da época da escola...

O cheirinho de bebê que imediatamente me envolveu, colando na minha pele, não vinha dali. A ideia de que alguém que eu conhecera, em questão de poucas horas, mergulharia no poço escuro e solitário da perda de uma filha conjurou o meu pior fantasma. Unhas arroxeadas do tamaninho de um botão, e ainda assim perfeitas, roubavam o meu ar. Agarrada ao seu corpinho, eu acariciava a penugem rala da cabeça com a atenção total no tórax. Era o desespero em ver o peitinho enchendo e esvaziando em um claro sinal de que a vida não tinha se esvaído. Perdi a minha bebezinha por muito mais de um segundo, e isso foi o fim do meu mundo.

— Agradeço por você ter vindo, Ariela. — A mão estendida interrompeu a minha viagem ao meu inferno particular. — Prazer, Brandão... — O aperto forte e enérgico condizia com o biotipo do delegado. O homem de cinquenta e poucos anos, de ombros largos e com uma robustez compacta, não tinha um rosto simpático, apesar de sorrir.

Retribuí o aperto e ao tocarmos as palmas pequenos choques subiram pelo meu braço até a altura do cotovelo. Era uma sensação estranha, como quando "o santo não bate" e a energia dos corpos se repelem. Eu não sou a *miss* simpatia e tive algumas ocasiões nas quais antipatizei de cara com alguém, mas descobrir o desgraçado que tinha deixado a garota daquele jeito valia o esforço do convívio.

Havia também uma resistência da minha parte em admitir a falta do Marco nessa investigação. Ele era o meu parceiro há anos, o único em quem eu confiava cem por cento. Apesar de não saber da missa a metade, não ter a mínima ideia dos motivos que me levaram a ser esse poço de complicação, o Marco me aturava.

— Não tem como cobrir a garota? — rosnei.

— Infelizmente ainda não. Os peritos estão vindo de Nova Aurora e, por mais que o corpo exposto desse jeito também me incomode, não quero contaminar nada.

Se a investigação fosse minha, havia uma grande chance de eu mandar o risco de contaminação às favas.

— Essa poliçada toda vai participar da investigação? — Não aguentei e cuspi a pergunta. Se fosse a minha filha, não ia querer aquela plateia.

Brandão me encarou e estreitou os olhos escuros, rápidos como marimbondos.

Antipatia mútua, já?

— Pessoal, circulando! — Ele levantou a mão e girou o dedo indicador. — Amadeu, você volta para a delegacia e vai tomando o depoimento dos policiais que chegaram aqui primeiro. — Ele olhou para o homem grisalho, versão tupiniquim do Charles Bronson. — Renato, vai com ele! Vamos ficar o CJ, a inspetora Ariela, e eu. O resto pode vazar!

Meneei a cabeça em um agradecimento silencioso.

— Bom, pedi ao CJ para te trazer aqui porque nunca tivemos algo parecido em Santo Amaro. Encontrar a filha dos Pereira nesse estado é algo impensado. É uma porra de uma cena chocante para quem não está acostumado. — Ele mexeu no bolso da blusa e pegou um maço vermelho e dourado. Em segundos o cheiro forte de cravo invadia as minhas narinas. — Quer? — O delegado estendeu o pacote na minha direção e apenas neguei com a cabeça enquanto levava a mão até o bolso da jaqueta e apalpava a bombinha.

— Qual é o nome dela? — perguntei encarando o rosto borrado pelo rímel, feito marca de óleo escorrido pelo asfalto. A boca ligeiramente aberta mostrava o aparelho fixo com elásticos rosa e o meu coração foi arremessado contra as costelas.

— Amanda. É a filha do Ernesto e da Mara. Essa é a merda de cidade pequena... você sempre conhece alguém ligado à vítima.

Eu estava ali para ajudar na investigação e por essa razão tentava manter o foco profissional, porém é difícil se manter fria e calculista em certos tipos de crimes. Eu ainda não havia conseguido construir uma barreira para as minhas emoções quando envolvia alguém tão jovem.

Ele apontou para o pescoço pálido com os dedos que seguravam o cigarro.

— Qual a sua conclusão sobre essa marca aqui? — perguntou como se me testasse.

Marcas ovais arroxeadas espalhavam-se ao redor do pescoço acinzentado, logo abaixo do queixo. Alguém havia apertado a Amanda com muita força. Matar uma pessoa por meio de asfixia mecânica por constrição cervical é cruel. Dependendo da posição das mãos, a pressão esmaga a traqueia e a vítima convulsiona pela falta de oxigênio no corpo por quase cinco minutos. No entanto, os hematomas não se limitavam às marcas de dedos ao redor do pescoço. Manchas maiores em forma de rosetas despontavam da parte de baixo do top e se estendiam até a altura do estômago. Nas laterais do tórax, marcas paralelas, como se refletidas em um espelho, tingiam as costelas protuberantes.

— Parece que ela foi espancada, esganada e lutou para escapar do seu algoz. Deve haver algum material embaixo das unhas. Talvez ela tenha até uns dois dedos quebrados. — Indiquei a mão que pendia pela lateral da pedra. — Claramente ela brigou pela vida. Também acho importante o exame de estupro.

Ele deu uma tragada no cigarro e soltou a fumaça empesteando o ambiente com cheiro forte de tabaco e cravo.

— Mais alguma observação?

— Não dá para ter certeza ainda, mas arrisco dizer que era alguém em quem ela confiava. A gente relaxa na companhia de pessoas íntimas. Só assim para chegarem tão perto e a pegarem desprevenida. — Dei alguns passos para o lado, circundando a pedra, e de repente eu vi. — Mas tem outra coisa perturbadora, chega aqui, Brandão. Olha essa parte do cabelo, tá emplastrada. — Segurei com cuidado um pedaço da mecha brilhosa e esfreguei as pontas dos dedos, que voltaram avermelhados e grudentos.

O delegado pegou um pedaço de graveto do chão e levantou a maçaroca do cabelo, revelando um possível corte e pequenos coágulos colados aos fios próximos do couro cabeludo.

— O assassino também rachou o crânio dela. Isso indica muita raiva.

Brandão esfregou a ponta do queixo, pensativo.

— É, vamos ter que aguardar o exame do legista para aprofundar essas suas conclusões. Talvez os peritos do local já consigam esclarecer alguma coisa. Agora, se você topar, vamos dar a notícia aos pais. Não sei como vou contar para o Ernesto. O estado dela é lamentável...

CAPÍTULO 6

A pior parte do trabalho na polícia é dar a notícia aos familiares próximos. A maioria recebe muito mal, grita, se desespera, desmaia. Testemunhar o ser humano desmoronando, encarando o penhasco e depois estatelado no fundo dele sempre deixa marcas profundas em quem não se permitiu empedrar. Assistir ao momento no qual o brilho dos olhos de alguém morre junto à sua esperança é foda demais. A minha já havia morrido há anos e eu não desejava essa vida opaca ao meu pior inimigo.

Por outro lado, muitos dos homicídios mais cruéis foram planejados ou executados por gente da família. Filhos, pais, cônjuges, gente que dividiu o teto e se sentou à mesa para comer junto. Nem o animal mais bestial comete uma traição dessas. Então, é um puta momento para inaugurar a lista de suspeitos.

Durante um bom tempo, em 2004, dormi de porta trancada. Eu tinha quase certeza da vontade da minha mãe em me matar. Senti isso por meses. Toda vez que nos sentávamos à mesa para as refeições, a vontade ocupava uma das cadeiras vagas. Para piorar, por mais amor que meu pai sentisse por mim, ele nunca a entregaria. Isso me fez olhar os parentes das vítimas de forma dúbia. Sempre com um pé atrás.

— Vai ser complicado dar a notícia ao Ernesto. Fui o melhor amigo do irmão mais velho dele e vi como ele sofreu com o acidente do Betão. Difícil pra um caralho encontrar a filha dele desse jeito! — Brandão balançava a cabeça em negação, ao mesmo tempo mantinha os olhos atentos na estrada de terra. — Você deve ter bastante experiência nisso aí, né?

— Infelizmente. — Encarei o pasto que passava rápido pela janela, deixando a impressão de um grande borrão verde. Brandão parecia tranquilo demais, como se a sua equipe tivesse feito um ótimo trabalho, e isso estava me afetando. — Não é a parte mais agradável do nosso serviço, se é que tem alguma — respondi seca. — Mas, se tem algum jeito de amenizar, é achando o autor disso. Imagino que é o que você mais quer, né?

— Claro. — Foi a sua única resposta e um silêncio incômodo nos acompanhou por alguns minutos. Resolvi levar o assunto para outro rumo.

— Você tem muitos casos de estupro aqui?

Seus olhos voaram na minha direção, mas voltaram a mirar a estrada na mesma rapidez. Seus dedos apertaram o volante.

Hum, o assunto incomodou.

— Não muito, mas não é uma estatística zerada.

O meu comentário seguinte soou artificial. Eu tentava passar um tom de mera curiosidade, porém a ânsia pela verdade evaporava pelos meus poros e impregnava o ar do carro, junto ao cheiro de cravo colado nos estofados.

— Nossa, achei que aqui fosse um lugar tranquilo...

Ele permaneceu mudo. Insisti.

— Qual o seu caso mais antigo?

Brandão virou o rosto e me deu uma encarada. A expressão fechada.

— Sei lá, uns dez anos atrás...

— Fala sério, Brandão. — Revirei os olhos. — Se isso fosse verdade, Santo Amaro seria o único lugar no planeta que essa prática nojenta quase não acontece. Olha só, minha intenção não é julgar as suas investigações e nem me meter no seu trabalho.

Ele desceu a janela ao seu lado até a metade sem se importar com o ar ligado, e puxou um cigarro do maço jogado no console, levando-o à boca. Então, agarrou o Zippo com o desenho de um lobo e a brasa incandescente indicou o trago.

Clack... clack... clack... o som metálico da tampa do isqueiro batendo na carcaça de metal foi a sua resposta.

— Eu sempre falo sério, inspetora. — Ele largou o isqueiro no painel, soprou a fumaça dentro do carro e eu tossi. — Não tem estatística porque aqui estuprador não se cria, entendeu? O cabra que força sexo com a mulher acaba capado ou com a boca cheia de formiga, entendeu?

— Considerando que a vítima pode ter sido estuprada antes de tentarem enforcá-la, sua estatística vai aumentar...

— Vamos investigar com certeza, mas aí também depende do que se considera estupro, né?

Não dava para ouvir o velho discurso babaca do que pode ser ou não estupro diante do comportamento da vítima. Ainda mais vindo de um homem. Ainda mais naquele momento, menos de vinte e quatro horas depois da maldita carta. Eu estava em ebulição quando olhei no fundo dos olhos dele. Talvez, por isso, ele tenha optado em não continuar.

Puta inveja da Carrie, A Estranha...

Ele não pretendia facilitar as coisas, tudo bem. Isso não me faria desistir de descobrir quem foi o cabra que estuprou a minha mãe e tomar para mim a tradição da cidade.

CAPÍTULO 7

A porta foi aberta por um homem grisalho com ares de cansaço. A sua expressão de reconhecimento ao encarar o Brandão de pé no batente mudou quase instantaneamente para uma de profunda preocupação.

— Oi, Ernesto, podemos conversar? — O delegado não pisou macio.

— Descobriram onde a Amanda está? — A voz era quebrada. Apesar da magreza seca de músculos firmes, do tipo maratonista, era evidente o seu abatimento.

— Então, é sobre isso. Podemos entrar? — Brandão modulou o tom. Provavelmente tentava soar mais leve.

— Claro... desculpe, estou meio atordoado. — Ernesto deu um passo para atrás e passou as mãos pela cabeça, bagunçando o cabelo fino, jogado para o lado.

Eu fui apresentada no trajeto até a sala, mas o meu currículo era o menos importante naquele momento.

— Só não tenho nada a oferecer... — Puxou a cadeira da mesa e se sentou, nos indicando a fazer o mesmo. — ... nem um café... não tive condições para nada. — A voz tremeu um pouco e ele interrompeu a fala.

— Não precisa se preocupar, Ernesto, nós entendemos. Infelizmente não é uma visita de cortesia. A Mara está trabalhando? Seria importante a presença dela.

— Você sabe, é alta temporada no Rancho Santa Cecília. Ela precisou dormir lá para ajudar com as excursões quase a semana toda. Mara não sabe de nada, eu não quis preocupá-la. Para de rodeios, Clésio, acharam minha filha? — Ernesto girava a aliança no indicador, em um movimento inconsciente. Vivenciava um turbilhão de emoções.

— Vou dizer de uma vez, porque aos poucos não vai tornar mais fácil. — Brandão era delicado e sútil feito um elefante dançando balé em uma loja de porcelanas.

— Fala logo! — Ernesto elevou o tom. Não o culpo. A abordagem do Brandão também estava me enervando.

— Achamos Amanda nas margens do rio Jacuína — disse o delegado.

O homem arregalou os olhos.

— Ela estava sozinha, ou tinha alguém com ela? Minha filha me disse que tinha uma festa, mas não contou na casa de quem. De qualquer jeito, nenhuma das amigas dela mora para aquele lado. Você perguntou o que ela tinha ido fazer lá?

Brandão e eu nos entreolhamos.

— Ela foi pega com drogas? É por isso que ela não veio com vocês? — O homem pulava o olhar de Brandão para mim, de mim para Brandão, implorando por uma resposta.

— Como eu dizia, a Amandinha foi encontrada no trecho entre a fazenda do Dagoberto e a Pedra do Galo. Tem um poço ali, o Poço das Andorinhas.

Para quem não ia usar de rodeios...

Tudo nele suplicava por uma explicação que terminasse logo com aquilo.

— Seu Ernesto, eu sinto muito. Nós vamos fazer de tudo para achar o culpado — desembuchei.

Ele empurrou a cadeira para trás e se levantou. O móvel bateu no chão com um barulho incapaz de abafar os soluços.

— Calma, Ernesto ... — Brandão se levantou para ampará-lo e tentar conduzi-lo de volta à cadeira, e ao mesmo tempo me fuzilou com o olhar.

Pois é, delegado, a sua enrolação estava sendo uma tortura para ele.

— Como assim? Culpado? Diz para mim, Clésio, é mentira! — Seus olhos encheram de água.

— Calma, meu camarada. Vem, senta. Você precisa ser forte. — Brandão ergueu a cadeira e colocou a mão no ombro do amigo. — Vou te contar tudo...

O homem se sentou. A pouca cor que lhe restava no rosto sumiu e Ernesto tombou a cabeça para frente, como se estivesse prestes a desmaiar.

— Ernesto, você tomou sua insulina hoje? Preciso saber!

— Si-sim, mas não comi nada — ele balbuciou antes de bater a testa no tampo da mesa.

Ernesto era diabético e estava tendo um pico de hipoglicemia. Mesmo sabendo que a hipoglicemia viria de qualquer jeito, acabei me sentindo péssima por ele ter desabado logo depois de eu ter dado a notícia.

— Brandão, liga para o Samu! Vou procurar açúcar ou algo doce na cozinha. — Não esperei por uma resposta. Voei pela divisória da sala de jantar na direção óbvia da cozinha.

A casa não era gigantesca, mas os cômodos eram espaçosos. Uma típica construção colonial, feita para a família perfeita. Aprendi antes de entrar para a polícia que não existe essa coisa de família perfeita. Os casos nos quais trabalhei só me confirmaram isso.

Ao chegar na cozinha a pressão no peito me deu um "oi", e parecia haver uma parede encostada no meu nariz e boca, impedindo o ar de entrar. Era uma crise de asma evocada pela correria e estresse. Encaixei a bombinha nos lábios e aspirei. A sensação do ar entrando, enchendo os pulmões é algo que só se dá valor quando se luta para respirar. Eu precisava de alguns minutos para me reestabelecer, porém não tinha esse tempo. Arrastei as costas da mão pela testa gelada, limpando o suor frio que teimava em brotar e foquei no cômodo procurando o que havia me levado até ali.

A prateleira com potes de vidro de tamanhos e larguras variados ficava em um nicho acima do balcão. O mais largo e atarracado devia ser o do açúcar. Enfiei o pote embaixo do braço, mas ao virar o corpo minha atenção foi captada por um daqueles murais de avisos para toda a família. Um quadro de cortiça com contas, calendário, receita de médico, telefones de emergência e duas fotos de Ernesto, Amanda, uma mulher, provavelmente a Mara, e um rapaz, os quatro visitando, se não me engano, Ouro Preto — o Marco saberia com certeza e ainda desataria a tagarelar sobre os melhores pontos de comida mineira da cidade.

Ernesto, no canto esquerdo, pousava as mãos nos ombros da filha, parada quase na frente dele. Mara, ao lado do marido e no meio da fotografia, postou o corpo meio de lado para parecer mais esguia, ficando de costas para o rapaz, posicionado do lado direito da foto. Nos fundos, uma daquelas igrejas históricas. Os três primeiros encaravam a câmera e sorriam, já o rapaz mantinha os lábios em uma linha fina, o rosto impassível. Seu olhar na direção de Amanda emitia uma vibração de raiva contida.

— Anda, Ariela, cadê esse doce? — Brandão gritou, me obrigando a puxar a fotografia e enfiá-la no bolso da calça jeans.

Assim que voltei para a sala de jantar, os paramédicos do Samu chegaram.

Finalizados os primeiros socorros, Brandão acompanhou Ernesto até a ambulância. Ele iria para o hospital ficar em observação. Quando o delegado retornou, ostentava um sorriso.

— Qual é desse sorriso "me dei bem"? — O sorrisinho irritante já havia cruzado comigo algumas vezes na vida.

— Ernesto autorizou a nossa entrada no quarto da Amanda.

Invadir a privacidade dos outros faz parte do serviço.

Ao começar na polícia isso me incomodava. Bem, ainda acho uma merda. Eu odiaria ter uma pessoa estranha remexendo as minhas coisas, mas aprendi que é um dos jeitos mais efetivos para se obter algum tipo de pista.

"Aqui não tem essa de CSI, não", foi a primeira frase ouvida na aula inaugural da ACADEPOL. Antes de entrar na polícia, eu achava os policiais americanos fodas. No entanto, foda mesmo é o brasileiro, que não tem brinquedinho para ajudar na investigação e vai desbravando o caso na marra.

Aqui, sem poder contar com perícias mirabolantes e laudos prontos em setenta e duas horas, a investigação parte de dois pontos: conhecer a vítima para entender a motivação do crime e ouvir testemunhas. Nesse segundo ponto, o meu dom em enxergar o que jaz por baixo das expressões e gestos dos outros, cultivado de forma brilhante pela minha mãe, me rendeu alguns destaques na carreira.

Eu chamo de "intuição", porém descobri que o que vem para mim de forma natural é ensinado há anos por um especialista americano, doutor Paul Ekman, PHD em expressões faciais e gestos corporais. Eu me achava uma porra de um mutante até esbarrar online em um artigo no qual o doutor Ekman discorria sobre a existência rara de "naturais", pessoas capazes de decifrar os sentimentos escondidos sem treinamento. Óbvio que um *poder* desse tinha um preço. Os "naturais" eram forjados desde a infância. Crianças abusadas, física ou psicologicamente, aprendiam à força a antecipar os ataques. Era como perceber uma mudança de ares; sentir o fedor enrustido, mesmo que o ambiente cheirasse a Glade.

Bom, como todo poder não é absoluto, a minha *intuição* já falhou. As falhas aconteceram justamente em momentos emotivos, quando não consegui lidar com um caso friamente. Eu era a *dona Frozen*, segundo o Marco. Ele só não sabia que essa tentativa de frieza tinha um propósito.

— Ariela! — A chamada me trouxe de volta à porta pintada de branco com decalques de borboletas bem à minha frente. — A gente já conseguiu autorização para entrar. Está esperando o quê? — Brandão meteu a mão na maçaneta.

O cômodo era bem amplo, com espaço de folga para a cama de solteiro, escrivaninha, guarda-roupa, estante de livros e uma poltrona lilás. Borboletas voavam pela parede branca, sobrevoando a cabeceira da cama, e o cheiro lembrava brilho labial cereja. Daqueles que dá vontade de comer.

— Ernesto e Mara cederam para a Amanda o maior quarto da casa. Sendo sincero, eu discordo desse tipo de comportamento dos pais... — Brandão abriu os braços, indicando o tamanho do ambiente. — Forma adultos mimados.

— Você tem filhos? — resolvi provocar. Nada mais cansativo do que discursos vazios.

— Não. Sou vasectomizado. Optei por não me preocupar com isso.

— Então, você não tem como opinar — respondi encarando uma foto do mural de cortiça localizado acima da escrivaninha. Parecia tirada durante o Carnaval, Amanda, ainda pequena, estava vestida de Pocahontas. Com os cabelos escuros, longos e escorridos, e os olhos rasgados, a fantasia tinha sido uma escolha perfeita para a menina. A foto me lembrou de mim, da minha primeira fantasia, também de indígena aos seis anos, quando meu pai me levou ao primeiro bailinho no clube. Cheguei em casa coberta de confetes colados na pele suada e cantarolando a música da Xuxa, e a felicidade me foi rapidamente arrancada a cada passada de bucha embaixo do chuveiro frio. Afastei a lembrança para me concentrar no caso e na babaquice do Brandão.

— Ah, você é dessas... — Ele suspirou.

— Dessas que pensam, "hum, para falar sobre algo precisa ter conhecimento de causa". — Levei o dedo indicador à lateral da testa e encarei o teto, em forma de mímica.

— Dessas mulheres modernas que odeiam os homens, mas não conseguem ficar sem um pau, ainda que seja de plástico. — Ele deu um risinho forçado, tentando amenizar o comentário e esticou os lábios para um dos lados.

— Eu vou te dizer uma coisa... — Dei três passos, parando bem na frente dele. Apesar da vontade de socá-lo no nariz e, quem sabe, levantar a ponta caída com o impacto, medi as palavras pelo caso. A Amanda não merecia um misógino encabeçando a investigação. E eu, cada vez mais certa de que esses caras corriam sérios riscos de não encontrar o autor desse crime e piorar ainda mais o desalento dos pais da Amanda, não queria ter a minha ajuda dispensada. Pelo menos não até a minha estadia em Santo Amaro terminar. Para piorar, todo esse mergulho na vida da vítima mexia demais comigo — ... se você acha que me atinge, está muito enganado. Eu pavimentei o meu caminho na polícia jantando coisas desse tipo.

— Ah, relaxa, foi só uma brincadeira. — Ele desviou o olhar e fez menção de andar até o guarda-roupas. — Vamos voltar ao caso. — Brandão era esperto, tinha sacado que se continuássemos naquela rota de colisão daríamos "perda total" na certa.

Enquanto ele futucava as peças dobradas em cima das prateleiras do armário, resolvi bater no fundo das gavetas das mesinhas de cabeceira procurando um compartimento escondido.

— Você viu o celular dela pelo quarto? — Larguei a busca por um instante e ajeitei o coque solto que desmanchava. — Muito estranho esse celular ter sumido assim...

— O que você está sugerindo, Ariela?

— Nenhum adolescente largaria o seu smartphone por aí. Praticamente carregam a vida toda nele. Não te parece óbvio? O telefone ficou com quem matou a Amanda.

— Se você acha isso, considere perdido... — disse Brandão, direcionando o olhar para as gavetas de meia e calcinha.

— Podemos pedir o rastreio ao Judiciário — insisti.

— Não sei, vou ver — respondeu sem levantar os olhos da gaveta.

Como assim vai ver? É o seu trabalho!

Talvez Brandão estivesse acostumado a casos sem tanta importância, mas esse envolvia uma menina morta, filha de amigos dele, isso deveria ser motivo suficiente para procurar pistas em qualquer lugar.

— Como assim não sabe? O celular é um ponto importante na investigação. A gente está falando sobre adolescentes, sobre uma geração que faz do telefone uma extensão do corpo. A Amanda deve ter o quê, uns dezesseis anos...

— Se não me engano, acabou de fazer dezessete — Brandão me interrompeu.

— Então, como você não enxerga esse celular como crucial?

— Não acho que quem fez isso conhecesse a Amanda. — Ele empurrou a gaveta com um pouquinho mais de força que o necessário e abriu outra. — É mais fácil ser um forasteiro que pode ter pegado a menina quando chegava em casa, fez essa maldade e já se mandou.

Tentei controlar a minha irritação. Eu não conhecia nada do delegado. Tínhamos sido apresentados algumas horas antes, a sua tacanhice poderia ser resultado da teimosia natural do homem acostumado a liderar e que não aceita ser contrariado, ou por saber de coisas relacionadas à família que não deveriam vir à tona.

Se o Brandão não pretendia solicitar ao juiz o rastreamento do celular e o acesso aos dados, só havia uma outra pessoa que poderia fazer isso.

— Como é o promotor daqui?

Brandão largou a gaveta de lado e me encarou.

— A promotora é uma dondoquinha babaca. Eu já era da polícia quando ela provavelmente ganhou a primeira Barbie.

Eu entendia a acidez. Alguns policiais se ressentiam pelas visões diferentes do trabalho: uma, proporcionada pela experiência de rua; a outra, adquirida entre quatro paredes do gabinete. A meu ver, elas não eram antagônicas, mas, sim, se complementavam, como um trabalho em equipe que demanda atuações distintas, porém não menos importantes.

Não respondi. Decidi procurá-la mais tarde. Sim, eu estaria passando por cima dele, e isso é um motivo forte para responder a um processo administrativo ou ser removida, mas a delegacia de Santo Amaro não era o meu propósito de lotação, e se uma advertência era o preço a se pagar pela solução do caso, eu pagaria com prazer. Voltei a concentração para as fotografias presas ao mural de cortiça. Outras duas fotos chamaram a minha atenção.

— Quem são essas adolescentes? Você conhece?

No retrato entregue ao delegado, Amanda ria com as amigas no pátio do que parecia ser uma escola. Ao lado do espaço vazio deixado pela fotografia das meninas rindo, uma polaroid ostentava apenas duas mãos entrelaçadas, um dos pulsos com uma tatuagem pequena de duas asas pareadas, feito asas de anjo. Na moldura branca da polaroid estava escrito "te amo" com canetinha preta. Aproveitei a distração dele e surrupiei essa última imagem.

— Uma delas se chama Débora e é filha dos Gávez, a outra não lembro o nome, mas se não me engano é filha do Armando Sodré, dono do mercado. Acho que é Tarciana. — Brandão me devolveu a foto e eu a deixei fazer companhia às outras escondidas no bolso da calça.

— Você não acha curioso que uma adolescente nascida e criada na era tecnológica, além de estar sem o seu celular, tenha fotos impressas?

Ele deu de ombros, meio que sinalizando a falta de importância da observação. Talvez Brandão fosse alheio a essa geração, mas eu tinha uma afilhada de quase treze anos. Sabia do que estava falando.

— Encontrou alguma coisa no guarda-roupa? — perguntei, mudando o assunto.

— Nada de interessante...

Caminhei lentamente até o móvel. Os pensamentos em uma velocidade inversa chocavam-se uns com os outros. Decididamente, o delegado não conhecia adolescentes ou escondia alguma coisa.

— Dá licença... — Abri todas as portas e me agachei. — Você não olhou dentro dos sapatos. Botas e tênis de cano alto são perfeitos esconderijos.

Agarrei a bota de montaria e enfiei o braço dentro dela. Em segundos um objeto plástico, que de longe parecia um termômetro grande, apareceu.

— É, alguém já não era mais a "garotinha do papai".

CAPÍTULO 8
UMA SEMANA ANTES DA FESTA

> Queria poder contar pra minhas amigas o q tá rolando entre a gnt

> Elas ficam tentando me juntar com uns caras nd a ver e eu já tô sem desculpas pra dar. Ter q esconder esse namoro tá me deixando frustrada

Assim que eu mandei as mensagens, elas ficaram com os dois tracinhos azuis. Nem deu tempo para me arrepender e apagar. Já a sua resposta demorou uma eternidade, o status "digitando..." aparecia e sumia, e levou a versão de dez minutos da música "All Too Well" da Tay-Tay inteirinha. Morri pelo menos três vezes nesse tempo todo. Sinceramente, isso de demorar a responder é uma coisa que eu gostaria de mudar em você.

— O que cê tá fazendo aí sozinha, Mandy?

A Déb chegou por trás de mim, sem fazer barulho e quase leu a conversa — ou melhor, o meu monólogo — enquanto eu encarava a porcaria do *digitando* interminável. Sentada sozinha no último banco de cimento, localizado na lateral da quadra poliesportiva da escola, nunca imaginei que fossem me encontrar ali. Engoli em seco. Não tinha a mínima ideia da desculpa que eu daria e sempre fui péssima em mentir, meu pai me pegava em todas as tentativas.

— Ah, nada de mais — disfarcei, me levantando em um pulo e enfiando o celular no bolso. — A cantina já liberou? Tava esperando diminuir a fila pra comprar um doce.

Ela me deu uma olhada meio de lado com um sorrisinho que, traduzido, significava um "sei" e passou a mão por dentro do meu braço. Descemos juntas os degraus de cimento, contornando o ginásio, em direção à cantina esvaziada. O sinal estava para tocar.

— Então, a Taci te contou da resenha de aniversário na casa do Bê? — ela perguntou, assim que encostei no balcão e balancei a nota de cinco reais. — Eles tão dando um tempo, né, mas ela quer muito ir, até pra ver se ele fica com alguém. Ela tá desconfiada e precisa que a gente vá com ela pra dar uma força.

— Tá, eu vou...

A Déb apertou levemente o meu braço e deu um pulinho para trás. Quase me fez derrubar o brigadeiro gourmet recém-entregue pela tia.

— Sério? Cê tá falando sério? — Ela levou as mãos ao próprio rosto, espalmando as bochechas rosadas, destacando ainda mais o seu tom branco leite. Quando a Déb ficava empolgada, suas bochechas acendiam entregando o entusiasmo exagerado. — Dona Amanda, a nerdzona do sofá, que prefere livro à resenha, topou de primeira? A que acha jovens bêbados se divertindo um saco?

— Sim... — Mordi o brigadeiro para encher a boca e evitar maiores explicações. Não era só a Taci que pretendia ir, eu também tinha os meus planos.

— Alôooo, o que você fez com a minha amiga, seu ET ladrão de corpos? — Ela apertou os meus ombros e me sacudiu. — Que bom que você vai! A Taci não para de falar desse tempo com o Bê e precisamos estar lá pra apoiar ela. Tá difícil da gata aceitar não ser mais o casal perfeição da cidade...

Imagino *a dificuldade* de não namorar mais o filho do prefeito, que terminará o colégio com vaga garantida numa faculdade de medicina particular e dirige um carro que meu pai levaria centenas de anos trabalhando para comprar. Sem contar a sua beleza estilo atleta de filme americano. Sonho de dez entre dez meninas. Única filha do dono do supermercado da cidade, desde pequena, a Taci sempre teve tudo o que desejou. Fez aulas de balé, pintura e equitação. Viajou para a Disney mais vezes que os dedos das minhas duas mãos; troca de celular todos os anos. Se cisma com alguma coisa, seus pais fazem questão de dar a ela. Ao término do terceiro ano, a viagem para Paris para cursar moda está garantida. Fora a beleza humilhante nível Beyoncé.

Você sabe, nós estudamos no melhor colégio da cidade. Na verdade, uma escola de cidade pequena metida à besta que importa apostila e método educacional de grandes sistemas de ensino. Na real, me sinto a estranha do rolê, a que só consegue estudar ali porque é filha de um professor e por isso não paga a mensalidade de dois mil reais. Talvez por ter noção do meu lugar, eu levasse mais a sério e tentasse aproveitar a oportunidade que me foi dada, mas isso foi até me apaixonar por você. Até me apaixonar, eu só pensava no ENEM daqui a um mês e pouco. Agora, não consigo fazer mais nada, a não ser encarar o teto e contar as horas até o nosso próximo encontro.

Cruzávamos o corredor do primeiro ano quando o segundo sinal tocou. Em dois minutos seria o terceiro e quem não estivesse na sala de aula levaria uma ocorrência, registrada no histórico do aluno. A Déb tinha três ocorrências e na quarta, seus pais seriam "convidados" a bater um papo com a Coordenação de turma. Aposto que o todo poderoso Juiz Antunes-Gavéz não ia gostar nem um pouco.

— Anda, Mandy, não posso atrasar de novo. Acelera o passo. — Apressada, ela se adiantou e me deixou algumas passadas para trás.

— Preciso ir no banheiro! — falei num tom mais alto, mas a Déb já dobrava a esquina. Entrei na porta à minha direita e me enfiei na primeira cabine ansiosa por ficar sozinha.

Louca para te contar a novidade, digitei com os dedos trêmulos de excitação:

> Adivinha quem vai numa festa na sua casa.

CAPÍTULO 9

Brandão parecia introspectivo nos poucos quilômetros que separavam a casa dos Pereira da minha prisão. Eu havia ido forçada para Santo Amaro para me despedir da minha mãe, e em menos de vinte e quatro horas um turbilhão de coisas havia acontecido. Inesperadamente, me vi envolvida até o pescoço em um novo caso. Por causa dele, eu vivenciava um misto de alívio e tristeza. Ter um motivo justificável para me manter fora de casa era tudo o que eu queria; no entanto, as unhas curtas com esmalte descascado, o rímel borrado e os elásticos rosa do aparelho deixaram um buraco profundo no meu peito.

Tão nova, meu Deus...

O telefone do delegado tocou, rompendo a parede erguida entre os bancos da frente.

— Alô, delegado... — A ligação estava no modo viva-voz. — *É a Carmem, perita do local. Seu investigador insistiu que eu ligasse para o senhor.*

— Sim, dona Carmem, agradeço a ligação. Esse caso é muito importante. O que você pode me adiantar?

Mantive os ouvidos na conversa, entretanto os olhos disfarçavam o meu interesse, focados nas casinhas pitorescas que passavam ao meu lado. Geminadas, com fachadas adornadas em arabescos ou lembrando um ramo de louro, as janelas e portas mais largas que as construções modernas, eram contornadas por uma faixa colorida na mesma cor das portas. Santo Amaro era uma cidade que transmitia tranquilidade e alegria. Menos para mim.

— *É claro que o perito-legista poderá fornecer maiores detalhes, a vítima sofreu esganadura, parece ter algumas fraturas na costela e um traumatismo cranioencefálico. Há um ferimento aparentemente profundo na região do crânio, com alguns coágulos no couro cabeludo. O curioso é que não localizei nenhuma quantidade de sangue em forma de espirro ou poça no local. Nem gotículas. Somente a pedra onde ela apoiava a cabeça estava marcada pelo cabelo emplastrado.*

— Isso sugere o quê, doutora? — Ele retirou um cigarro do maço e enfiou nos lábios. Baixou alguns dedos do vidro, mantendo o isqueiro na mão, como se aguardasse um sinal para acender o fumo.

— *Bom, a meu ver, que ela foi morta em outro lugar, talvez carregada com a cabeça embalada para não pingar sangue no caminho. A pedra na beira do rio foi só o local da encenação.*

— Ok. Obrigado.

A ligação encerrada explodiu minha insatisfação com a condução do caso.

— Você continua achando que foi um desconhecido? Depois dessa? Não é possível! — soltei indignada.

— Acho. — Ele respondeu sem olhar para mim e abriu o Zippo. A chama alta lambeu a ponta do cigarro e Brandão soltou uma baforada.

— Porra, você só pode tá de sacanagem... — Bati com a palma da mão no painel da caminhonete esperando que o barulho o obrigasse a me encarar e cacei a minha bombinha no bolso da jaqueta. Se dependesse somente da minha vontade, eu poderia incendiá-lo com os olhos.

Ele retribuiu o olhar na mesma intensidade e respondeu apenas com o som da tampa de metal do isqueiro batendo na sua carcaça.

Clack... clack... clack...

Se Brandão pretendia seguir uma linha de investigação calcada no "forasteiro misterioso", a minha era diametralmente oposta. Eu estava pronta para jogar a merda no ventilador se fosse preciso e mostrar que os rostos sorridentes e bem-vestidos da nata da cidade eram apenas um verniz, uma tentativa de esconder um interior corroído e podre.

Para disfarçar as minhas intenções, pedi ao Brandão que me deixasse na casa dos meus pais. A ideia era aguardar ele arrancar com o carro e visitar o Ministério Público da comarca para convencer a promotora a solicitar a quebra dos dados telefônicos no nome da vítima.

A picape cinza-chumbo virou a esquina e, apesar do estômago colando nas costas e da pele meio grudenta, desci a rua a pé até a principal do Centro, contando em chegar no imóvel destinado à promotoria em menos de quinze minutos.

Eram quase três da tarde e o pipoqueiro, que não era mais o seu Airton, empurrava devagar o carinho de alumínio. Velho e pesado, as rodas reclamavam a cada metro vencido da leve subida. Nuvens gordas e arredondadas escondiam o sol, mas a sensação era a de um cobertor vedando uma janela em pleno verão. O suor escorria pela minha testa e o ar morno deixava a minha boca seca. Santo Amaro sempre foi quente demais para mim nessa época do ano. Os banhos frios de cachoeira, com o Cadu, é que tornavam tudo suportável, até não funcionarem mais.

A casa transformada em sede do Ministério Público estava a poucos passos. A fachada simples e colonial formada pelo telhado de cerâmica contrastava com a porta de vidro fumê, um tanto moderna para a arquitetura pitoresca de uma cidade de pouco mais de dez mil habitantes. A intenção óbvia era a de se ver quem chegava antes mesmo do visitante pisar no chão de ardósia da recepção. Por falar em recepção, fui recebida por uma lufada de ar gelado, protagonista do meu quase choque térmico, e pelo topo de uma cabeça, que me respondeu para aguardar. Sua dona sequer se deu ao trabalho de erguer o rosto da agenda à sua frente.

— Pode se sentar aí. — Indicou com a ponta do dedo, sem levantar os olhos, ainda entretida na sua tarefa. — A doutora está em um atendimento. Só aguardar.

Curioso como esse ar despreocupado, essa falsa segurança das cidades pequenas afeta as pessoas. Se estivéssemos no Rio de Janeiro ou em São Paulo, essa desatenção da dona Cabeça talvez lhe cobrasse um preço, e salgado. Já em lugares como Santo Amaro, o medo de se bater a porta da frente de casa e não voltar por causa do roubo de um celular não existe. De ser vítima de uma bala perdida em um arrastão, ou de um sequestro-relâmpago pela Quadrilha do PIX. De ser rendida por uma arma apontada na direção da cabeça displicente, também não. Com exceção do acerto de drogas, que há em qualquer lugar, o crime em cidadezinhas bucólicas é da porta para dentro. É o marido violento, o abuso praticado por alguém da família, disfarçado de um colinho inocente; é o ódio por trás dos olhares frios trocados durante as refeições à mesa; o empurrão da escada, falseado como acidente doméstico. O mal está próximo, dentro de casa, não fora, como o Brandão acredita ou finge acreditar.

A porta do gabinete da promotora foi aberta e me levantei em um pulo, indicando que eu me colocava como a próxima a ser atendida. Uma voz feminina, alta e aguda, anunciava a aproximação da sua dona.

— ... então te encontro no Bistrô da Gê por volta das sete da...

Não escutei o final da frase. Assim que a Gisele Bündchen do Paraguai cruzou a porta de braços dados ao Cadu, meus ouvidos tamparam e a visão embaçou. Era como se eu estivesse sofrendo um apagão, seguido de uma sobrecarga. Foi o perfume enjoativo de tão doce que me trouxe de volta à razão.

— Ariela, você por aqui? — Os olhos dele esboçavam uma surpresa tão grande quanto a minha.

— Preciso conversar sobre um caso com a doutora... — Nada nela encaixava com o gosto dele. Desde o *scarpin* rosa até as pulseiras de corrente dourada e elos grossos. As pernas esguias e o corpo de modelo da Victoria's Secret. Senti-me enganada por todas as vezes em que ele me abraçou por trás e sussurrou "como você é gostosa" por causa das minhas coxas grossas e do meu quadril tamanho 42.

— Essa é a Ariela? Aquela Ariela? — Os lábios à la Angelina Jolie formaram um biquinho.

Eu sou aquela Ariela? Aquela Ariela? Que porra...

Cadu assentiu.

— Amor... — Pareceu engasgar-se. — Roberta, essa é a Ariela. Ariela, essa é a Roberta, minha noiva. — Ele gesticulou como se apresentasse um colega novo de trabalho ou empresários em uma reunião de negócios.

— Prazer… — Estendi a mão e, de novo, a porcaria do choque correu pelo meu braço, subindo até o cotovelo, logo que as nossas palmas se tocaram.

— Nunca imaginei que um dia fosse te conhecer. O Cadu me contou tudinho sobre vocês, né, amor? — Ela se virou para ele, e ele encolheu os ombros enormes; provavelmente desejando diminuir de tamanho até sumir dali. Já a minha vontade era a de me pendurar no seu pescoço e esganá-lo. Cadu não tinha nada que ter falado sobre a gente, sobre a nossa intimidade e nossa maior dor.

— É mesmo? — exagerei no tom da surpresa. — Espero que você não tenha falado tão mal de mim.

— Claro que não…

Não o deixei terminar. Eu estava puta da vida, e não estava a fim de ouvir a sua explicação justamente por querer me dar o direito de sentir raiva. Eu o conhecia bem o bastante para saber que qualquer palavra a nosso respeito não havia sido por mal e tampouco na intenção de me expor, mas de desabafar. Eu tinha os meus próprios fantasmas e ao mesmo tempo era a assombração da vida dele.

— Bom, isso aqui foi muito interessante, mas podemos conversar, doutora Roberta? Acredito que a senhora tenha sido avisada sobre o corpo encontrado nesta manhã.

Seu rosto não demonstrou espanto. Ela já sabia.

O gabinete cheirava à loja de grife em shopping da Zona Sul do Rio. O aromatizador de ambiente devia ser mais caro do que a mensalidade do meu Plano Controle do celular. Os móveis não eram de fórmica, como na delegacia. Doutora Roberta trabalhava em uma mesa de madeira de lei, com pés curvados e quinas talhadas e se sentava em uma cadeira de escritório, aparentemente em couro, com base metálica dourada. Uma estante enorme laqueada em verde e repleta de livros concluía a paisagem. Inegável que a mistura de clássico com moderno era de bom gosto.

— Minha irmã é decoradora no Rio e deixou o meu gabinete mais a minha cara — falou, percebendo que eu escaneava o lugar com certa perplexidade. — Bom, vamos ao que interessa, sente-se, por favor... — Indicou uma das duas cadeiras no estilo provençal.

Ela me observava como se examinasse um inseto estranho, daqueles que não se sabe se pica ou se é inofensivo.

— Você veio falar sobre o caso da adolescente encontrada hoje. — A caneta resinada preta, do tipo vendida em estojo de veludo, balançava entre os seus dedos.

— Sim, Brandão tem uma teoria descabida. — Me ajeitei na cadeira, mantendo o corpo o mais ereto possível. — Uma pessoa estranha teria cometido o crime, um forasteiro, alguém de passagem pela cidade e que talvez já tenha ido embora.

— E você? — Doutora Roberta se recostou contra a poltrona executiva e acariciou o queixo enquanto me encarava.

Será que essa mulher conseguiria prestar atenção no caso em vez de avaliar a ex do noivinho? Eu me recusava a tornar a conversa uma perda de tempo.

— Tenho certeza de que é alguém daqui. Alguém próximo. O celular dela sumiu e adolescente nenhuma fica sem o seu celular. Inclusive, podemos refazer os seus últimos passos se quebrarmos o sigilo da linha. A empresa de telefonia pode repassar a localização geográfica do celular com base na localização das torres. Além disso, teríamos acesso às ligações e mensagens.

Ela inclinou o corpo para frente e cruzou as mãos por cima da mesa.

— Deixa ver se entendi... você veio me procurar para pedir que eu solicite a quebra de sigilo telefônico da vítima? O Brandão se recusou a pedir, foi?

— Sim...

O silêncio encheu o ambiente, a ventoinha do computador parecendo a turbina de um avião.

— Ok, concordo com você — a promotora finalmente disse após longos segundos. — Vou solicitar ao juiz. Diante da falta de pistas, o telefone é importantíssimo! Porém, existem dois problemas nesse pedido. — Ela puxou uma folha de papel em branco do porta-

-papel e desenhou um enorme número um. Ao lado dele, ela escreveu "prazo". — Acredito que você saiba que o recebimento dos dados quase sempre demora.

Eu sabia. Sabia que era quase certo que os dados chegariam quando eu não estivesse mais em Santo Amaro. Investigá-los caberia a outra pessoa.

— É por isso que estou envolvendo você na história. — Eu mal a conhecia, mas sentia que ela realmente concordava com as minhas teorias e propósito na investigação.

— Certo. — Ela desenhou o número dois e fez um círculo em volta dele. Ao lado, ela escreveu "desconfiança". — O segundo é que Brandão saberá que você passou por cima dele. Acho que você lembra como funcionam as coisas em Santo Amaro e como as notícias voam por aqui.

— Não tem problema. Eu me entendo com ele.

Ela sorriu apenas com os lábios, exalando um ar de sarcasmo.

— Pelo visto, você não passou tempo suficiente com o Brandão...

Foi sair da sede do Ministério Público e virar a esquina que esbarrei de frente com o Cadu. Podia jurar que ele estava ali me aguardando.

— Ariela, você pode me ouvir cinco minutos, queria te explicar...

— Não tem nada para explicar, não. — Retomei o passo rápido e ele emparelhou ao meu lado.

— Nunca pensei que eu fosse ficar noivo de novo...

— A gente era muito jovem, não tinha como dar certo. Se pensar bem, vai ver que fiz um favor a você. — Não tive a coragem de olhar para ele ao pronunciar essas palavras e acelerei as passadas, deixando-o um pouco para trás.

— "O tempo corre contra mim, sempre foi assim, sempre vai ser"... — O verso me atingiu pelas costas. — ... "vivendo apenas pra vencer a falta que me faz você; de olhos fechados eu tento esconder a dor agora; por favor entenda, eu preciso ir embora porque..." — Cada palavra cantada me perfurou feito uma saraivada de balas, me fazendo parar.

A nossa música era golpe baixo. Cadu não sabia, mas "Um minuto para o fim do mundo", do CPM22, nunca deixou de encabeçar a minha *playlist*.

Sua mão macia, porém decidida agarrou meu braço. Minha pele reconheceu o toque dele instantaneamente. Era como andar de bicicleta, a gente pode perder a prática, mas nunca se esquece.

— Olha para mim, por favor. Ou não mereço nem isso?

Eu não era forte o suficiente para ignorar um pedido desses, então me virei. Ele merecia. Merecia muito mais.

Respirei fundo e ergui o rosto para encará-lo. Seus olhos avermelhados transbordavam a mágoa; e os meus tentavam esconder a mistura de dor e saudade que me rasgava por dentro.

A saudade é uma faca de dois gumes. A do que se viveu é tão afiada quanto a saudade daquilo que poderia ter sido. Ambas são dilacerantes. Uma carrega a certeza; a outra, a dúvida.

— Você sabe que te esperei. Te esperei voltar por 2615 dias. Sete anos e dois meses, porra! — Cadu não falava palavrão. — Te esperei até ouvir do seu próprio pai que você não ia voltar. — Ele apertou os lábios. — E agora você está aqui.

— Por poucos dias, Cadu... — Era a verdade inevitável. Estar ali com ele era sentir mais uma vez o meu mundo acabar.

Uma mulher passou por nós e passeou o olhar de mim para o Cadu, fazendo uma expressão de dó para ele.

É, minha senhora, eu sou a filha da puta da Frozen!

— Veio só se despedir da sua mãe e agora já tem um caso para investigar.

— É uma menina, Cadu! Uma menina de dezessete anos, entendeu? Consegue entender? — Descruzei os braços e segurei nos ombros dele. — Não dá para ignorar, cacete!

O silêncio que desabou sobre nós indicava que ele havia entendido.

Quando a nossa distância assumiu a de dois carros estacionados, a voz grave e aveludada chegou baixa aos meus ouvidos, e mesmo assim os fez sangrar.

— Você não pode salvá-la. Não pôde antes, e não pode agora... — Cadu sentenciou.

CAPÍTULO 10

CINCO DIAS ANTES DA FESTA

Os sete corredores da Farmácia São Benedito nunca estavam vazios. Era a terceira vez que parávamos na entrada e fingíamos uma conversa boba enquanto esperávamos o lugar esvaziar, mas isso não acontecia. A porcaria da farmácia sempre tinha pessoas passeando entretidas, cada qual carregando cestinhas enfiadas no braço. E o balcão movimentado. Isso dificultava a nossa missão, mas não tinha jeito, não podíamos desistir.

A cada passo dado, olhos curiosos grudavam em mim. Era como se eu tivesse uma grande seta luminosa acima da minha cabeça piscando "veio comprar um teste de gravidez". Taci, Déb e eu havíamos feito um plano: cada uma procuraria em uma seção diferente e, se não encontrássemos, uma de nós teria que pedir ao funcionário do balcão sem alertar o seu Francisco. Apesar de ser um velhinho digno do papel de Papai Noel de shopping, seu Francisco ainda batia o ponto todos os dias. Ele ainda sugeria o remédio para melhorar uma dor de barriga e aplicava injeção, e quem não chorasse ganhava um pirulito, lembra disso? Sair dali carregando o doce era prova de coragem. Feito um troféu em cima do balcão, o vidro em forma de um pequeno aquário redondo continuava exposto, lotado de bolinhas coloridas, merecidas somente pelos mais corajosos.

Dei uma olhada de canto de olho e seu Francisco afagava o topo da cabeça de um menininho agarrado às mãos da mãe. Déb fingia interesse na seção de tintura de cabelo e analisava uma caixa — achei a atuação convincente demais, talvez ela tivesse esquecido a missão ou simplesmente enrolava, esperando que Taci ou eu nos arriscássemos. Imagine só, ser pega pelo seu Francisco pedindo o exame era ser entregue de bandeja aos nossos pais. Busquei com um movimento sutil de cabeça a Taci, e ela perambulava entre o corredor da higiene bucal e o dos xaropes e antitérmicos mordendo o canto dos lábios. Esse tique dela, quando está nervosa ou ansiosa, causa em mim o mesmo efeito de um bocejo, é contagiante.

Resolvi pegar uma cestinha e jogar algumas coisas dentro. Um pacote de absorvente — *hum, ótima escolha, contrastaria com o exame e confundiria a caixa* —, um xampu vegano, um desodorante roll-on de homem — isso daria a ideia de que eu estava levando encomendas para outras pessoas —, um vidro de leite de magnésio e um pacote de Band--Aid. Fingi procurar um xarope sabor cereja e encostei ao lado da Taci.

— Amiga, fica na mesma posição. Continua encarando a caixa de Tylenol — sussurrei. — Eu vou fazer o pedido do teste e você distrai o seu Francisco. No três você chega nele.

Ela respondeu um "tá" minguado e comecei a contar.

— Um, dois e três...

Foquei no funcionário parado próximo do pote de pirulito e com passos rápidos e curtos apoiei a cesta no balcão de vidro e me debrucei por cima dele, na tentativa de falar baixo e cobrir o meu rosto com a cestinha.

— Psiu, moço... moço.

O rapaz, de olhos espaçados e óculos de lentes redondas e pequenas, me lembrou aquela preguiça do filme *A Era do Gelo*. Acho que você não prestou muita atenção, mas comentei contigo mais de uma vez como eu amava esse filme quando criança. Meu pai brincava que o DVD tinha um buraco no meio de tanto rodar.

— Pois não? — A voz dele saiu mais alta do que eu queria, e isso me fez encolher ainda mais atrás da cestinha.

— Minha mãe me pediu pra comprar um tes... — Antes de terminar a palavra precisei olhar para os lados e ver se a Taci cumpria o combinado. Ela havia carregado o seu Francisco para a outra ponta da farmácia e apontava para os produtos expostos na estante. — Um teste de gravidez pra ela — empurrei a palavra para fora da boca.

O Preguiça, que na verdade era Raimundo, segundo o crachá pendurado numa blusa social de manga curta, me deu uma olhada e sorriu de canto.

— Sua mãe? Sei ... Sua mãe, por acaso, disse a marca?

— Não, né, moço, serve qualquer uma que funcione.

— Só um minuto... — Ele se dirigiu para a outra ponta do balcão. Dei uma espiada na direção da Taci e do seu Francisco e eles tinham sumido.

— Ô, menina Amanda, você está precisando de algo? — A voz grossa vinha de trás de mim e instantaneamente os meus cabelos da nuca se ergueram, como se estivessem se preparando para a fuga. Eu não sabia que gente da minha idade podia infartar, mas meu coração estrebuchava a cada passo que o Preguiça dava na nossa direção carregando uma embalagem retangular.

A distância não era grande, porém ele levantava a perna e pousava com o calcanhar no piso emborrachado num ritmo inverso ao dos meus batimentos cardíacos.

— Não, seu Francisco, já fui atendida — gritei, contando que as duas vacilonas ouvissem e corressem ao meu socorro. Você não imagina como eu suava por baixo da roupa.

Um estrondo me fez virar a cabeça e uma Taci ajoelhada abanava uma Déb caída por cima de uma pilha de papel higiênico, rodeada por vidrinhos de esmalte lançados ao chão.

— Ô, meu Jesuis Cristinho! Que prejuízo... — O coitado correu para salvar a sua mercadoria e aproveitei para puxar a embalagem da mão do Preguiça, que não se interessava mais pelo meu pedido, mas mirava os olhos no patrão gesticulando nervosamente.

Ufa! Agora é só disfarçar e ir pagar.

Ao agarrar a cestinha, pronta para sair, o vidro lotado de pirulitos estava ali, a um braço de distância, quase transbordando de bolinhas coloridas. Foi irresistível! Talvez fosse influência das nossas conversas, da forma que você me enxergava: uma Amanda tão confiante, audaciosa até, bem diferente do meu normal... Só sei que mergulhei a mão livre e pesquei três pirulitos, erguidos no ar em um claro sinal de vitória.

CAPÍTULO 11

— E aí, minha filha, como foi o seu dia? Deixei um prato de comida pronto em cima do fogão. — Meu pai estava sentado na mesa da cozinha, bebericando o décimo copo de café do dia, eu podia apostar. Foi irresistível pensar que Marco e ele se dariam bem com tanta coisa em comum. — Já almoçou?

— Tô sem fome, pai. — Servi-me de um copo de água e me sentei de frente para ele.

— Saco vazio não para em pé. — Os olhos caídos e sem brilho indicavam a sua tristeza. Provavelmente minha mãe havia piorado. Os óculos pousados sobre a mesa pareciam os únicos que usufruíram de algum descanso. — Vou esquentar para você… — Ele fez menção de se levantar, mas fui mais rápida.

— Pode deixar. Se você não se importar, já está um pouco tarde para almoçar. Prefiro um sanduíche e deixar a comida para o jantar.

Ele assentiu e abri a geladeira em um gesto mecânico para caçar um pedaço de queijo e fatias de presunto enquanto aguardava ele soltar a bomba.

— Sua mãe não está bem. Sei que você se envolveu num caso, mas o prognóstico é ruim. — A voz dele soava calma, mas os dedos esfregavam freneticamente os ressaltos do copo americano, mais uma vez vazio. — Você deveria passar o resto da tarde com ela e voltar para a sua investigação amanhã. É bem possível que ela não passe das próximas quarenta e oito horas.

Como dizer para ele que a investigação da morte da Amanda tinha se tornado tão ou mais importante quanto passar o restante do dia sentada na cadeira colocada de forma estratégica ao lado da cama, velando uma moribunda? Ponto para a adolescente raivosa.

A moribunda é a sua mãe, Ariela! Contra-ataque do meu lado empático.

A culpa pelo distanciamento emocional voltava do coma e gritava nos meus ouvidos. Eu não havia causado essa distância, ao menos não de forma consciente. Bastava respirar no mesmo cômodo e um oceano se formava entre nós.

— Ari, sei que existe muita mágoa, mas você consegue entender um pouquinho a sua mãe e as dificuldades dela depois da carta? — Meu pai sempre me leu através dos olhos. — Não estou dizendo que é justificável, mas compreensível, percebe?

Sim, eu estava tentando entender, mas duas Arielas lutavam entre si: a que não compreendia por que alguém escolhia ter um filho para odiar e, por incrível que pareça, baseada em preceitos cristãos; e a que vestia os sapatos dela, e agradecia a sua escolha em me ter. Eu não sei qual delas dominaria a luta quando eu entrasse naquele quarto.

Subi os degraus em direção ao quarto me sentindo no próprio corredor da morte. Eu vinha acompanhada da morte abrupta e violenta, injusta por levar em seus braços alguém tão jovem; e estava prestes a entrar no território da morte lenta e sufocante, aquela que cutuca consciências.

A alguns passos da porta encostada, meu celular vibrou. Era o Marco.

— Oi — falei baixo. Pela fresta da porta, dona Beatriz parecia dormir, de olhos fechados e respiração serena graças à máscara de oxigênio colocada sobre a sua boca.

— *Como estão as coisas aí, Paixão? Tudo certo?* — O tom era exageradamente animado. — *Você está fazendo falta aqui, tô tendo que acompanhar o Palhares nos casos dele e aturar aquele bafo de repolho empesteando o Cavalão.*

Apesar das coisas não estarem nada bem, o comentário dele me arrancou um sorriso.

— Você já passou por situações piores, Marco...

— *Porra, tava preocupado. Te mandei mensagem e nada de você responder.* — Ouvi ele respirar fundo do outro lado da linha. — *Quase utilizei do nosso combinado de segurança. Foi por um triz que não acessei a sua conta Google para ter certeza de que estava tudo bem.*

Dei um tapa de leve na minha testa por não ter me lembrado disso. A preocupação excessiva dele havia acabado de me ajudar no caso da Amanda. Marco e eu tínhamos trocado os dados da conta Google, como uma ferramenta de proteção. Por meio dela era possível acessar o histórico de localização do usuário, entre outras coisas. Eu só precisaria descobrir se Amanda tinha uma conta Google e o e-mail e senha.

— *Ei, você tá puta comigo por pensar em te localizar?* — A pergunta foi acompanhada de um risinho sem graça. O Marco pisava em ovos quando lidava comigo. Sempre solícito, gentil e preocupado, aturava as minhas patadas que vira e mexe explodiam sem sequer uma contagem regressiva ou um aviso.

— Não, pelo contrário. Você, como sempre, me trouxe uma luz. — Não era puxa-saquismo, Marco era o queijo e eu a goiabada, a gente tinha química no trabalho. — Vim visitar minha mãe, mas pintou um caso aqui, e eu estava num beco sem saída. Por falar nisso, fechou o inquérito do Calvin?

— *Então, rolou um contratempo...* — Ele afastou a boca do telefone. — *Oi? Peraí!* — falava com alguém no mesmo ambiente que ele. — *Olha, Paixão, vou ter que ir...*

— O que houve no inquérito?

— *Olha, ainda tá em aberto, explico com calma depois.*

Fazia quarenta e oito horas que eu não via o Marco e sentia falta das suas piadas sem graça, da mania de café e do mineirês despertado nos momentos de nervosismo. No entanto, era da troca com um parceiro confiável que eu mais sentia falta. Desliguei combinando de ligar todos os dias durante a estadia em Santo Amaro para contar sobre o caso, mas apenas sobre ele. Nada sobre a minha mãe, o estuprador dela, e a ânsia de pegá-lo.

É impressionante como a doença maldita evolui em apenas vinte e quatro horas. O rosto macilento destacava ainda mais os ossos da maçã, e o tom acinzentado a fazia parecer um boneco de cera.

Sentei-me na cadeira ao lado da cama de hospital cumprindo o papel repassado pelo meu pai. *A boa filha a casa torna.* Quem disse que eu era uma boa filha? Muito menos ela uma boa mãe. Mesmo assim eu estava ali, observando o ressoar quebradiço emitido por um peito, que até então, eu tinha certeza de que era oco.

Por vários minutos, enquanto a olhava, permaneci mergulhada nas cenas do passado. Ressignificar uma vivência de anos não era tão simples assim, e ainda havia aquela desgraça de dia, aquele dez de julho. Não, eu não tinha condições psicológicas para ir tão fundo e reescrever toda a minha história. Não naquele momento. Ir fundo demais faria com que meus pulmões se enchessem de água e eu me afogasse. Prendi-me na única boia de salvação possível, o trabalho, ou seja, investigar. Investigar como um cão farejador focado apenas na sua presa.

Como se os olhos de fato possuíssem um poder magnético, dona Beatriz ergueu as pálpebras e tentou virar o rosto na minha direção.

— Sou eu, mãe... — A palavra ainda amargava. — Não se mexe, senão você pode tirar a máscara de oxigênio da posição correta.

Prostrei-me ao lado da cama. Em um movimento tremido, ela tentou erguer a mão, que sem forças tombou no colchão. Fez uma nova tentativa, levando os dedos até o queixo, desabando em seguida. Segurei sua mão ossuda e fria para acalmá-la, conhecendo dona Beatriz o suficiente para saber que ela não pararia até tirar a máscara — ou morreria tentando.

Puxei a máscara triangular na direção do pescoço, liberando sua boca.

— Le... leu carr ta? — Cada palavra saiu com esforço, cuspida pela falta de ar.

— Li — respondi. Um turbilhão de sentimentos girava feito um tornado dentro de mim.

— Perdoa? — A voz fraca e craquelada arrastou-se para fora dos lábios e me pegou completamente de surpresa. No dia anterior, quando ela me entregou a carta, disse não fazer questão de perdão, e agora usava das suas últimas forças por ele?

Meus olhos arderam e baixei a cabeça mirando os pés. Lutava para não derramar as lágrimas indesejadas. Que resposta eu daria? O que ela esperava de mim? Anos e anos de uma relação truncada, carregada de sentimentos nefastos, não seriam apagados em menos de vinte e quatro horas. Isso ia além da minha capacidade.

Era óbvio o desejo pelo "sim". Seria esse desejo algo verdadeiro, motivado por um arrependimento profundo e real? Ou seria mero fruto do beijo da morte? Do medo de mergulhar no desconhecido repleta de pendências, lotada de carmas?

Mesmo tomada de dúvidas, balancei a cabeça afirmativamente em silêncio, pois só assim eu conseguiria dar a resposta tão esperada, de uma forma nada sincera.

Porém, eu precisava de algo em troca...

— Quem foi, mãe?

Foi a vez de ela desviar os olhos arregalados, como se a falta de carne nas bochechas os deixasse saltados, feito uma caveira de desenho animado.

— Fala, mãe, quem foi? — insisti. Descobrir a autoria era crucial para mim.

Os lábios arroxeados e a tentativa desesperada de subir a máscara enquanto os dedos escorregavam pelo plástico indicavam a sua dificuldade em respirar — ou, talvez, que ela simplesmente não desejava responder.

Envolvi a máscara de oxigênio com a mão e direcionei a sua ponta superior entre as sobrancelhas, mantendo-a planando acima do rosto — se estivesse encaixada de forma correta cobriria a boca e o nariz, proporcionando o ar incapaz de alcançar os pulmões moribundos com suas próprias pernas.

— Quem foi? — Eu precisava da resposta. — Me ajuda a pegar o bosta que fez isso com você...

Ela agarrou o meu pulso e tentou puxá-lo para baixo ao mesmo tempo que me encarava. Uma lágrima escorreu pelo canto dos seus olhos.

— O que você está fazendo, Ariela? Não vê que sua mãe está com dificuldade em respirar? — Meu pai estava na porta, e carregava uma cumbuca da qual subia uma leve fumaça. Sua expressão não era de raiva, era pior. De decepção.

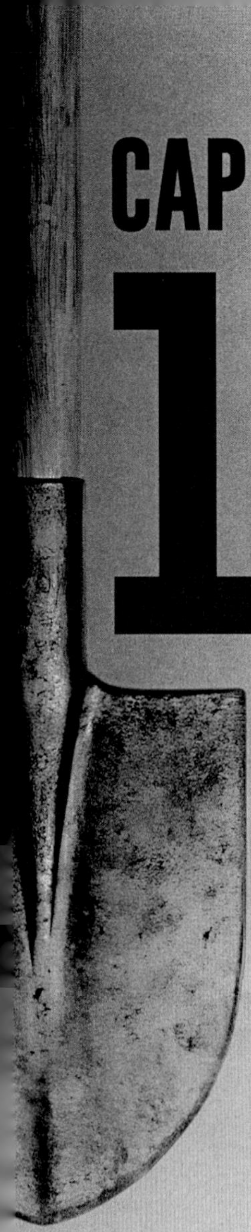

CAPÍTULO 12

CINCO DIAS ANTES DA FESTA

A minha casa era a única segura naquele horário da tarde. Diferente dos pais da Déb e da Taci, ambos os meus pais trabalham, e isso me faz passar boa parte do dia sozinha.

Andamos em silêncio por todo o caminho. O pirulito amargando na boca. Assim que dobramos a esquina da minha rua, a minha barriga doeu com força, mas eu não era a única morta de medo do teste escondido dentro da mochila: Déb andava de braços cruzados, quase abraçando a si mesma, como alguém sentindo frio e Taci apertava os meus dedos e umedecia a minha mão de suor. Nós três estávamos assustadas e em guerra com um futuro que chegava antes da hora.

Quando pisamos na calçada em frente à entrada de casa levei o indicador aos lábios mesmo sendo a nossa respiração o único barulho que fazíamos. A minha preocupação não era com papai ou mamãe, mas com a dona Henriqueta, a vizinha da frente. Não sei se você a conhece, mas ela é a razão do meu receio em te receber às escondidas, de abrir o portão correndo e te puxar para dentro, sem ligar para o fato de termos provavelmente deixado uma testemunha do nosso encontro secreto.

Dona Henriqueta tem o hábito de fumar com os cotovelos apoiados no portão baixo, olhando o vai e vem da rua. Quase um atrás do outro, os cigarros saltam das pontas dos dedos de unhas compridas, pintadas com um esmalte roxo brilhante, para a boca. Mamãe diz que ela é a mulher mais informada de Santo Amaro de tanto passar o dia debruçada ali. Sempre na companhia do Chuvisco, um gato tigrado, tão gordo que é do tamanho de um poodle e de olhos grandes amarelados. Eu tenho certeza, o Chuvisco me julga toda vez que me vê.

Por sorte, dona Henriqueta não estava no seu posto habitual. Enfiei a mão por dentro do portão, levantei o trinco e me pus de lado, gesticulando para que Déb e Taci entrassem na minha frente, ao mesmo tempo que balbuciava um "anda logo" e "shhhhh".

— Dá a volta pelo lado, a porta da cozinha deve tá aberta... — sussurrei.

Cruzamos aos cochichos o caminho de pedras até o quintal de trás, desviando de alguns galhos das plantas e arbustos que mamãe adora ter nos canteiros laterais. Ela diz que casa deve ter verde e natureza, senão perde a beleza e graça.

A porta de vidro canelado com moldura de ferro, pintada de branco, estava destrancada, como mamãe sempre deixa e a sensação era a de entrar em uma caverna fresca. A janela estava fechada, mas a claridade do sol da tarde entrou conosco através da porta, formando um retângulo claro no piso da cozinha.

Tomei a dianteira e fui até a divisória que ligava a cozinha à sala.

— Mãe! Pai! Cheguei! — gritei em direção à sala só para me certificar. Virei para as meninas e levei o dedo indicador à boca, num claro gesto de silêncio.

Ninguém respondeu.

— Estamos mesmo sozinhas...

— Ei, vamos terminar logo com isso — Déb riu baixinho, não sei se achando graça ou de nervoso. — Pintou uma *pool party* na casa do Bê. Pré do niver dele, e a galera já tá lá.

— Vão subindo pro meu quarto, vou levar um refri. A bexiga precisa tá cheia.

As meninas conheciam bem o caminho. Cada uma de nós estava acostumada a frequentar a casa da outra desde mais novas. A própria dona Henriqueta e os meus pais estavam carecas de ver Déb e Taci lá em casa. Porém, o motivo daquela tarde era bem diferente das outras, trocando material de estudo, assistindo Netflix e ouvindo Taylor Swift.

— Agora que a Taci e o Bê terminaram, você podia apresentar formalmente o teu irmão gato, hein? Ele é só quatro anos mais velho... — Déb tinha parado no meio do caminho, atraída pelas fotos da viagem à Minas que mamãe colocou no quadro de cortiça próximo da porta.

— Ei, é só um tempo... a gente tá dando só um tempo — Taci fez questão de sinalizar. — Anda, vamos logo!

A cara emburrada e o bico, amostras de que ela não aceitava o término, me fizeram falar mais do que eu pretendia.

— Meu irmão não vai dar a mínima pra vocês — respondi. — Ele mal liga pra mim. Nas últimas vezes que visitou ele nem falou direito comigo. Ou evitava ficar no mesmo lugar, ou aparecia para implicar e dizer que não sou irmã dele. Ele mudou muito. Minha mãe sempre contou que quando cheguei ele adorou ter uma irmã mais nova e ficava cuidando de mim, me alimentando e pegando no colo. Me lembro dele brincando comigo quando eu era pequena. A gente se dava bem até ele ir pra faculdade.

— Cara, teu irmão virou um escroto preconceituoso, hein? — Déb balançou a cabeça. — Não liga pra esse papo dele...

— Eu não ligo. — Dei de ombros. — Na verdade, já liguei sim, mas hoje não me importo mais.

A Déb abriu a boca, como se fosse falar alguma coisa, mas desistiu graças à Taci. Parada de braços cruzados na divisa entre a sala e a cozinha, ela batia o pé no chão, demonstrando a sua pressa.

— Gente! Vamos terminar logo isso! A *party* já tá rolando e tô quase tendo um treco aqui de ansiedade... — Obviamente que a Taci estava morrendo de ciúmes e louca para chegar na *sua* casa.

— Vão na frente — eu disse com a mão na porta da geladeira. A luz acendeu e o vapor frio beijou o meu rosto quando abaixei para puxar a garrafa de refrigerante da prateleira de baixo. Porém, logo que os passos e cochichos se distanciaram, troquei o refri pelo celular enfiado no bolso da calça e abri o WhatsApp.

Sem conseguir resistir, digitei com os dedos rápidos.

> Amor, como tá a festa na piscina, aí? bombando?

A mensagem foi recebida por você, mas ainda não tinha sido visualizada. Mandei outra.

> Vai ser tão difícil tá perto de vc e fingir que não rola nada. Dá pra gente se encontrar escondido?

Os dois tracinhos azuis piscaram e o status "digitando" apareceu no topo da conversa. O meu coração disparou.

> Com certeza amor. Quero muito te beijar.

> Tô na piscina pensando em vc. Com T

Ri baixinho com a sua resposta. Eu ainda ficava um pouco sem graça em falar sobre sexo e não me sentia à vontade para responder no mesmo tom, mas gostava de mexer desse jeito com você.

— Que sorriso bobo é esse? — A voz aguda da Déb me fez pular com o celular na mão e levá-lo ao peito, escondendo a tela da nossa conversa. Ela havia se aproximado de mansinho, escondida pela porta aberta da geladeira. — Vim ver se você tava precisando de ajuda pra subir com o refri… — Ela olhou para a garrafa ainda deitada na prateleira. — Cê tá escondendo alguma coisa, Mandy? Segunda vez que te pego estranha com esse celular.

— Nada. — Enfiei o aparelho de volta no bolso e agarrei o bico da garrafa. — Mensagem da minha mãe — menti, torcendo para que ela acreditasse.

— Sei... — Déb apertou os olhos e fez uma careta. — Tá bom. Vamos logo fazer esse exame da Taci porque, se der positivo, quero ver a reação do Bê quando ela contar na festa. Se ele tá achando que vai pegar outra na boa, tá muito enganado.

A suspeita da gravidez da Taci era uma bomba prestes a explodir e, se o exame desse positivo, isso com certeza afetaria a nossa relação.

CAPÍTULO 13

Eu andava em círculos pela sala feito um animal enjaulado aguardando ser cutucado com uma vara pelo adestrador. Após me flagrar tentando arrancar da minha mãe o nome do filho da puta de uma forma nada convencional, meu pai me colocou para fora do cômodo.

— O que você pretendia naquele quarto? — O tom de voz era ríspido. A raiva estava ali, representada na linha fina dos lábios apertados e curvados para baixo, e no franzido da testa.

— Nada de mais... só toda a verdade! A que você pelo visto não se interessou em saber. — Respirei fundo. Estávamos frente a frente, separados apenas pela mesinha de centro, e eu nunca havia visto o seu Gilberto assim.

— Cacete, Ariela! — Ele abriu os braços e bateu com os punhos na lateral do corpo. — Sua mãe está morrendo e você quase a mata para conseguir uma informação? É assim que você faz no trabalho, minha filha? — Meu pai se sentou na poltrona e encostou os cotovelos nas coxas, abaixou a cabeça e entrelaçou os dedos atrás da nuca.

A pergunta funcionou feito um soco na boca do meu estômago, daqueles que expulsa instantaneamente o ar. Era a segunda vez em menos de cinco minutos que o seu Gilberto me levava à lona e me obrigava a uma reflexão difícil e indesejada. Como responder que nem todas as respostas são obtidas com um simples "por favor"? Que às vezes para prender um estuprador, pedófilo ou assassino é preciso ser persuasivo? Marco e eu não teríamos resolvido o caso do Calvin Soares se não tivéssemos pressionado o Smurf homicida. Dona Elisa não veria justiça.

— Nunca imaginei que você se tornaria esse tipo de policial, que apela para a violência física… — Seu desapontamento era tão grande que ele sequer levantou o rosto.

— Peraí, pai, claro que não! Nunca fiz uma coisa dessas. Achei que você me conhecesse o suficiente para saber que sou incapaz…

Ele não me deixou terminar.

— Eu achava isso, mas pelo visto me enganei… — Seu Gilberto olhou para mim e os óculos estavam molhados.

— Eu tinha o direito de saber, caralho! — gritei e, percebendo a frustração, raiva e arrependimento se mesclando dentro de mim, gerando uma mistura ácida e borbulhante, pronta para irromper da garganta na forma de violento choro, corri porta afora buscando ar para respirar antes que sufocasse.

A princípio, retornar para Santo Amaro, mesmo por poucos dias, era semelhante a alguém que sofre de fobia de dentista e está na antessala prestes a fazer um canal. A partir daí, a situação escalou de uma forma inesperada e surreal. Sinto como se estivesse amarrada à cadeira do dentista, ouvindo como música-ambiente o som do motorzinho, ao mesmo tempo que me arrancam os dentes um a um.

A minha respiração sibilando e o aperto no peito, acompanhado da marcha de milhares de patas invisíveis pelo meu rosto e de uma onda de calor, que deixava o meu estômago ainda mais embrulhado, eram a mensagem clara de que eu não suportaria lidar com toda a merda da minha história de vida naquele momento. O caso Amanda se tornava ali uma questão de autopreservação.

Sentada em um dos bancos da praça, assistindo a uma ou outra criança voar alto no balanço e descer o escorrega gritando de alegria, puxei as três fotografias do meu bolso. Amanda sorria nas fotos. Estava cercada por pessoas que supostamente a amavam. *Será?* Será que a amavam mesmo? Por que não começar a minha investigação por elas? Talvez o pai tivesse uma amante vingativa ou a mãe devesse dinheiro por aí. Talvez Amanda fosse uma vítima não por ter pisado no calo de alguém, ou por estar no lugar errado e na hora errada, mas por ser um meio cruel de atingir a verdadeira vítima. Essa linha me parecia plausível. Se não fosse pelo mal puro e simples que caminha a passos largos por esse mundo, por qual outra razão tantas crianças seriam mortas?

Já estava anoitecendo, mas decidi passar em frente à casa da Amanda, desejosa por abordar seus pais. Tenho certeza de que se o Marco estivesse neste caso soltaria um "pô, Paixão, deixa passar pelo menos vinte e quatro horas", pensando no momento delicado e doloroso pelos quais os familiares estão vivenciando. Nunca tirei a sua razão, porém sempre acreditei na ânsia que deve brotar do peito em frangalhos, em um desejo febril de se pegar o culpado antes mesmo do caixão descer ao túmulo. Eu me sentiria assim se fosse minha filha.

Ao chegar em frente ao portão, a conclusão inevitável era a de que não havia ninguém em casa. O quintal, iluminado pela luz do poste da rua, formava nos cantos ajardinados sombras claustrofóbicas. O ar parado parecia denso. Uma bruxa com olhos nas asas estava pousada na varandinha da casa, sobre a porta de entrada como se, fazendo o papel de um cão, vigiasse o terreno. As janelas estavam fechadas. Nenhum cidadão santo-amarense em sã consciência manteria janelas fechadas em plena primavera.

— Psiu! Ei, moça! — As palavras roucas foram seguidas por um pigarro e me fizeram virar de súbito. A vizinha da frente estava apoiada em seu meio-muro. A brasa alaranjada do cigarro dançava no ar, ora para cima, ora para baixo. — Vem cá, vem cá. — O cigarro seguiu a coreografia dos dedos.

Atravessei a rua ansiosa. Na minha experiência policial, vizinhos são excelentes fontes de informações. Mesmo aqueles que dizem não saber quase nada, em geral, sabem de mais coisas do que se dão conta.

— Não tem ninguém em casa — ela disse assim que pisei na calçada —, mas você já deve saber disso, né, porque é a polícia que veio do Rio, filha do Gilberto e da Beatriz. — Tragou o cigarro. — Como está a sua mãe? Desde que a *maldita* pegou ela de jeito, nunca mais a gente conversou... acho que ela esteve por aqui a última vez tem uns dois meses.

— Nada bem... — Suspirei.

— Você parece muito com ela na tua idade. Algumas pessoas a achavam metida e antipática, que ela atraía muita atenção dos homens, mas li tua mãe todinha quando a gente se conheceu. Beatriz só era mais na dela, uma pessoa reservada, só isso... — A vizinha esmagou a guimba em um cinzeiro de plástico, desses surrupiados de botequins, apoiado ao seu lado no muro. — Ressabiada, desconfiada, sabe? Tipo assim, um bicho maltratado que não aceita bem o toque.

Simplesmente assenti. Qualquer resposta minha continuaria com o assunto indesejado.

— Desculpe, o nome da senhora é...

— Henriqueta. Você me conheceu pequena, mas óbvio que não se lembra.

Dei um meio-sorriso, daqueles sem graça, nascidos quando alguém que não reconhecemos faz questão de mencionar algum encontro pré-histórico, ignorado pelo passar dos anos.

— A senhora conhece a família? — Indiquei a casa dos Pereira com um gesto de cabeça.

— Desde o dia que se mudaram pra cá há dezesseis anos. Vieram de Nova Aurora com a Amanda no colo ainda, que coisa triste que aconteceu com ela, né? Nem imagino como a Mara e o Ernesto estão se sentindo. Tão chocante... — Ela balançou a cabeça, mirando a casa da frente.

— Qual a sua impressão da família?

Ela me deu uma olhada enquanto acendia mais um cigarro, e tateei o bolso buscando sentir o meu pequeno cilindro plástico salvador.

— Você quer saber se sei algum podre da família, né? A polícia sempre agindo como urubus, revirando a carniça...

O comentário não deixava de ter a sua razão.

— Olha, não me parece que tinham alguma coisa de mais. — Nova tragada e baforou a fumaça. — Eram uma família normal, pai, mãe e irmãos, né? Não eram de movimentação na casa, dessas famílias que vivem recebendo visita e fazendo churrasco com música alta. Ernesto, sempre com livros debaixo do sovaco e apressado. Mara, aquele tipo de simpatia distante, sabe, sempre com um ar de quem vai salvar o mundo e não pode perder tempo pra parar e conversar, mas educada, de vez em quando me mandava um pedaço de bolo. — Interrompeu a fala e tossiu, uma tosse carregada, árida, e chupou o cigarro de novo. — O menino quando pequeno era falador e levado. Andava de bicicleta aqui na rua, rindo e tocando uma buzina presa no guidom quase sem parar, mas quando cresceu mudou muito, vivia de cara fechada, não falava com ninguém direito, nem na própria casa.

— Ele não se dava bem com os pais? — A minha dificuldade com a minha mãe me deixava sem um parâmetro confiável. Sei que adolescentes podiam ser difíceis, porém se fechar feito uma ostra sugeria problemas.

— Eduardo é filho da Mara, do primeiro casamento dela, mas sempre vi Ernesto tratar ele como se fosse o pai. Vai saber, né? As pessoas muitas vezes agem de um jeito na frente de estranhos, e de outro totalmente diferente entre quatro paredes. — A vizinha subiu e desceu os ombros. — Parece que nas últimas vezes em que ele veio visitar estava implicando com a irmã. Quando estacionavam o carro na garagem, ouvi Mara pedindo pra que ele tratasse a Amanda melhor e deixasse de escorraçar ela feito cão sarnento. Não consegui ouvir a resposta porque se ele disse alguma coisa foi dentro de casa. O moleque saltou do carro feito um furacão, batendo a porta, e Mara ficou pra trás. Disse a frase nas costas dele.

Anotei mentalmente o irmão como um suspeito a ser averiguado.

— E tem mais alguma coisa que a senhora ache importante contar?

A vizinha esmigalhou o cigarro no cinzeiro e coçou o canto do olho com uma das unhas enormes.

— Olha, a menina era boa, quietinha, não recebia garotos em casa quando os pais não estavam, sempre me cumprimentava, né? — Ela emudeceu por alguns segundos, como se pensasse se deveria prosseguir ou não. — Tem uma coisa, sim, que vou contar só porque ela merece que tudo seja investigado e achem quem fez essa barbaridade. Velho dorme pouco. De vez em quando me levanto pra fumar. Podia fumar no quarto? Podia, mas gosto de fumar aqui fora. Então, nos últimos meses, vi Amanda se esgueirando pelo jardim e saindo de casa sem fazer um pio, em alta madrugada para entrar em um desses carrões grandes pretos, tipo picape. Bonitão. Coisa chique, poderosa. E isso muito mais de uma vez.

— A senhora viu a placa?

— O carro ficava estacionado perto da esquina e não tenho visão além do alcance. Tô mais pra Mum-Rá... — Ela sorriu, porém não acompanhei o sorriso. — Desculpa a brincadeira, meu filho assistia esse desenho e era um parto fazer ele largar a TV pra almoçar.

Se o Marco estivesse na cena teria dado uma gargalhada mesmo sem entender a piada, e devolvido umas duas outras sem graça. Era o jeito dele de criar conexão com as testemunhas e arrancar a informação de forma indolor e imperceptível. O Marco tinha o dom de ser extremamente irritante e engraçado ao mesmo tempo e de fazer todo mundo gostar dele.

— Amanda andava na rua olhando em volta, é claro que estava saindo escondida — ela concluiu.

CAPÍTULO 14

AINDA CINCO DIAS ANTES DA FESTA

Os gritos agudos ultrapassavam a barreira do muro alto e da música ao fundo e, até perceber que vinham seguidos pelo som de algo pesado batendo na água e risos abafados, meu coração quase arrebentou o peito.

Eu não estava acostumada a esse tipo de ataque juvenil, a essa espécie de brincadeira sem graça, comum quando bebidas e hormônios inflamados se juntam em uma mistura efervescente, como Coca-Cola e Mentos. Nunca fui muito de curtir resenha da galera da escola, com gente que mal me dava um "oi" e me sacaneava com o apelido de BV. Como se eu fosse obrigada a ficar com A, B ou C para provar alguma coisa. Meus mergulhos eram em páginas amareladas, vídeos da Taylor Swift e em imagens do Pinterest retratando mundos fantásticos, que eu sonhava em habitar graças a beleza e tranquilidade dos castelos no alto de montanhas com picos em neve e com vista de lagoas de um azul anil. Só mesmo você para me fazer estar ali.

O portão demorou um pouco para ser aberto, possivelmente porque a campainha mal era ouvida com toda aquela barulheira. Assim que o *clack* metálico aconteceu, Taci já saiu desembestada. Ela conhecia bem o caminho, vivia na casa quando era namorada oficial e pelo visto ainda se sentia parte da família. As suas passadas — seguida pela Déb e por mim — eram duras, e ela balançava os braços ao andar, como se socasse o ar. Além de estar louca para contar sobre o resultado do exame, Taci jurava de pé junto que flagraria amassos com alguma garota ousada demais por sonhar em pegar o lugar dela. Como nunca gostei de confusão, deixei que as duas tomassem uma boa distância, fingindo interesse na fonte do seu jardim de entrada — talvez eu não seja uma grande apreciadora de arte já que a estátua de um anjinho agarrado a um peixe ainda é um mistério incompreensível para mim.

Submersas, carpas habitavam o seu próprio mundo, alheias ao funk no mais alto volume, e uma vontade repentina de viver aquela paz entediante e surda se apossou de mim. Debrucei na beirada e as pontas dos meus dedos ultrapassaram o espelho d'água, e me vi mergulhando e me embrenhando nas plantas aquáticas, escondida na cama de lodo que cobria o fundo do laguinho.

— O-oi... eu também gosto dos peixes. — A voz aguda e meio vacilante surgiu de trás de mim, e me levantei em um pulo, como se tivesse sido pega fazendo algo errado.

Eu já havia ouvido sobre ele da boca da Taci e da *sua* boca e o visto deslizando pelos cantos umas duas ou três vezes; feito criança, sabe, com seu dom único de se disfarçar de parede ou cortina, assistindo a tudo que se passa ao seu redor até ser percebida. Quantas vezes, quando eu era menor, flagrei meu pai e minha mãe na sala, algumas discutindo, outras, rindo juntos e até dançando. Porém, lábios diferentes obviamente me passaram impressões conflitantes, e eu não o conhecia o suficiente para saber qual era a versão certa.

— Você me assustou, Benjamin...

— Você sabe meu no-nome? — O sorriso era enorme por causa da mandíbula saltada, deixando o queixo para frente, e ele esfregava uma mão na outra sem parar. — Você é... é bunita...

Taci dizia que o namorado não gostava muito de falar sobre o irmão alguns minutos mais velho — como ela adorava encher a boca e repetir a palavra "namorado" mesmo após o término. Sendo sincera, é possível perceber muitas semelhanças nos traços dos olhos, no cabelo grosso e castanho-claro, no desenho reto do nariz e na altura. Porém, as diferenças eram gritantes, como se um tivesse recebido todos os genes saudáveis e o outro apenas a sobra. Claramente, a divisão havia sido desigual. Uma noite, trêbada com uma mistura de vodca e Fanta Laranja, Taci contou sobre a culpa da família, quer dizer, como vocês todos se sentiam culpados, e que a causa de tudo havia sido uma loteria. Ainda não entendi o significado disso, mas sinto você se fechar quando tento tocar no assunto.

— Obrigada. — Sorri. — Melhor a gente entrar... — Gesticulei em direção à sua casa.

— Já te vi aqui... você é bunita. — Ele olhava na direção do meu pé, como se reparasse em cada sujeirinha na ponta de borracha do meu All Star. Depois coçou os olhos levemente estrábicos.

— Você gosta de festa, Benjamin? Vamos para a festa comer alguma coisa...

Ele devia ter mais de um metro e oitenta, mas eu me sentia conversando com um menino de seis anos. Fiz menção de sair andando e passar por ele.

— Não! — Ele bateu o pé no chão, os punhos fechados ao lado do corpo acompanharam o movimento para baixo. Parecia uma criança fazendo malcriação. — Não! — Ele se mexeu para o lado, como se pretendesse impedir a minha passagem.

— Ben, benzinho da mamãe, deixa a amiga do seu irmão ir para a festa. — A voz soava calma e doce, mas era firme. Ao se aproximar, o braço bronzeado passou por dentro do braço do filho, em um claro sinal de controle. — A Suzi acabou de chegar com a sua caixa de cereais de chocolate e está na cozinha te esperando — disse esfregando as costas da mão no rosto dele, enquanto os olhos me encaravam e a boca mexia, formando um "pode ir".

Aliviada, agradeci e passei pelo jardim a passos rápidos. Entrei pela sala, que pela segunda vez me encantava com toda a sua decoração de revista de design e atravessei a sua parede de vidro, com portas enormes deslizantes, dando a impressão de que ambas as áreas formavam um só ambiente.

Ao chegar na área da piscina, me dirigi até a geladeira e no meio das duas prateleiras cheias de latões de cerveja pesquei uma lata de refri. Foi só ao tentar abrir o anel da lata que percebi como as minhas mãos tremiam. Não é que eu tivesse medo do Benjamin. Não, não era isso. Tenho certeza de que ele é inofensivo feito um filhote de dogue alemão. Por outro lado, você bem sabe, ele não era alguém fácil de lidar e sempre tive dificuldades em me impor, em enfrentar os outros quando confrontada, em fazer valer a minha vontade. Na maioria das vezes, fujo ou me encolho.

Uma das espreguiçadeiras do gazebo me pareceu um bom lugar para me acalmar. Entre goles borbulhantes, tentei relaxar me distraindo com a festa antes de procurar você: boias enormes e coloridas deslizavam pela água, enquanto pessoas com quem eu mal trocava três palavras conversavam na borda da piscina ou nadavam umas atrás das outras, em uma espécie de pique-pega. Gritinhos agudos e risadas exageradas eram o som ambiente junto com a Miley. Déb, com um enorme copo na mão, dançava no gramado a coreografia da música acompanhada da insuportável da Antonela. Olhei para o outro lado antes que ela me visse olhando e fizesse questão de me buscar para dançar junto — juro, se fosse alguns meses atrás eu me perguntaria o que eu fazia ali.

Ao virar o rosto na direção da varanda, vi *os pombinhos* sentados lado a lado no sofá. Além das caras amarradas, gesticulavam muito, indicando que a conversa não ia por um bom caminho, e Taci apertou as pálpebras, provavelmente segurando o choro. Talvez se o teste tivesse dado positivo, ela conseguisse segurar o relacionamento. De repente, mãos enormes se apoiaram no tecido sintético da bermuda de surfista, seguidas de um impulso e, com o movimento de subida, olhos magnéticos encontraram os meus. Senti aquilo como a fagulha de um fósforo raspando na lixa e minhas bochechas arderam em brasa. Desviei o rosto rompendo o contato, respirei fundo e, ao olhar de novo na mesma direção, Taci estava sozinha. Já você, aparecia do outro lado da parede de vidro, circulando pela sala de estar em direção aos fundos da casa.

Resolvi abraçar a chance. Aquele era o momento de tentarmos estar a sós. Além disso, toda aquela barulheira estava me atordoando e a pontada dentro da cabeça veio. Procuraria você e poderíamos ficar em um lugar mais calmo, onde eu tentaria bloquear a chegada da enxaqueca. Sim, eu poderia ter escolhido ir embora, mas não tínhamos conversado ainda e, diante das raras oportunidades, eu me agarrava a todas elas.

Segui o corredor e a tentação de sair abrindo as portas — mesmo que isso me causasse um certo constrangimento ao invadir a privacidade da sua família — estava pendurada no meu ombro, sussurrando um "abre logo". Naquela parte da casa, era a minha primeira vez. Girei rápido a maçaneta da primeira porta à direita e empurrei. Era um lavabo enorme, em pedra do piso ao teto e com uma pia daquelas quadradas que parecem flutuar acima da bancada. A orquídea de enfeite resumia bem o gosto elegante. Fui em frente e entrei na segunda porta à esquerda. Era meio uma sala de estar intimista, meio sala de TV, com um bar e um sofá maravilhoso de cinco lugares, daqueles feitos sob medida e me peguei pensando se você assistia a muitos filmes ali. Tomei a liberdade de fechar a porta e te enviar uma mensagem, seria mais fácil avisar onde eu estava a ficar te caçando pela casa.

Oi tô aqui na sala de tv, no primeiro andar

Assim que puder vem aqui

Terminei de digitar e me deitei só um pouco. Minha cabeça martelava, mas eu não queria ir antes de estar nos seus braços. De olhos fechados, era possível ainda ouvir ao longe a música e a algazarra, como se eu estivesse em minha casa embaixo do chuveiro e a televisão do quarto ligada no YouTube.

Relaxada, eu vivenciava aquele momento enevoado, no qual o cérebro se equilibra em uma corda, experimentando momentos de sono solto e de um despertar confuso e hipnótico, até ouvir a porta abrir e fechar.

— Finalmente... só consegui dar uma fugida agora...

Mal tive tempo de abrir os olhos e seus lábios macios cobriram os meus.

— Temos poucos minutos, mas tô morrendo de saudades. — Sua língua invadiu a minha boca e uma mecha perfumada roçou a ponta do meu nariz.

Retribuí o beijo na mesma intensidade e pequenos arrepios percorreram o meu corpo até se alojarem na minha virilha.

— Que bom que você veio, meu amor... — Sua voz profunda e acamurçada soava como música. — Aqui é bem arriscado, mas eu precisava muito te ver. — Você puxou a mecha alourada que insistia em tocar o meu nariz para trás da orelha e passou as costas dos dedos na minha bochecha, como tinha feito algum tempo antes com o Benjamin. Nele o toque tinha um efeito calmante, em mim, me acendia por dentro. — Não posso demorar muito, daqui a pouco o Ben me procura e o Jorge chega da prefeitura querendo atenção. Ei, não faz esse beicinho lindo, Amanda...

— Desculpa, é que parece que vai ficando cada vez mais difícil conseguir ficar sozinha com você. Eu só queria não ter que dividir tanto o tempo que temos com o seu marido e filhos.

— Olha, amanhã o Benzinho tem fono, vou dar um jeito da gente se ver e passar pelo menos essa horinha juntas, tá bom? — Você embrenhou os dedos nos meus cabelos e me puxou na direção do seu rosto.

Com um beijo daqueles, calou a minha boca e encerrou a cobrança momentânea, mas no fundo você sabia: tenho querido muito mais. Acordo, passo o dia e durmo te querendo e as duas, três horas por semana que tínhamos quando você escapava de madrugada, depois que o Bê e o Benjamin dormiam e o seu marido capotava com Zolpidem não dão mais conta de saciar a minha fome. E a minha mãe sempre diz que sou um pé no saco quando sinto fome.

CAPÍTULO 15

Diversamente da minha delegacia, onde reinava o burburinho do balcão de atendimento e o som das impressoras, era possível ouvir o bater de asas de uma mosca na delegacia de Santo Amaro.

Atrás do balcão de fórmica, somente um investigador com bochechas de buldogue e uma barriga que roçava no tampo bege encardido da mesa. Cumprimentei o colega com um aceno de cabeça e fiz menção de levantar a tampa do balcão que dava acesso ao interior do prédio.

— A senhora é... — A pergunta saiu espremida entre os pedaços de pizza que ele ruminava. Uma gota comprida e alaranjada de gordura do queijo escorria pelo pulso na direção do braço.

— Inspetora Ariela Paixão, a policial que está dando consultoria no caso da Amanda — respondi abaixando a tampa e pisando na área reservada aos funcionários e à confecção dos Registros de Ocorrência. — Brandão tá por aí?

— Tá lá dentro ouvindo o Zé Teixeira. — Ele indicou com a cabeça o corredor.

— Zé Teixeira?

— O homem que encontrou o corpo da menina... — Matou a fatia com uma bocada gigante.

Que filho de uma puta! Brandão nem me avisou da oitiva do homem naquele mesmo dia. Não raro, pessoas que acham o morto figuram na lista de suspeitos pelo crime. Eu continuava com a opinião de que o assassino da Amanda era alguém restrito ao seu núcleo de convívio, alguém próximo, e encabeçavam a minha relação os pais, irmão, e a pessoa desconhecida com quem ela andava se encontrando, além das amigas e colegas da escola, porém era o início da investigação, e simplesmente não dava para descartar ninguém.

Parei diante da porta que ostentava uma placa na qual se lia "Sala de Interrogatório" e respirei fundo tentando arrefecer a raiva que borbulhava no meu estômago e deixava um gosto de bile na minha boca. Se eu entrasse com os dois pés no peito do Brandão, a minha participação no caso não iria muito adiante. Forcei um sorriso e meti a mão na maçaneta.

A pequena sala cheirava a suor e cigarro de cravo e levei a mão de forma automática ao nariz. Fumar dentro de uma repartição pública demonstrava que Brandão encarava a sua delegacia como um reino seu, e se lixava para proibição em lei. Ali quem mandava era ele.

O delegado não mexeu um músculo sequer do rosto ao me ver entrar. Apenas os olhos, rápidos como maribondos, zuniram do homem sentado de frente para ele até a mim, de pé na entrada, e retornaram pelo mesmo caminho. Não me fiz de rogada. Eu estava pouco me fodendo se ele estava insatisfeito com a minha presença. Meneei a cabeça para o escrivão sentado de frente para o computador localizado no canto, contornei a mesa e me sentei ao seu lado.

— ... então, seu Zé, como o senhor estava dizendo antes da interrupção, explica de novo o que foi fazer no Poço das Andorinhas e como achou o corpo — disse Brandão, recostado na cadeira, em uma posição relaxada.

A tática que ele usava, de fazer a testemunha ou suspeito repetir os fatos para ver se saem exatamente iguais à primeira versão, era batida no meio policial, mas funciona. Aquele que mente, instado a contar os fatos, inclusive fora da ordem, acaba sempre deixando a mentira evidente em suas contradições.

As mãos abrutalhadas, com calos nos dedos e unhas sujas, mexiam-se inquietas por cima da mesa, como se a madeira vagabunda sofresse um surto de coceira. O homem, por volta dos cinquenta anos, ostentava a pele esturricada e com mais vincos na testa e no canto dos olhos do que um lençol de motel amarfanhado, conferindo a ele uma aparência envelhecida. Deveria se considerar sortudo pelo trabalho duro embaixo do sol lhe ter presenteado apenas com um rosto vinte anos mais velho, e não com um câncer de pele.

— Eu falei pro doutor, a praga do Josué, meu filho, tinha plantado umas armadilhas na beira do rio, os tatus, os gambás e as pacas bebem água à noite...

— O senhor não sabe que caçar animal silvestre é crime? — interpelei.

Há nove anos eu respirava as piores atrocidades cometidas contra pessoas. Atos que, ao mesmo tempo que me traziam a certeza da existência de verdadeiros demônios disfarçados de gente comum, me davam uma gana surreal para me levantar da cama e ir exorcizá-los. No entanto, inexplicavelmente, a crueldade animal sempre foi o meu ponto fraco. Algo paralisante, incapacitante, como se sugasse toda a energia do meu corpo e sobrasse apenas um amontoado de pele e ossos, feito roupa suja jogada no canto do banheiro. Levei algum tempo para entender e aceitar que cada pessoa tem a sua própria vulnerabilidade ao horror.

O homem respondeu dirigindo-se ao Brandão.

— É... — Coçou a garganta. — ... que que eu posso dizer sobre isso, doutor? — emudeceu.

A sala era pequena, porém comportava uma mesa retangular, com quatro cadeiras, duas de cada lado, e um espaço de mais ou menos meio metro entre cada lateral da mesa e a parede. Por trás dela, próxima ao canto, uma mesinha com um computador jurássico, ocupada pelo escrivão, que digitava as perguntas e respostas. O lugar era tão apertado que enxerguei gotas de suor brotando na testa dele, perto do couro cabeludo.

— Vamos conversar sobre isso outra hora, seu Zé, continua explicando a razão do senhor estar lá no local e ter achado o cadáver — Brandão insistiu.

O homem se mexeu na cadeira, claramente incomodado.

— Como eu disse ao doutor, fui recolher as armadilhas e levei um tremendo susto quando vi a menina lá... — Ele passou as palmas das mãos na calça. — Saí correndo e berrando pelo inútil do Josué pra ele pegar a camioneta e me trazer até aqui.

— O senhor mexeu no corpo?

— Não, doutor... Deus me livre! Cheguei perto pra ver o que era e, assim que percebi que a menina tava morta, saí correndo.

— Que horas o senhor achou o corpo? — A pergunta foi a minha segunda interferência na oitiva. Se Amanda fora morta em outro lugar e desovada ali naquele trecho ermo, ela teria sido levada por um carro até lá. Estabelecer o horário da morte e se algum veículo foi visto, qual seria o horário do seu avistamento, poderia nos dar uma linha do tempo importante para investigação.

— Cheguei lá antes das seis da manhã. Por volta das cinco e quarenta. Encontrei a menina uns dez minutos depois. — Mais uma vez a resposta não foi para mim, mas direcionada para o Brandão. O comportamento do Zé Teixeira, apesar de me causar uma certa irritação, não me era inédito. Como boa parte dos homens criados em uma sociedade machista, ele não sabia se portar diante de uma mulher com autoridade. Bem, já era hora de isso ser mudado...

Alcancei o seu Zé Teixeira enfiando a chave na porta da sua caminhonete azul. Marco, louco por carros antigos, possivelmente o abordaria e iniciaria a conversa elogiando a caçamba com porta retangular e linhas brutas do Jeep. Talvez fosse, de fato, uma forma mais simpática de abordagem, para somente depois engatar as perguntas, mas essa não era a minha linha.

Olhei para ambos os lados da rua por hábito, antes de atravessar. Apesar de estarmos em uma das principais avenidas do Centro de Santo Amaro, o paralelepípedo recebia mais bosta fresca de cavalo do que massagem de pneus.

— Seu Zé Teixeira, gostaria de dar mais uma palavrinha com o senhor...

Ele largou a chave pendurada na porta e se virou.

— O senhor deu seu depoimento, mas fiquei com algumas dúvidas.

— Ô dona, já falei tudo que sabia... — Ele balançou a cabeça para os lados, e o gesto de negação não casava com o discurso.

— Escuta só, seu Zé... — Inclinei o corpo na sua direção e baixei o tom de voz. — Se tem uma coisa que me tira do sério é maldade com animal...

Olhei para ele com uma vontade abissal de arrancar a sua cabeça fora. Eram tipos como o seu Zé que alimentavam as feiras clandestinas de venda de animais silvestres. Na primeira e única vez que acompanhei uma batida, entre tantas atrocidades, foi encontrada uma caixa de papelão lacrada. No interior, trinta filhotinhos de micos mortos. A tampa da caixa completamente arranhada indicava que os bichinhos cozinharam ali dentro. Por semanas, a cada copo de água e prato de comida imaginei o sofrimento deles, com fome, sede, assustados, separados de suas mãezinhas. Quase pirei.

— Só que mesmo assim vou ser bem legal com o senhor. Tenho amigos na Polícia Militar Ambiental e na DPMA, o senhor conhece?

— Na-não...

— A DPMA é a Delegacia de Proteção ao Meio Ambiente e lá o Brandão não quebra para o senhor. Meus amigos vão adorar te fazer uma visita. Só que vou ser bem bacana, vou te dar uma dianteira, antes que eu passe a eles o seu endereço. Mas para isso o senhor vai me contar a verdade...

— Eu falei a verdade, dona.

— Não sei se o senhor enganou o Brandão com esse seu personagem roceiro-humilde ou se ele se permitiu enganar, mas sei que o senhor mentiu, vi no teu rosto. Se o senhor cooperar, vai ganhar tempo para soltar os animais que tiver prendido antes da polícia chegar.

Com a chegada da noite, a temperatura estava mais amena. Uma brisa corria serelepe ao nosso redor juntando em montinhos as poucas folhas que dormitavam na calçada, porém o homem parecia derreter.

— Ô dona, a gente só não quer se encrencar...

— Seu Zé Teixeira, a verdade vai aparecer mais cedo ou mais tarde, é melhor para o senhor cooperar. Prometo fazer de tudo para descobrir quem matou a Amanda e, se precisar revirar a sua vida para isso, pode ter certeza de que farei.

Sua expressão era de dor, como se descalço tivesse pisado na ponta de um prego.

— Se eu falar, a senhora vai me dar o tempo que falou?

— Sim.

Ele puxou o ar e ao soltar a respiração as palavras saíram juntas.

— Foi o Josué, meu filho. Ele ia caçar por aquelas bandas e é normal cortar caminho pelo pasto da Fazenda Touro Forte. Não sei se a dona reparou, mas a lua ontem tava um queijão. A senhora já foi pro meio da roça sem uma luzinha pra contar história? Se sim, sabe que uma lua assim parece uma lanterna. Josué tava atravessando o pasto quando viu um carro saindo disparado...

— Ele estava a qual distância? Viu a marca, modelo, cor?

— Josué tava a uns cinquenta metros, só viu a luz do farol e que não era um carro grande. Ele achou aquilo esquisito porque não é muito comum uma caranga passar por ali no meio da madrugada, mas continuou com o plano. Quando ele desceu a trilha e chegou na beirada do poço, ele viu uma coisa muito estranha. — Arregalou os olhos. — De longe, parecia uma alma penada estirada em cima da pedra. Pernas e braços da cor de uma vela, pálida feito um fantasma deve ser... — Ele fez o sinal da cruz. — ... nunca vi um, mas deve ser assim. Mesmo com medo, Josué sempre foi um danado curioso e se aproximou pra ver melhor. Aí viu que não era alma que nada, era uma moça. Ele tocou no braço dela e tava gelado, o rosto assustado. Josué deu o pinote. Correu tanto que chegou em casa com um palmo de língua pra fora e levou bem uns vinte minutos pra conseguir falar. Meu filho é um bom menino, sabe? Mas ele teve problema com uma ex-namorada que deu queixa dele, ele se ferrou por causa de uma tal de Maria da Penha. Então, meu menino não queria se envolver, me contou tudo e combinamos que, se ele tivesse certo, a gente ia contar pra polícia que fui eu que achei o corpo.

— O senhor foi verificar? Que horas foi isso?

— Fui. Josué chegou esbaforido por volta das três e cinquenta da madrugada. Todo suado mesmo com a madrugada fresca. Fazia uns dezenove graus, imagina a friaca na beira do rio... Ele disse que viu o carro um pouco mais das três. Às quatro e meia cheguei no lugar certinho que Josué me explicou, a pedra gêmea no Poço das Andorinhas, e vi que era verdade. Aí, a gente esperou quase o dia raiar e veio direto para cá. — Ele indicou com a cabeça a casa amarelo-mostarda com cobertura de laje e porta de vidro escuro, o castelo do Brandão.

O carro pequeno visto por Josué deixando o local provavelmente era o último em que Amanda andara. Poderia ser até a cena do crime. Encontrá-lo havia se tornado essencial para o caso. Se não bastasse o sumiço de uma peça principal do quebra-cabeça — o celular —, agora eram duas as peças cruciais para se chegar ao assassino.

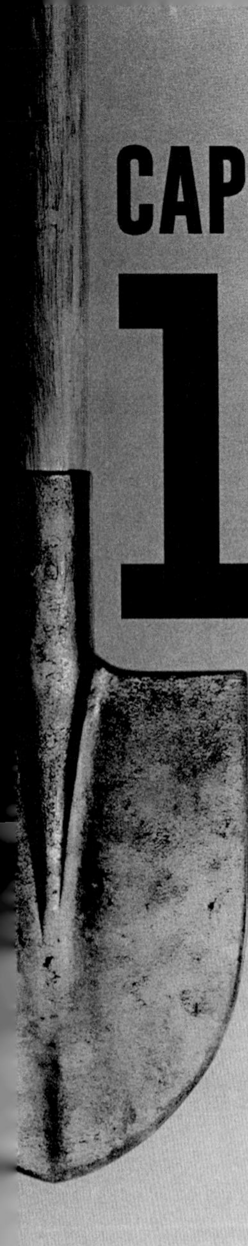

CAPÍTULO 16

AINDA NA *POOL PARTY*

Foi difícil ver você saindo da sala e não ir atrás; ficar contigo e poder te tocar por miseráveis dez minutos, enquanto o fingimento de não nos conhecermos deveria reinar pelo resto do tempo em que eu perambulasse sem rumo pela sua mansão.

Você me pede paciência, mas acredito que essa vontade louca de ficar com você seja normal quando vivemos um amor. Você é a minha primeira namorada, minha primeira paixão e cada minuto passado longe de você dói de verdade, feito uma cãibra no coração. Só me sinto feliz e completa de verdade com a cabeça apoiada no seu colo, presa no seu abraço, afogada nos seus beijos. Vê-los somente para o Benjamin e o Bê é como entrar em uma livraria sem dinheiro.

Lembra como a gente realmente se conheceu?

Quando mais nova, eu já havia visto você buscando o Bê na escola algumas vezes. Você nem parecia uma mãe com os seus óculos escuros, vestidos chiques e sapato alto, e um jeito pleno, seguro demais, como se o mundo estivesse acostumado a te agradar. Diferente das outras mães, suadas, na correria, que tentavam dar conta da rotina e se acotovelavam no portão do colégio ansiosas para voltarem às suas tarefas, você se mantinha distante, em um palco só seu. Desfilava toda a sua grandeza para menininhas como eu, sonhadoras e desejosas de um dia também serem assim. Você nem desconfiava, mas eu torcia, todas as manhãs, para que quando o portão fosse aberto você aparecesse do outro lado com seu vestido e cabelos esvoaçantes, demonstrando que princesas existiam sem precisar de príncipes.

Oito anos depois, sentadas de frente uma para outra esse magnetismo do passado me fazia querer olhar para você. Era como se eu estivesse a menos de um metro da Tay-Tay ou de uma influencer famosa, de uma Barbie real. Eu estava lendo um dos meus livros preferidos de fantasia, e você conseguiu me deixar apenas encarando as letras. A minha atenção havia sido sequestrada pelo seu cabelo — nossa, tão dourado! —, iluminado pela luz do sol que invadia a sala por causa da cortina aberta. Sem pedir licença, o seu cheiro — que agora sei ser a mistura de sabonete de lavanda e creme de caviar — entrou no meu nariz e foi me roubando a capacidade de raciocinar. Porém, foi quando você flagrou meus olhos no *gloss* perfeito dos seus lábios e sorriu com os dentes brancos e alinhados, para em seguida desviar os seus, enquanto abria o segundo botão da blusa social, apesar dos vinte e dois graus do ar-condicionado, que uma alavanca virou dentro de mim.

Naquele dia, pela primeira vez, passei quase toda a sessão com a Nazaré muda. A terapia não servia mais para falar da minha inabilidade social, da minha mãe ou do meu pai, da minha adoção, dos babacas da escola ou do jeito que o Edu vinha me tratando. Às terças e quintas serviam para te encontrar na sala de espera da nossa terapeuta. Meus olhos corriam para a tela do celular ou página do livro toda vez que você erguia a cabeça, enquanto meus pensamentos se mantinham hiperfocados na minha incapacidade de dizer um "oi". Você não tinha sido a primeira pessoa que eu admirava e mesmo assim não conseguia abrir a boca para cumprimentar. Eu cresci lendo Thalita Rebouças. Gastei as letras de *Confissões de uma Garota Excluída* de tanto que folheei aquelas páginas, e, então, na única chance de pedir um autógrafo, quando a escola fez aquela excursão para a Bienal do Rio, a minha vergonha congelante atacou. Essa timidez me incomodava demais.

E quando a gente trocou as nossas primeiras palavras, você lembra?

Eu andava confusa com os meus sentimentos, me sentia deslocada das minhas amigas, que já ficavam e namoravam os meninos da escola e por isso falavam coisas que me eram desconhecidas e não faziam parte do meu mundo. Se não bastasse boiar em quase todas as conversas, a cobrança logo veio. Taci e Déb achavam um absurdo eu ser boca virgem. Eu me sentia pressionada por elas a ficar com qualquer um que estivesse disposto a fazer o favor de me dar uns amassos, terminar o serviço e me tornar uma adolescente "normal" e desvirginada. Eu vivia em uma panela de pressão.

Naquele dia, evitei as duas na saída da aula e me recolhi no meu lugar preferido do colégio: o último banco na lateral da quadra poliesportiva, coberto pela amendoeira. Eu chorava em silêncio quando vi você através da tela da quadra, saindo do prédio. Levei a borda da blusa até os olhos e esfreguei o tecido nas pálpebras para secar as lágrimas. Assim que terminei e levantei o rosto você estava de pé na minha frente, me encarando com uma expressão de preocupação. Você se sentou ao meu lado e com o seu jeitinho foi buscando em mim o que tanto me perturbava. "Somos colegas de terapia, pode confiar em mim", você disse, me deixando à vontade para me abrir. Você ouviu tudo, sem me interromper, sem olhar para o relógio como os outros adultos, sempre apressados e sem tempo para assuntos bobos, e principalmente sem me julgar. Você colocou a mão de unhas compridas e vermelhas na minha coxa e disse olhando nos meus olhos "Você é tão madura, Amanda, tão melhor que elas". Depois passou de forma delicada os seus dedos nas minhas bochechas molhadas enquanto dizia "Você é uma menina linda e sensível e merece alguém especial", e eu senti meu peito disparar. Suas palavras, seu olhar, você ter me entendido sem me julgar, isso me acompanhou por dias.

E, então, foi a minha vez de retribuir o gesto e te consolar, lembra?

Nós já éramos companheiras de terapia há quase quatro meses. Você saiu do consultório meio cabisbaixa, claramente com algo te incomodando, e o seu rosto mudou ao me ver sentada na sala de espera. Fui premiada com um sorriso de interromper pensamentos e bambear pernas. Um sorriso que ficou carimbado em mim. Trocamos um "oi" rápido e, quando você estava prestes a ir embora do consultório,

Nazaré saiu da sala e, em vez de me chamar para entrar, pediu que eu trocasse o horário; ela estava com um paciente em crise precisando de um atendimento de emergência. Você deu meia-volta e tão gentil me ofereceu a carona. E eu mal ouvi o meu "sim", soterrado pelos batimentos no peito que ressoavam nos meus ouvidos.

Seu carro tinha um cheiro bom, uma mistura de livro velho com capa de couro e sorvete de máquina sabor baunilha — ou talvez eu tenha achado isso por serem duas das minhas coisas preferidas da vida. O banco alto e macio me abraçou, e confesso: eu não queria chegar ao meu destino tão rápido. Você colocou a sua *playlist* e disse "Amo essa música, o nome dela é 'Angel', do Aerosmith, conhece?". Eu não conhecia, mas assim que pisei no meu quarto baixei a música no Spotify e escutei sem parar, até gravar a letra.

I'm alone, yeah, I don't know if I can face the night, I'm in tears, and the cryin' that I do is for you; I want your love, Let's break the wall between us…

Ali, tão perto de você, embalada por uma música perfeita, desejando fervorosamente que o carro andasse a vinte quilômetros por hora e o tempo congelasse, foi impossível continuar me enganando. Até que pela primeira vez na vida tive um pedido atendido: "Eu ando me sentindo tão sozinha, você se importa se a gente parar um pouco?", você disse em um tom de dar dó; mal sabia que eu pulava por dentro. Paramos na Estrada Velha da Lavradinha, atrás do chiqueiro abandonado, e você logo soltou o cinto de segurança e se debruçou por cima do volante, soluçando. Nossa, quase morri junto! Eu não sabia o que fazer. Passei a mão na sua cabeça, assim como a minha mãe fazia quando eu chorava na cama com o rosto enfiado no travesseiro, só para mostrar que ela estava ao meu lado, me apoiando. Você ergueu o rosto, parecia surpresa, e se jogou nos meus braços, e eu só pensava se naquele abraço você conseguia sentir o meu coração esmurrando a minha caixa torácica.

A minha preocupação em dar na cara não durou muito tempo. Na mesma rapidez em que me abraçou, você desfez o abraço, se afastou um palmo de distância e afundou nos meus olhos. Por, sei lá, cinco segundos, pude sentir o seu hálito, era doce. E aí, no segundo seguinte nos agarramos — se perguntarem, não sei dizer quem se mexeu primeiro, talvez eu, talvez você, mas isso não importa. O importante é que morri e revivi umas dez vezes enquanto você entrelaçava com os dedos os meus cabelos e as nossas línguas se tocavam pela primeira vez. Sabia que aquele foi o meu primeiro beijo na vida? A partir daquele momento, o caminho em direção a "nós" era sem volta.

Sabe quando você deseja tanto alguém a ponto de nada parecer suficiente? A ponto de "estar juntos", na companhia um do outro não ser o bastante, a ponto de querer se misturar nessa pessoa, engolir ela nos beijos, se fundir nos abraços e, por não poder ter ela completamente, você se sente sozinha? É assim que me senti mais uma vez. Era melhor eu não ter ido naquela *pool party*.

Obedientemente, saí da sala de TV uns dez minutos após a sua saída. Não sei por que me preocupei em puxar a porta devagar, sem fazer barulho, em vez de sair e deixá-la bater atrás de mim. Até que alguém se desse conta do estrondo, eu já estaria misturada ao resto das pessoas.

— Você é a Amanda, né? — A pergunta me pegou pelas costas, desprevenida. Eu não precisava me virar para saber quem estava ali, a voz havia denunciado, era o seu marido.

Larguei a maçaneta, mais curiosa por ele saber o meu nome do que surpresa pela abordagem. Jorge — não consigo mais chamá-lo de "tio" só por ser pai do Bê. Desde que você começou a soltar as coisas que ele fez contigo, só consigo pensar nele como um desgraçado tóxico — estava bem perto de mim, sei lá, acredito que a um metro mais ou menos, e pela primeira vez reparei nas pocinhas de saliva acumuladas nos cantos da boca.

— Sim — respondi e fiz menção de sair andando.

— Maísa não sabe, mas tenho vídeos de vocês juntas no carro...

Sete palavras que me fizeram congelar enquanto o meu rosto fervia, como se eu tivesse sido flagrada fazendo algo errado ou vergonhoso.

— Uma sequência interessante, digna dos melhores pornôs. Pelas suas caras e bocas, você gosta muito quando a minha mulher te chupa. Confesso que fiquei curioso.

Ele deu três passos na minha direção, me obrigando a andar para trás e as minhas costas colaram na madeira da porta. Imprensada, ele se debruçou sobre o meu corpo e enfiou a mão por dentro do elástico da minha saia. Apesar de apavorada, meus braços e pernas estavam concretados, a voz não saía.

— Curioso para descobrir se minha mulher aprendeu a sugar melhor uma buceta ou se você que é safadinha, porque ela nunca me fez gemer assim — disse, com os lábios raspando na minha orelha, e apertou o meu monte por cima do biquíni.

Vozes se aproximavam e ele retirou rapidamente a mão. Jorge olhava na direção da ponta do corredor que desembocava na sala, mas seu rosto não aparentava tensão.

— Se continuar saindo com a minha mulher, vai se arrepender. Você acha que foi a primeira? Que não teve outra garota que acabou mal antes de você?

As palavras rastejaram para dentro do meu ouvido. Ele andou de ré, sem tirar os olhos dos meus, e depois se virou, seguindo para o lado contrário da festa, e dobrando no final do corredor, para os fundos da casa.

Quando seu marido sumiu das minhas vistas fui tomada pela descarga emocional. Minhas mãos não paravam de tremer, apesar de todo o esforço. A sensação de insetos marchando por baixo da minha pele veio quase ao mesmo tempo, meu estômago se contorceu e a minha boca salivou. Não demorou e o enjoo me possuiu. Travei os lábios na tentativa de impedir o vômito enquanto finalmente descolava os pés do chão, e corri até o banheiro da orquídea, algumas portas à frente. Com um tapa, a porta escancarou. Mergulhei no vaso.

Nossa senhora, acho que nunca vomitei tanto na vida. A náusea foi sendo substituída por uma pulsão na cabeça, traduzida em uma enxaqueca alucinante. Escalei a pia com o fio de força que me sobrava. A necessidade de me sentir limpa, esfregar rosto e braços, bochechar, me empurrava para cima, mas a dor tornava tudo mais difícil. Com o rosto molhado por um misto de água e lágrimas, deslizei as costas pela sua bancada chique e acabei no piso frio de mármore, deitada na posição fetal. Terminei apagando.

— Amanda, o que houve? — A voz grossa, mas gentil, em um tom preocupado levantou o véu da prostração. As pálpebras pesadas subiram até a metade e vi o Bê agachado ao meu lado. Ele afastou a franja da minha testa e encostou as costas da mão na minha pele. — Nossa, você tá gelada! Vou te levar para o quarto de hóspedes e cuidar de você...

— Na-não, minha casa — balbuciei.

Seu filho, a quem eu achava convencido e meio egocêntrico, me abraçou na altura das costelas na tentativa de me erguer.

— Tenta se pendurar em mim, que vou te levantar um pouco pra conseguir te colocar no colo. — Ao me suspender, ele passou os braços musculosos pelas minhas costas e atrás dos meus joelhos e me levantou com facilidade. — Agora, se segura no meu pescoço — disse, e seus olhos cor de mel me encararam. A pele bronzeada fazia com que parecessem mais vivos. — Você não vai acreditar, mas eu estava te procurando. Tenho uma coisa pra falar contigo e não é de hoje, mas eu precisava me resolver com a Taci antes.

— Não tô legal, Bê...

— Eu sei, vou te levar para casa e cuidar de você, a gente conversa quando você melhorar — ele respondeu enquanto me carregava para fora do banheiro. — Eu me preocupo contigo, Amanda... gosto de você. Eu espero. — Soltou a confissão bombástica com um olhar desses de comédia romântica de Sessão da Tarde (pensando bem, você nunca me olhou assim), sem perceber que não estávamos sozinhos. Atrás das suas costas largas, vindo da outra parte da casa, estava a Taci, e a expressão dela era outra, bem diferente.

CAPÍTULO 17

Acordar com o corpo dolorido, como se tivesse levado uma surra não era novidade em Santo Amaro. Dormir bem em *casa* me exigia um talento inexistente. Meu cérebro entorpecido pelo cansaço havia travado uma batalha com os acontecimentos do dia, gravados no meu subconsciente. O resultado foi um virar e revirar na cama frenético, que serviu para gastar o pouco gás guardado e para me coroar com um mau humor matutino.

No entanto, o compromisso me chamava: com um velório de pouquíssimas horas, o enterro de Amanda estava marcado para as três da tarde.

A mesa do café da manhã estava posta, porém intocada. Nada de xícaras com o fundo sujo de café e casquinhas de pão francês salpicando a toalha de mesa. Nada do meu pai molhando o miolo amanteigado no pingado e sorridente cantarolando Roberto Carlos. A imagem do seu Gilberto nas suas manhãs gloriosas havia sido substituída pela figura desolada de ombros curvados e cabeça baixa que entrava pela porta da cozinha acompanhada do padre.

Um padre...

— Padre, essa é a minha filha Ariela. — Meu pai pousou a mão nas minhas costas indicando que aguardava que eu o cumprimentasse. — Ela veio para se despedir da mãe.

— Sinto muito pela sua mãe. — Apertamos a mão e nos sentamos. — A morte é um mistério a ser decifrado de forma solitária, mas depois da passagem as memórias e a saudade eternizam a presença daqueles que amamos ao nosso lado. Se precisar conversar é só me procurar na igreja.

Agradeci. Eu não frequentava mais a igreja desde o dia que pisei fora de Santo Amaro, mas isso não significava que nos mais variados silêncios da minha vida eu não tenha recorrido a Deus. Eu só não precisava de um templo ou intermediários para isso.

— Ariela, o padre Nelson está aqui porque achei que podia ser a hora de dar a extrema-unção na sua mãe.

— E é a hora? — perguntei mais para tentar aceitar a notícia ao ouvi-la em voz alta do que por querer a resposta.

— O prognóstico não é bom. O médico acha que ela não passa de hoje. — As palavras finais saíram engasgadas, travando o choro. Meu pai estava arrasado. E de um jeito estranho, eu também.

Desde o início, a minha vinda tinha sido justamente com esse propósito: estar aqui no momento da passagem da dona Beatriz. A questão é que nunca se está pronto quando chega o momento de se despedir de forma definitiva de alguém. Aceitar a partida com todas as pendências não resolvidas, e que serão promovidas a sentimento de culpa, não é fácil. Remoer cada merda que aconteceu entre nós duas me faria ter a vontade de deitar na cama e não sair mais de lá.

— Posso passar aqui mais tarde, Gilberto, depois do enterro da menina Amanda — disse o padre dando uma bicada na xícara de café servida instantes antes pelo meu pai.

Como o pároco, eu também precisava comparecer naquele enterro a trabalho, o problema seria sair de casa sem gerar a Terceira Guerra Mundial.

— Pai, também preciso ir ao cemitério, prometo não demorar — soltei assim que ele voltou da entrada da casa, após acompanhar o padre até a porta.

— Ariela, sua mãe não deve passar de hoje à tarde e você acha mais importante sair? — De pé, ele se serviu de mais café e foi se dirigindo para a escada.

— Você não entende! — gritei às suas costas.

Seu Gilberto se virou e seus olhos transbordavam um misto de cansaço e desilusão.

— Não entendo mesmo, mas não tenho tempo para discutir. Vou ficar ao lado dela até o último respiro. Se depender de mim, ela não morre sozinha.

O cemitério de Santo Amaro me lembrava aqueles cemitérios góticos de filmes de época — mais pela arte tumular e uma aura desértica do que por um céu carregado e cinza ou pela névoa passeando entre as sepulturas, duas coisas inexistentes ali.

Ocupando desde a base até o topo do Morro da Brisa, a área tinha dimensões surpreendentes se fosse considerada a população da cidade. Apesar da vista exclusiva e de tirar o fôlego no cume, os mortos das famílias importantes ocupavam as cinco largas quadras da parte baixa, fazendo com que seus familiares andassem e suassem menos. Os corredores eram de calçamento de paralelepípedo e ladeados por árvores com troncos grossos e copas frondosas, povoado por dezenas de pequenos mausoléus e um exército de anjos de pedra. Figuras adultas, de crianças, rezando ou chorando, debruçados sobre o túmulo... havia certa beleza em cada curva ou reentrância do mármore branco manchado pela passagem do tempo.

O lugar exalava solidão e silêncio, quebrado apenas pelo som da natureza viva — o chacoalhar das folhas das árvores e o piar dos pássaros — em um lugar destinado à morte, e pelos momentos tormentosos de acompanhamento do féretro e descida do caixão ao túmulo. Pessoas de preto caminhavam umas ao lado das outras. Algumas abraçando-se, outras cabisbaixas, outras ainda cochichando. Reconheci Ernesto, de mãos dadas com a esposa, seguido de perto pelo Brandão. Os pais da Amanda recebiam apertões nos ombros e um afagar nas costas a cada passo na direção do jazigo da família. Um grupo de adolescentes andava um pouco mais atrás, porém não atrás o suficiente para que eu não os acompanhasse com os olhos e reconhecesse entre eles Tarciana e Débora.

A passada foi diminuindo até todos pararem e circundarem uma sepultura já aberta. Enquanto o padre Nelson exortava aos presentes que repetissem a oração do pai-nosso, e eu balbuciava acompanhando a prece, fui arremessada à sala de azulejos azuis, à maca asséptica e àquele maldito 10 de julho. Rostos cobertos por máscaras hospitalares me rodeavam. As trocas de olhares tensos faziam a minha espinha gelar mais do que a temperatura baixa da sala. E se as coisas tivessem sido diferentes? Será que eu estaria ali? Teria escolhido como profissão uma intrínseca à morte, repleta de dias cinzentos, ou viveria com o Cadu em uma casa ensolarada, cuidando do jardim, assando um bolo para um café da tarde preguiçoso, encontrando aconchego entre os braços fortes dele? Um movimento ao meu lado me trouxe de volta. Era dona Henriqueta assumindo a posição necessária para cochichos. Apesar do ar melancólico, ela mantinha uma expressão sagaz.

— Tão triste, né? Ernesto e Mara parecem tão arrasados, né, como se estivessem sendo enterrados juntos com a filha — ela cochichou assim que encostei. — O menino não veio...

— Menino? — Minha atenção passeava pelos rostos aparentemente enlutados.

— É, o filho da Mara. Estranho, né, ele não vir no próprio enterro da irmã. Mais estranho ainda porque toda a cidade tá aqui, olha ali o delegado... — A vizinha indicou o Brandão com a cabeça. — ... o doutor Antunes-Gávez, o juiz; o Robson Fagundes, dono do colégio onde o Ernesto dá aula; o Olavo, dono da ótica. — Ela olhava para um grupinho que cercava os pais desolados e então virou o rosto em outra direção. — Aquelas ali são as amigas que viviam na casa da pobrezinha, você vai falar com elas?

Antes que eu conseguisse responder, dona Henriqueta emendou:

— Ih, olha ali, o filho do prefeito chegando com a mãe...

O rapaz apressou o passo, deixando a sua acompanhante para trás e foi falar com as duas amigas. De óculos escuros, ele se curvou para abraçar cada uma delas. Exageradamente bonito, de peito largo e braços torneados, fora a altura, era daquele tipo de beleza causadora de problemas. Apesar dos óculos, era possível ver que ele havia puxado a estrutura do rosto e o nariz reto com a ponta arredondada da mãe, mais parecida com uma irmã mais velha.

— Deve ser difícil ter dois filhos tão diferentes, né? A ponto de só sair na rua com um. O outro, coitado, só sai pra ir em médico. Dizem que ela tem vergonha porque tudo tem que ser perfeito.

De fato, a mulher era a síntese da perfeição. Ela usava um vestido envelope preto, abaixo dois palmos dos joelhos e de manga ¾, ressaltando o corpo longilíneo. Os óculos de lentes marrom-escuras, daqueles redondos enormes, cobriam as maçãs do rosto. O cabelo loiro-claro, em ondas, parecia recém-saído de uma propaganda de xampu caro. Nas mãos, nada além de uma minibolsa enfiada no pulso e um único ramo de lírio branco.

— E por que nem tudo é perfeito?

— Tenho uma comadre que é secretária do doutor Arnaldo, pediatra da cidade. Ela já tem idade pra se aposentar, mas está lá firme e forte com o médico até hoje. Um dia, ela me contou a história deles, coisa de novela das nove, né? Parece que os meninos são gêmeos, mas a bonita aí carrega no gene dela alguma alteração que só dá em filho homem. Uma tal de *síndrome não sei do que frágil*, a chance é metade pra ter, e metade pra não. Dizem que o sonho dela era ter filha menina porque não nasce doente. — A mulher havia deixado a posição mais afastada e cruzado o corredor entre túmulos para falar com Tarciana e Débora. — E que é por isso que ela vira muito amiga das amigas do filho... vive com elas a tiracolo.

Dona Henriqueta foi interrompida por lamúrias mais altas. As orações e despedidas tinham terminado e o caixão com o corpo da Amanda estava sendo arriado. O desmaio da mãe causou uma comoção que esvaziou o local em questão de minutos. Eu entendia a dor dilacerante. Como seguir em frente depois de uma coisa dessas? É antinatural pais enterrarem filhos, a ponto de não haver uma palavra capaz de conceituar essa aberração.

Apesar do lugar esvaziado, a mulher do prefeito continuava ali. Mantive-me duas fileiras de sepulturas para trás. Ela deu alguns passos em direção ao jazigo de Amanda, parou ao lado do túmulo ainda aberto e pareceu rezar. Em seguida, beijou o lírio e o jogou no buraco. A alcancei quase uma quadra adiante. Teríamos duas ainda para conversar.

— Que enterro difícil, meu Deus! Nenhuma mãe merece passar por isso — eu disse ao emparelhar com ela. Sim, era algo para puxar conversa, mas eu de fato pensava assim. — Sou a policial do Rio que está ajudando com o caso, meu nome é Ariela.

— Não sabia que tinham enviado uma força-tarefa de fora. — Seu rosto manteve-se impassível, mas notei um leve tom de surpresa.

— Não enviaram. Sou só eu, mas pretendo fazer o máximo para chegar na autoria desse crime… pela Amanda, sabe? Desculpa, não ouvi seu nome…

O *tac-tac-tac* do salto do *scarpin* no paralelepípedo foi o único som ouvido por longos segundos. Ela talvez relutasse em dar informações, ou talvez não estivesse no clima para conversar.

— Maísa.

— Você a conhecia bem, dona Maísa?

— Ela era amiguinha do meu filho Bernardo. Ia de vez em quando lá em casa. Temos uma casa grande e meu filho adora receber os amigos, prefiro isso a vê-lo direto na rua ou frequentando lugares que não conheço.

— Vocês deram uma festa anteontem?

— Sim, meu filho comemorou o aniversário dele.

— Amanda estava lá?

— Olha, acredito que sim, sinceramente não reparei, a casa estava cheia. Além disso, tenho outro filho que me exige atenção quase cem por cento do tempo.

— Gostaria de convidar Bernardo para uma conversa na delegacia…

Maísa estancou o passo, virou-se e tirou os óculos para me encarar pela primeira vez. Os olhos cor de mel emoldurados pelo lápis preto emanavam força e não demonstraram sequer uma sombra de intimidação.

— Por quê? Ele é suspeito? — A minha vontade era devolver a pergunta com um singelo "por quê, devo considerá-lo um?", mas segurei a língua.

— Não. É rotina, coisa de praxe numa investigação. Qualquer informação é importante. — Forcei um sorriso. — E como a festa de vocês foi o último lugar provável onde Amanda esteve, seu filho pode ajudar mais do que imagina.

— Vou conversar com o meu marido e ele marca com o Brandão daqui a alguns dias, Bernardo está muito abatido. Agora, se você me dá licença, eu gostaria de seguir daqui sozinha, vou passar na sepultura da minha família antes de ir. — Maísa enfiou os óculos no rosto e saiu andando.

Ela era uma mulher que aparentava ser dona de si, porém escondia algo. Eu podia apostar.

Ao cruzar o enorme portão em bronze, com duas bandas, todo trabalhado em arabescos, do tipo que remete aos portões que guardam a entrada do céu, avistei Tarciana e Bernardo conversando próximos aos carros estacionados na rua e Débora, uns vinte metros adiante pedindo algo no balcão de um botequim. A ideia sempre tinha sido a de abordá-las para perguntar do celular, do exame de gravidez, sobre as senhas das redes sociais da Amanda, sobre o tal *contatinho secreto,* aquele do carrão preto; nossa, eu tinha dezenas de perguntas que somente essas duas meninas poderiam responder! Atravessei a rua decidida a abordar a presa solitária.

— Oi, Débora, sou a inspetora Ariela e estou investigando o caso da Amanda, eu gostaria de trocar duas palavrinhas contigo. — Com o canudo na boca, ela bebia o conteúdo de uma latinha de Coca Zero, e quase se engasgou.

— Ainda não acredito que isso tá acontecendo — acabou por dizer quando a tosse cessou. — A gente achando que essa cidadezinha sem nada pra fazer era tranquila e acontece uma coisa dessas. — A voz fina tremeu um pouco. — Vocês já têm alguma pista?

— Algumas, mas precisamos da ajuda dos amigos, e sei que você e a Tarciana eram as melhores amigas dela. — Eu tinha pouco tempo, não dava para ficar de rodeios. As garotas eram menores de idade, se fossem ouvidas na delegacia seriam acompanhadas dos responsáveis. Sob o olhar dos pais, as respostas não seriam totalmente francas e muito seria omitido. Já fui adolescente, sei bem como é. — Vocês estavam na festa na casa do Bernardo anteontem, vocês três? — Olhei para as mãos dela, tentando reparar nos pulsos. Buscava a tatuagem de anjo.

— Sim. A Amanda não era muito de resenha, mas pra essa ela tava até empolgada. Ela até se arrumou lá em casa e me deixou passar nela rímel e batom. Ela nunca se maquiava.

— Então a Amanda ia encontrar alguém. Sabe quem?

— Ela não namorava e nem ficava com ninguém. — Déb apoiou a latinha no balcão, deixando o punho direito à mostra. Sem tatuagens. — Se bem que ela andava meio estranha com o celular. Peguei ela duas vezes trocando mensagem e ela disfarçou.

— Se ela não se relacionava com ninguém, como explicar o exame de gravidez que a polícia encontrou escondido no quarto dela?

Débora olhou na direção em que Tarciana e Bernardo conversavam.

— Não era da Amanda, é isso?

— É. Olha tenho que ir... — A jovem jogou a lata de refrigerante na cestinha de lixo encostada no canto do balcão e fez menção de sair andando. Ela evidenciava o incômodo com o rumo das perguntas.

— Só mais uma coisa... — Estendi a mão e toquei seu braço na tentativa de impedi-la de chegar à calçada. — O celular da Amanda, alguma chance de estar com vocês?

— Comigo e com a Taci? Nenhuma. Posso ir?

Ignorei a pergunta.

— E a senha do Google e das redes sociais?

— Ela trocava o tempo todo, não sei mesmo. — A menina apertou os lábios e coçou a ponta do nariz. O que saía da sua boca não condizia com a sua linguagem corporal. Claramente, não queria mais falar e ainda mentia. — Olha, tenho mesmo que ir, vou pegar carona com a tia Maísa...

A "tia Maísa" havia acabado de encostar um carrão preto, um Chevrolet Trailblazer. E foi assim que conseguir ouvir o Bernardo passou para o primeiro lugar da lista.

CAPÍTULO 18

— Jorge! Jorge! — Joguei a Fendi Baguette no meu sofá curvo de dez lugares, em tecido orgânico importado. Um sofá para ser visto, não usado; se esparramar na sala de estar é coisa de gente sem classe, feito o Jorge, aquele inútil, que não serve sequer para me evitar uma abordagem policial. Se não fosse a adoração do Benzinho por ele e o álibi do casamento de fachada, o custo de um divórcio não seria tão ruim assim.

Flagrei o traste no escritório trancando o nosso cofre. Talvez fosse uma boa época para dar uma sumida, viajar e lavar o dinheiro guardado nas joalherias da Suíça. Bati a porta e ele, agachado e de costas, pulou assustado.

— Pô, Maísa, quase me infartou! — Jorge levou a mão com as unhas feitas e pintadas de base incolor ao peito. Um pedaço da pele à mostra entre os botões da blusa social aberta. Não são todos os homens que podem usar um Roberto Cavalli sem transpirar mau gosto ou exagero. Jorge é daquele tipo que não sabe ter dinheiro. Juro que tentei livrá-lo da breguice, mas há alguns anos não me importo mais.

— Você ficou de me encontrar no cemitério — falei entredentes. — Era para estarmos juntos apoiando nosso filho na perda da amiga.

— No enterro da sua amante, você quis dizer... — Jorge caminhou até o carrinho de bebidas e serviu dois copos de uísque. — Está na hora de parar, né, Maísa. Daqui a alguns meses, você não vai ter mais o Bê de desculpa para trazer essas meninas para cá. — Ele me estendeu um dos copos e, com poucas passadas, se jogou no sofá de couro. — Não vejo a hora do nosso filho ir para Teresópolis fazer medicina. — Ele deu um gole na bebida âmbar. — Vai te obrigar a parar com essa merda porque as amigas dele não vão encaixar na tua preferência e você não vai poder se plantar na porta de uma escola...

O uísque desceu queimando. Rivalizava com a raiva qual dos dois fazia meu estômago borbulhar mais.

— Você criou o *monstro,* meu amor. Lembra do *ménage* com aquela búlgara em Sófia? Quem insistiu para assistir a esposa comendo uma puta que fingia ter dezoito anos, mas na verdade era mais nova do que o nosso filho?

— Você é mestra em inverter as coisas, né, Maísa? Que eu me lembre, você passou a viagem toda repetindo como isso ia apimentar o nosso casamento e, burro, acreditei. Fora que para mim a puta podia ter até cinquenta. A minha mulher que andava sempre com dor de cabeça, de repente vem com uma ideia que é a tara de quase todo homem. Só não imaginei que depois viriam a Ingrid, Nádia e a Amanda, mas agora a *produção* de ninfetas acabou e você vai precisar se contentar comigo. — Ele sorriu e os dentes artificialmente brancos fizeram com que um arrepio escalasse a minha coluna.

Eu preferia morrer a voltar a transar com o Jorge. A ter o pênis dele, curto demais para o tamanho do saco, me socando enquanto as bolas murchas batem nas minhas nádegas. Eu estava decidida a buscar outra empregada doméstica com uma filha adolescente que precise de apoio e direcionamento em uma fase de tantas descobertas ou, na falta de candidatas, desencavar meu diploma e me candidatar a dar aula no primeiro ano do ensino médio.

Era só esperar a poeira baixar.

CAPÍTULO 19

Não sou médica, mas meu pai estava agarrado a uma mão oca, incapaz de lhe retribuir o carinho. Desde a noite anterior, dona Beatriz havia entrado em um estado de inconsciência. A doença avançara pelo corpo todo, causando dores excruciantes, apaziguadas apenas por doses cavalares de morfina.

A janela aberta permitia a entrada dos sons da rua — pessoas conversando ao longe, o latido de um cachorro, um carro passando com o rádio ligado e os vidros arriados —, demonstrando que a vida seguia lá fora alheia à bolha de sofrimento sufocante que comprimia o quarto.

— Eu estava te esperando, filha... — Os olhos e a ponta do nariz vermelhos indicavam o pranto exaustivo. — O médico disse que chegou a hora, mas ele precisou viajar. Não tenho coragem, deixei para você fazer.

Seu Gilberto se referia à aplicação de uma dose a mais de morfina, uma quantidade capaz de fazer cessar para sempre a dor intolerável e inútil de uma doente terminal. O médico amigo o havia alertado na última visita sobre a chegada desse momento e, em segredo, o instruído quanto à forma certa de se aplicar, caso ele estivesse indisponível.

Ele largou a mão que permaneceu pendurada na borda do colchão e se levantou da cadeira colocada estrategicamente ao lado da cabeceira para vir até a mim.

— Não consigo, Ariela! — Ele tirou os óculos embaçados e limpou os olhos. — Eu sempre soube que não ia conseguir... — Segurou os meus ombros e me encarou. — Preciso confessar uma coisa... quando te liguei, já sabia disso. Eu precisava de você aqui porque a sua mãe queria muito conversar contigo, acertar as coisas entre vocês, mas também para você assumir o volante nesse momento. Não tem acerto de contas maior do que a sua mãe poder descansar e se livrar de todo esse tormento por meio de você. É um ato de amor.

— Se é um ato de amor, por que você não consegue, pai?

— Porque sou fraco! — Sua voz embargou. — E você é forte... — Ele interrompeu a fala, tentando segurar o choro. — Você é a pessoa mais forte que conheço.

Quando Marco e eu ficamos de tocaia em uma investigação, conversamos sobre tudo, quer dizer, ele conversa sobre tudo, já que não consegue ficar mais de dois minutos calado. Eu só contribuo com algumas interjeições. Em uma dessas conversas, Marco me contou ter sido criado em uma família espírita e cresceu ouvindo sobre Chico Xavier. Descrente, questionei a razão de algumas pessoas penarem tanto com doenças vorazes, que as mastigam às vezes mais rápido, às vezes mais devagar, como se saboreassem um prato caro, e ele me respondeu com uma frase que disse ser do Chico, "embora ninguém possa voltar atrás e fazer um novo começo, qualquer um pode recomeçar e fazer um novo fim".

Fiquei irritada com a porra da resposta "Mestre dos Magos" dele. Como alguém morrendo poderia recomeçar e fazer um novo fim?

A compreensão me acertou nestes últimos três dias. A forma como minha mãe me recebeu no dia em que cheguei, ainda muito a antiga Beatriz, e depois, fazendo um esforço para se mostrar arrependida, pedindo até perdão na nossa última conversa, me fez perceber ser impossível voltar atrás no tempo e mudar o que aconteceu entre nós. Simplesmente não dá para mudar o passado. No entanto, ela estava tentando mudar o meu futuro. Um futuro sem um pote de mágoa, sem a prisão do rancor. Era uma tentativa de me libertar...

Se o meu pai tinha razão e o que ele me pediu para fazer era um ato de amor, eu não sei dizer, mas estava disposta a retribuir o gesto dela, e libertá-la.

— Certo, pai, eu faço...

A seringa com a dose mortal de morfina jazia pronta na cômoda — antes, se bem me lembro, o móvel ostentava alguns porta-retratos com fotos minhas esmaecidas e granuladas, daquelas tiradas em máquina fotográfica analógica dos anos 90; um cinzeiro em argila, no formato de um coração amassado, lembrancinha inusitada do Dia das Mães, feita na quinta série; e uma bonequinha de pano, que a dona Beatriz ganhou quando nasci. Agora, era usado como aparador de produtos hospitalares, indicando que a saúde pode ser facilmente substituída pela doença. Basta o abrir de um envelope.

Meu pai, debruçado sobre a cabeceira, tivera a firmeza para preparar o *veneno*, mas não o suficiente para inseri-lo no acesso enfiado na veia das costas da mão. Sem carne suficiente para preencher os vincos, ficava fácil enxergar as linhas saltadas, na cor roxo-esverdeadas. Difícil era colocar de forma consciente o ponto final na história de alguém.

Eu já matei uma pessoa, porém, não desse jeito. Não com essa intenção decisiva e deliberada de encerrar uma existência. E ainda assim foi foda. Foi em uma troca de tiros. Uma reconstituição em uma área de baixada, entretanto próxima o suficiente do pé do morro, a ponto de incomodar seus donos. Quando você se vê no meio de um tiroteio, escutando o miado da bala ao cortar o ar, vendo o buraco do tamanho de uma melancia na parede ao seu lado, você só pensa em sair dali. Atira para sair vivo. Não para matar.

Eu nunca havia pressionado o gatilho desejando a morte de um filho da puta e, olha, muitos cruzaram o meu caminho; calhou disso acontecer, justamente, com a minha mãe. Apesar da inconsciência, ela ainda estava ali. E que ironia desgraçada! A Ariela de quinze anos teria dado qualquer coisa para segurar essa seringa; a de agora, entregaria a alma para não precisar fazê-lo.

Peguei a seringa tomando o cuidado para não pressionar o êmbolo, esticado feito o pedaço de pau que desponta de um corpo empalado, e o velho soluçou alto, agarrado à cabeça dela. Cada passo até a boca faminta do acesso fez o meu coração esmigalhar, como se uma força invisível o apertasse até a implosão.

Tomei a mão com cuidado e enfiei a agulha na cânula. Mirei as maçãs protuberantes, o nariz esculpido com perfeição e os lábios rachados, enquanto empurrava o líquido para o seu destino, e quase instantaneamente bateu o arrependimento, uma vontade absurda de desistir. Já não cabia voltar atrás. Não havia meios de eu me agarrar à linha da sua vida e impedir que ela se rompesse. Estava feito.

— Pode ir, mãe. Vai em paz — tentei soar firme. — A gente aqui vai ficar bem — menti.

Não demorou mais que alguns minutos — eternizados em cada memória celular minha. Quando o peito subiu e desceu em um movimento abrupto e repentino, em um último esboço de vida, desabei.

Eu estava deitada de lado encarando a parede do meu quarto e o meu telefone celular tocou.

— Fala, Brandão... — Sentei-me na cama.

— Ariela, estou te ligando para te comunicar que você está fora do caso. Não precisamos mais da tua ajuda.

— Uau, as pessoas daqui reagem rápido, hein? Me diz, qual foi o calo que eu pisei?

— A gente não sai assediando pessoas em um enterro. Não é assim que trabalhamos aqui. Não precisa aparecer mais!

— Minha mãe acabou de morrer, Brandão! Vai se foder!

Desliguei a ligação na cara dele.

CAPÍTULO 20

Era o segundo enterro que eu participava em menos de quarenta e oito horas, entretanto, diferente do dia anterior, o da dona Beatriz não era badalado. Compareceram uma meia dúzia de gato pingado, *nadica* da nata da sociedade santo-amarense. Além do meu pai, padre Nelson e eu, somente alguns amigos do seu Gilberto passaram para cumprimentá-lo. Foi um momento íntimo e singelo, bem ao estilo dela.

Antes de sair de casa para a última despedida, eu havia arrumado as minhas malas. Expulsa do caso da Amanda e com a minha mãe morta, meus compromissos em Santo Amaro tinham acabado. Sim, eu pretendia ficar mais vinte e quatro horas e ir embora no sábado à tarde, ou no máximo domingo de manhã, para passar esse tempo com meu velho. Ele vivenciava um misto de tristeza e alívio e, apesar de precisar de companhia nesses primeiros dias de luto, a minha não era a ideal. Fora que o plano sempre havia sido esse, e eu precisava voltar ao trabalho para tentar sobreviver aos últimos dias.

Resolvi abordá-lo após a descida do caixão ao túmulo, quando alguns amigos o confortavam e o encaminhavam para a saída.

— Pai, preciso passar em um lugar antes de seguir para casa. Será que você pode ir de carona?

— Precisa ser hoje, minha filha?

— Amanhã é sábado e domingo estou indo, então precisa.

— Está bem, vou de carona com o Milton aqui… — Seu Gilberto estava tão aéreo que não criou caso.

— Pode deixar que levo seu pai e tomo um café com ele. — O homem baixo tinha chumaços prateados despontando das laterais da cabeça e parecia um mico-estrela. Passou o braço pelos ombros dele.

Dei um beijo e um abraço demorado no meu pai, e fui deixar as coisas alinhadas. Se o Brandão achou ter se livrado de mim, ele estava enganado.

A citação "não morre tão cedo" só não caiu feito uma luva porque estávamos em um cemitério. Brandão e eu esbarramos de frente quando, em direção ao portão, passei pela penúltima fileira de túmulos da ala *visitada* nos últimos dois dias. Se o delegado não carregasse um buquê de rosas amarelas destinado ao jazigo da Amanda, *sua sobrinha postiça*, eu não me culparia em pensar que na verdade ele me seguia.

A mudança de hábitos é algo para poucos, e com certeza para a dona Cabeça estava fora de cogitação. Era a segunda vez que eu pisava no prédio da promotoria e, se me pedissem para reconhecer a secretária em uma fila de reconhecimento, seria preciso examinar o cocoruto de cada uma para apontar a pessoa certa. Ao menos dessa vez não fui ignorada por muito tempo, em menos de cinco minutos fui recebida pela doutora Roberta.

— Veio falar comigo sobre o laudo prévio do legista? — Ela indicou uma das cadeiras à sua frente.

— Laudo prévio?

— É, o Brandão está mesmo te deixando no escuro, hein? — A promotora abriu um arquivo em papel pardo, parecido com as capas dos inquéritos, e puxou uma folha. — Toma.

Peguei o papel estendido e comecei a ler, mas ela mal me deu tempo de concluir a segunda linha.

— Olha que interessante, Amanda não foi morta pela esganadura e nem pelo traumatismo na cabeça com um instrumento perfuro-contundente.

Essa não era a revelação que eu esperava. Ela prosseguiu:

— Ele me mandou as fotos das lesões... — Roberta deslizou o dedo na tela do seu celular e o virou na minha direção. Inclinei-me sobre a mesa para ver melhor. — Está vendo aqui? — Com um movimento de pinça ela abria a foto ainda mais. A imagem era da cabeça. Fios pretos circundavam uma clareira cinza, aberta por uma máquina de raspar cabelo. No meio um beiço aberto. Nas bordas uma mistura de carne avermelhada e placas amareladas e no centro um buraco escuro. — Esse é o ferimento pérfuro-contuso, o orifício de entrada não é grande, causou sangramento substancial, mas lesões internas que por si só não causaram o óbito. O legista ainda não conseguiu indicar o instrumento utilizado com precisão, mas pode ser um martelo ou algo parecido. — A promotora deslizou o dedo na tela e outra fotografia apareceu. Era do tórax pálido da Amanda. A pele lembrava a de uma onça-pintada.

Respirei fundo.

— Pela lógica dos ferimentos e por ter poucas lesões defensivas, essa porrada com algo similar a um martelo deve ter sido a primeira, formando essa lesão em forma de seta. O impacto desmaiou a Amanda, possibilitando que o agressor esganasse o seu pescoço e a espancasse. O legista concluiu que ela teve uma parada cardiorrespiratória graças a um pneumotórax. O pulmão foi perfurado pelas costelas fraturadas. Se Amanda tivesse sido levada ao hospital, ela teria chances de ter sobrevivido.

— Meu Deus! — Eu estava em choque com a maldade. Mesmo com tantos anos na polícia, a perversidade humana ainda era capaz de me nocautear. Amanda teve o corpo espancado, foi esganada, bateram na sua cabeça e mesmo assim resistiu. Morreu por omissão, porque foi deixada sangrando e sem respirar direito por mais tempo do que seu corpo aguentou.

Permaneci alguns segundos em silêncio tentando digerir tamanha brutalidade.

— Já foi estabelecida a hora provável da morte? — finalmente perguntei.

— O perito-legista acha que a janela é de dez da noite até uma da manhã. Também foram colhidos fluidos corporais para exame de DNA. Mas estamos só no início da investigação.

— Foi isso que vim conversar contigo. Falando de forma sútil, o Brandão dispensou a minha ajuda e minha mãe faleceu ontem. Não tem nada mais que eu possa fazer daqui. Vou embora para o Rio amanhã, mas adoraria que você me deixasse a par do caso.

Roberta de imediato concordou com a parceria. Saí de lá com a impressão de que ela era mais uma satisfeita com a minha partida.

Ao chegar em casa fui direto procurar meu pai e o encontrei dormindo abraçado ao travesseiro da minha mãe. Não eram nem duas da tarde, mas o esgotamento emocional cobrava o seu preço. Achei melhor deixá-lo descansando, eu o acordaria para tomarmos juntos o café da tarde. Possivelmente, a minha tentativa em conversar amenidades seria em vão, enquanto ele se prenderia às lembranças da companheira que enchia cada cômodo com a ausência da sua presença. Quem sabe, eu pudesse convencê-lo a passar uns dias no Rio; mudar de ares seria bom.

Com tantas coisas em mente, segui no modo automático para o meu antigo quarto e me joguei na cama. Foi só ao sentir uma leve espetada nas costas que puxei um envelope com o meu nome escrito na letra da dona Beatriz. Era a tal da segunda carta, a que deveria ser entregue apenas depois da sua morte. Talvez trouxesse o nome do seu estuprador...

Rasguei o envelope sem muito cuidado.

"Minha filha,

Esta é a conversa mais difícil que tive na minha vida. Mesmo o papel aceitando de tudo, materializar essas palavras foi doloroso por rememorar os acontecimentos e por ser impossível a certeza da sua reação. No meu coração, a intenção é de consertar o passado. Não de forma que todo o ocorrido fosse apagado, mas como um vaso colado, que volta a ficar inteiro, porém com as cicatrizes das rachaduras. Saiba que o meu desejo é que o conteúdo desta carta te traga o bem porque, sim, eu te amo. Sempre amei e achava que não era recíproco pelo seu jeito, em resposta ao meu. Pois saiba, você sempre foi a pessoa mais importante da minha vida.

Dito isso, vou direto ao ponto, antes que eu perca a coragem.

Vamos precisar voltar ao dia 10 de julho de 2007. Por favor, não pare a leitura, mais uma vez, você merece a verdade, merece recolher seus cacos e se tornar inteira. Bom, tivemos uma briga difícil na noite do dia 09 e você deu entrada no hospital municipal em estado grave, com sangramento e reclamando de muitas dores na madrugada do dia 10. O seu bebê estava em sofrimento fetal. Talvez você não se lembre porque era muito nova, ou pela imaturidade não tenha entendido direito, mas você sofria de pré-eclâmpsia, o que causou o parto prematuro.

Naquela época, eu tinha uma posição que hoje entendo ter muita ligação com a minha própria história e traumas. Não estou escrevendo isso para justificar a minha atitude, mas para explicar os meus motivos.

O seu bebê nasceu de trinta e duas semanas, e sei que foi muito difícil para você não ver sequer o seu rostinho, porque ele precisava de tratamento e cuidados imediatos. Você foi levada para o quarto e apagou, estava exausta. Antes de desmaiar de cansaço, você me pediu que avisasse ao Cadu. Saí do quarto prometendo que o avisaria, mas em vez disso procurei uma enfermeira conhecida minha. Ela tinha conexões e já havia encaminhado a outros casais bebês para adoção à brasileira. Da mesma forma que se obtinha a Certidão de Nascimento no nome dos pais adotivos, ela me garantiu conseguir uma Certidão de Óbito. Sei que tudo o que estou contando é terrível, mas eu acreditava que era o melhor para você. Você tinha acabado de completar 16 anos, tinha toda a vida pela frente.

Quando voltei para o quarto e te dei a notícia de que o bebê tinha morrido, não havia mais como voltar atrás. Você se desesperou, gritou, me culpou, mas estava fraca demais para levantar da cama. Com isso ganhei tempo para elaborar melhor a história e quando o Cadu chegou e vocês exigiram ver o neném, a enfermeira levou vocês para ver o filho de outra mãe. Enterramos um caixão vazio.

Neste ponto da confissão, você já entendeu que seu bebê está vivo. De início e durante muitos anos eu não quis saber para quem a enfermeira tinha encaminhado a criança. Eu só havia pedido que fosse para pessoas que não fossem daqui. Só que há cinco anos a curiosidade veio forte, e veio junto o receio dela morrer e eu nunca saber. Apesar do medo, digladiei comigo mesma durante dois anos por diversos motivos, principalmente culpa e vergonha paralisantes, mas também pelos crimes. Não estudei como você, mas sei que arranjar documento falso e entregar um bebê sem ser pela Justiça pode ser considerado crime. Para encurtar, tem três anos que acordo e durmo com essa informação sem ter a coragem de te contar. Até que há alguns meses, na mesma época em que fiquei doente, visitando uma amiga descobri que a sua filha era vizinha dela e morava no bairro ao lado do nosso. Muito mais perto do que um dia imaginei. A Carol se chama agora Amanda e foi adotada por um professor chamado Ernesto Pereira e pela mulher Ma-"

Não! Não, Deus, não... isso não é verdade!

Meus olhos aflitos buscaram o início da carta e reli linha por linha, palavra por palavra, procurando o engano. Só podia ser um.

— Não faz isso comigo! Não pode ser!

O papel caiu da minha mão.

Pulei da cama e com um movimento rápido do braço empurrei o abajur e todos os outros cacarecos habitantes da mesinha de cabeceira ao chão. De pé, eu não sentia minhas pernas e meus pés, mas chutei a cadeira, que funcionava mais como cabide de roupas.

Não, aquilo não podia ser verdade!

Eu tremia indicando o terremoto interno que me rasgava e abria fendas abissais no meu peito. Como se uma parede desabada bloqueasse os acessos, e boca e nariz estivessem concretados, o ar não entrava mais e, para falar a verdade, eu não fazia mais forças para respirar. Olhei a bombinha caída próxima da janela, a um braço de distância e fiz a minha escolha.

Eu estava colapsando, as sinapses em curto, o peito doía como se tivesse levado um tiro de doze. Apagar para sempre não seria de todo mal...

CAPÍTULO 21

QUATRO DIAS ANTES DA FESTA

Manter uma promessa que perdeu o sentido é para poucos, e eu não fazia mais parte desse grupo. Desde a fala nojenta do seu marido *Chernobyl,* a necessidade de ouvir da sua boca se aquilo era verdade berrava dentro de mim.

É, talvez não fosse justo estar tão chateada e me sentindo uma trouxa. Nós nunca conversamos sobre relacionamentos anteriores porque, para mim, o nosso era o primeiro para nós duas — não me envolvi com mais ninguém, e achei que esse tipo de envolvimento também fosse a sua primeira vez. Se existiu outra menina antes, a sua mudez sobre ela teria algum motivo? Não é natural que pedacinhos do passado apareçam de vez em quando? Que as pessoas acabem comentando sobre seus *exs*?

A curiosidade de saber quem seria a tal garota — se é que ela existiu —, se a gente esbarrou nos corredores do colégio, se frequentava a sorveteria do Markito e a praça de cima, aquela em frente à prefeitura — que besteira a minha, é óbvio, você conhece o lugar — borbulhava na minha barriga, e isso estava me deixando com cólicas. Meus motivos para ficar plantada na porta da fono do Benjamin, andando em círculos e roendo as unhas, eram mais que uma suspeita ou dúvida amorosa: doía real.

Eu não havia me esquecido do combinado de nunca procurar você, especialmente quando o Bê ou o Ben estão contigo. Sei da promessa de não te ligar e de sempre esperar que você venha ao meu encontro. O problema eram os pensamentos. Pensamentos venenosos tão fortes que venceram, sem suar, a palavra dada. O ciúme me mastigava por dentro e me deixei ser convencida por ele. Mesmo assim, eu não merecia aquele olhar gelado, um cumprimento vazio de intenção e que só saiu da sua boca porque o Benjamin me reconheceu e puxou o seu braço na minha direção. Você acha mesmo que não notei que, se não fosse por ele, você teria passado direto?

— Olha, mamãe, a menina bunita. — Ele apontou para mim e te arrastou até a entrada do prédio de três andares. — Gostu dela. Ela é minha namorada — disse quando vocês pararam na minha frente.

Não tive coragem de desmentir, apenas sorri para o seu filho.

— Ah, oi. — Seu meio-sorriso não era sincero, e você me olhou estranho, do jeito que eu olhava para o meu irmão toda vez que ele me irritava. Você mal me deu tempo de responder. — Vamos, Benzinho, você está atrasado... — Agora foi a sua vez de agarrar o braço dele no intuito de tirá-lo dali.

— Não! — Benjamin puxou o braço, quase te derrubando, e dividimos a surpresa pela reação inesperada, mas no seu rosto havia a sombra de algo além. — Num vô! Ih num vô! A... a... a... — Ele saltava os olhos estrábicos de você para mim enquanto abria e fechava as mãos de forma frenética.

— O nome dela é Amanda, Benzinho — você disse, fingindo calma entre lábios apertados.

— Ananda — ele repetiu. — Num vô até Ananda vem junto. — E então ele bateu os pés na calçada, duas pranchas maiores que as do meu pai, como se pulasse sem sair do lugar.

— Ela não pode, amor...

— Eu queroooo! — Seu filho puxou a garrafinha de água que você carregava na mão livre e atirou longe. A garrafa cheia explodiu no muro da casa vizinha e espirros voaram como estilhaços, molhando tudo ao redor.

A força dele era inacreditável. Assim como a rapidez com a qual ele transitava entre o Ben-menino, inocente e amável, e o Ben-ogro, agressivo e incapaz de qualquer raciocínio. Já ouvi da Taci que você não aceita essa visão negativa. Eu entendo, não gostamos de ouvir coisas ruins sobre as pessoas amadas, mesmo sendo verdade.

— Ok, Benzinho, a Amanda vai com a gente e ela fica te esperando na salinha. Tá bom? — Era impossível adivinhar seus pensamentos. O tom era paciente, mas eu sentia a irritação (ou seria medo?) escondida em cada palavra. Tipo estática de TV, ou um zumbido no fundo do ouvido, que vem e vai em um passe de mágica.

Assim que o Benjamin entrou no consultório da fonoaudióloga não perdi tempo.

— Olha… — Me sentei no sofá ao seu lado e inclinei o corpo na sua direção. Você não retribuiu o olhar. Ficou encarando o quadro pendurado na parede de frente, a pintura em borrões formava um barco num pôr do sol bonito, porém eu precisava de atenção. — Você não respondeu minhas mensagens, foi por isso que te procurei. O que o seu marido disse é verdade?

— Benzinho tem oscilações de humor, mas não é violento — você soltou sem retribuir o olhar. — Ele é inofensivo. — Não sei se você tocava no assunto por vergonha, para explicar o comportamento do seu filho, ou para fugir da conversa que eu tentava ter desde a noite de ontem. — Ele sofre de uma síndrome, a Síndrome do X Frágil. Já ouviu falar?

Mexi a cabeça para os lados num movimento automático, meio sem sentido já que você continuava olhando para o nada.

— Ele não tem culpa de ter essa doença maldita. — A sua voz tremeu e os seus olhos ficaram vermelhos e brilhosos. — A culpa é minha. Meu filho é assim por minha causa…

Ver alguém desabando me afeta profundamente.

— Como? — foi a única palavra que saiu pela minha boca perplexa, enquanto levei a minha mão até as suas, emboladas no seu colo.

— Tudo o que eu fizer para compensá-lo não é suficiente pela vida que o condenei a ter. — Junto com a sua frase, rolaram as lágrimas. E então você finalmente me encarou. — Você acha, Amanda, que mesmo com todo o atraso cognitivo o Ben não nota a diferença gritante entre ele e o irmão? Acha que ele não sabe que é a versão que deu errada? Um rascunho genético, para que minutos depois nascesse a perfeição?

— Mas por que isso seria culpa sua?

— O X frágil é transmitido pela mãe. — Você puxou as mãos pousadas por baixo das minhas e as enfiou na bolsa procurando alguma coisa. Aproveitei essa pausa de menos de um minuto para tentar entender todas as informações vomitadas.

— Mas o Bê não tem a síndrome... — falei, confusa.

— Ele é gêmeo bivitelino. A probabilidade da síndrome é de cinquenta por cento. — Você passou um lenço de papel no rosto, apagando a marca deixada pelo choro na base mate perfeitamente ajustada ao seu tom bronzeado. — Tenho uma dívida eterna com o meu filho e por isso faço qualquer coisa por ele e para ele. Ben sempre terá o primeiro lugar na minha vida.

O primeiro lugar sempre...

Eu colocava você em primeiro lugar na minha vida e não tinha ideia de qual era o meu ranking na sua.

— Dona Maísa, podemos ter uma palavrinha? — A fonoaudióloga sorria para você com Benjamin à frente dela. As mãos pousadas nos ombros arqueados transmitiam carinho e cuidado. Você desviou os olhos deles para mim, e por segundos achei ter visto uma mistura de preocupação e desespero; uma nuvem passageira, que sumiu na mesma velocidade da sua formação.

A mulher deu um leve impulso no Benjamin, que encorajado se sentou ao meu lado. Sozinhos, fiquei pensando em como distrair alguém que não se entretém com uma simples conversa. Eu carregava a mochila da escola, tinha saído da aula e ido direto até ali, abri o zíper e tirei um dos meus cadernos e estojo.

— Você gosta de desenhar, Benjamin? — Abri o caderno em uma parte em branco e balancei o lápis entre os dedos. Ele me olhou curioso.

— Gostu. Mais colorido...

Cacei algumas canetinhas no fundo do estojo e estendi para ele as cores, verde, vermelha, rosa e amarela. Seu filho soltou uma risadinha, daquelas que traduzem um momento de prazer, e apoiou o caderno nos joelhos.

— O que você vai desenhar?

A canetinha rosa riscava o papel formando uma esfera. Em seguida, ele puxou um traço do meio do círculo, e mais quatro, dois de cada lado. Dois pontos e uma meia-lua dentro da esfera indicavam o desenho de uma figura humana. Não demorou para surgir um cabelo vermelho e um vestido verde.

— Quem é? — perguntei quando ele terminou.

— Nádia, namorada velha... — Seu filho beijou o papel.

— Namorada velha? Você quer dizer namorada antiga?

— Igual você, Ananda. Namorada igual você.

Igual a mim... será?

TRÊS DIAS ANTES DA FESTA

O sinal gritando o final da aula causou o alvoroço esperado. A orquestra de sons de carteiras sendo arrastadas, conversas, risos e passos apressados foi diminuindo à medida que a sala se esvaziava. Era sábado, e só o terceiro ano tinha aula por causa da proximidade do ENEM. A vontade de deixar as paredes da escola para trás era tão grande que ninguém reparou na minha demora proposital em guardar o material. Eu tinha um plano, havia uma pessoa que poderia me dar a pista desejada. Eu só precisava aguardar.

Em menos de cinco minutos a porta da sala abriu. Tia Zélia, inspetora da escola, entrava para desligar o ar-condicionado.

— Ué, Amanda, dormiu na aula?

— Não, tia, eu tava acabando de copiar a matéria do quadro.

Ela olhou para o quadro negro coberto de hieróglifos brancos e para a minha carteira vazia. Nada de caderno aberto para fortalecer a minha história. Tia Zélia só tinha cara de boba.

— Menina, apressa aí que todos os outros alunos já foram e a sala precisa ser limpa. Se você não tem o que fazer no sábado, eu tenho. — Ela andava rápido feito uma formiga, catando bolinhas de papel no chão, alinhando as carteiras nas fileiras.

— Tia, por acaso estudou aqui alguma menina chamada Nádia, com cabelo ruivo? — Levantei e pendurei a mochila no ombro com movimentos de tartaruga.

— Em que mundo você vive, Amanda? — Tia Zélia me encarou por cima dos óculos, equilibrados na ponta do nariz e presos por aquela cordinha de gente velha. Ela me lembrava a Edna Moda do desenho *Os Incríveis*. — Eu não canso de me surpreender com a capacidade que vocês jovens têm, sempre de fones no ouvido e com a cara enfiada na tela do celular, de ficarem alheios aos assuntos que não interessam a vocês. Toda a cidade conhece o caso da Nádia Proença, e não, ela não estudava aqui, era aluna do Machadão. — Ela pegou o controle do ar-condicionado dentro da gaveta da mesa usada pelos professores e desligou o aparelho.

— Caso?

— É, o caso dela ainda não foi resolvido. A Nádia deve ser um ano ou dois mais velha que você. Um belo dia ela saiu de casa dizendo para a mãe que ia fazer uma trilha até o poço do Tenebroso e nunca mais voltou. A polícia foi logo dizendo para a coitada da Odete que a menina tinha provavelmente fugido, mas a mochila dela, com carteira e documentos, foi encontrada e ninguém foge sem os documentos. Além disso, ela tinha um cachorro, seu xodozinho. Odete garantiu que seria impossível que a Nádia fosse embora e abandonasse o cachorrinho. E o sonho dela era fazer veterinária.

— Ela ainda tá desaparecida? — Meu pior medo me abraçava com seus braços de sombra.

— Sim. A notícia rodou a região toda. Saiu na internet até. Isso porque uma menina também desapareceu logo ali em São Domingos, uma tal de Beatriz. Ela e os amigos tinham ido tomar banho de cachoeira e só voltaram os três amigos, que juraram de pé junto que a menina evaporou. É claro que a primeira suspeita caiu sobre eles, mas depois, com o sumiço da Nádia, a ideia que ficou forte era da ligação entre os casos. Ambas as meninas tinham desaparecido em lugar de mata, tinham por volta de dezessete, dezoito anos e viviam só elas e as mães. São muitas coincidências.

— Como você sabe de tudo isso, tia? — Eu estava aliviada e me sentindo a pior pessoa do mundo por ter pensado no começo da conversa que você poderia ser culpada pelo desaparecimento da Nádia. Fiz mau juízo, mas em minha defesa preciso dizer: achei mesmo que o desenho do Benjamin era alguma mensagem, um jeito dele de mostrar a sua percepção do que acontece em volta, de me contar o que eu queria saber.

— Ué, gosto de histórias de crime. Ontem mesmo vi no YouTube um *podiqueste*. Ele contava o caso e entrevistava a delegada que investigou aqueles assassinatos que imitavam cenas de filmes de terror em São Paulo. Cruz-credo! — Ela bateu na madeira da mesa três vezes. — Graças a Deus, essas coisas bizarras não acontecem em cidadezinhas como a nossa. — Por segundos, tia Zélia deixou de olhar para mim para encarar o chão, como se estivesse pensando em alguma coisa. — Se bem que ninguém some do nada, então a história da Nádia também é bem estranha. A Odete até hoje não desistiu de procurar e acredita que pode achar a filha viva. Ela até largou o emprego de anos na casa do prefeito para se dedicar na busca da menina.

— A mãe da Nádia trabalhava na casa do Bernardo? — Meu queixo quase foi ao chão.

— A mãe da Nádia criou os irmãos junto com a menina. Nádia cresceu naquela casa. — E, assim, os braços de sombra apareceram de novo e me agarraram com força, enquanto as palavras do seu marido voltavam a me assombrar.

CAPÍTULO 22

A princípio, eu não sabia se estava sonhando ou se havia morrido. Senti as pálpebras pesadas fazerem uma tremenda força para se levantarem. Meu corpo todo doía, desde os ossos e músculos, até o coração em frangalhos, provando que uma dor emocional impactante tem o mesmo efeito de ser atropelada por um caminhão.

Os olhos abertos levaram segundos para focar a imagem flutuante acima de mim. Dois narizes, duas bocas, dois pares de olhos, dois seus Gilbertos de testa franzida e expressão preocupada pairavam de cabeça para baixo, com o rosto no sentido inverso do meu.

— Filha, você está bem? — O tom era falsamente calmo. Havia uma vibração de alarme na voz dele. — O que houve?

A sensação dos dedos abrindo caminho entre mechas de cabelo, massageando meu couro cabeludo, me remeteu ao passado. Era como se eu tivesse entrado em uma máquina do tempo e aterrissado em uma tarde preguiçosa de domingo, quando meu pai e eu, depois do almoço, íamos para o sofá da sala, a porta da frente aberta permitindo a entrada de uma brisa gostosa, e líamos juntos o capítulo do livro escolhido para o mês. Ele lia em voz alta e eu deitava a cabeça no seu colo para receber um cafuné e imaginar a história. Eu ansiava por essas tardes porque, sem saber, meu pai possibilitava a minha viagem para longe dali, longe de Santo Amaro, longe de casa, longe da minha mãe.

No entanto, dessa vez, o efeito se deu de forma contrária: o carinho, que em um primeiro momento me levou a uma viagem às nossas leituras de mistérios, rapidamente me trouxe de volta, e tombei no chão do quarto. Eu estava com a cabeça apoiada no colo do meu pai — costas, braços e pernas no piso de taco — e oscilava o olhar entre o rosto dele e a sua mão direita segurando a minha bombinha.

— O que houve, Ari? Você tropeçou? — Ele olhou ao redor do quarto revirado. — Por que te encontrei com os lábios ficando roxo se a bombinha estava ao seu alcance? Era só pegar e levar até a boca. Fala, minha filha, você está me deixando preocupado... eu não ia suportar ficar para trás, Ari. — A voz tremeu. — Não faz isso comigo, te imploro. — A última palavra saiu como um sussurro e uma lágrima acertou o meio da minha bochecha.

Ergui o tronco, me sentando no chão, e em um movimento parecido com aqueles de ioga, me dobrei sobre as pernas cruzadas em X e apanhei a folha de papel refugiada próximo ao pé da cama.

— Aqui. — Virei e entreguei a ele a faca que fora cravada nas minhas costas.

Meu pai leu, e pelas expressões de surpresa, e depois choque, à medida que ele avançava nas linhas, seu Gilberto também havia sido enganado. Pelo menos, eu precisava acreditar nisso. A mera ideia da sua cumplicidade nessa monstruosidade era apocalíptica para mim. Impossível de superar.

— Eu não sabia, Ari, juro para você! — Ele me estendeu a carta, mas titubeei em recebê-la. — Tem um lado bom, né, sua filha está viva, morando aqui perto. Podemos tentar uma aproximação aos poucos. — Aquele era o meu pai, sempre procurando o lado bom das coisas, e ignorando a existência de poços tão profundos que mesmo atingido o fundo, o buraco imenso torna impossível o impulso redentor.

Seria justo sugá-lo para o abismo?

— Pai, é a minha filha, a minha filha... — Ele me encarava confuso enquanto eu expulsava cada sílaba. — É ela, pai, o caso que eu estava investigando nesses últimos dias.

Não sei como consegui dizer aquelas palavras. Jogá-las para o mundo tornava tudo real demais. Talvez, no fundo, eu quisesse que ele compartilhasse a minha dor.

Os olhos, quase sempre miúdos por causa das lentes grossas, arregalaram de tal forma que pareceram saltados. Seu Gilberto levou a mão à boca.

— Me fala, pai, me fala que é mentira... que é tudo mentira!

Ele me encarou em silêncio, os lábios apertados feito de alguém segurando o choro, e em seguida se jogou na minha direção com os braços abertos.

Mergulhei no peito dele e desmanchamos juntos.

— O que você pretende fazer, Ari? — meu pai conseguiu finalmente falar, após secarmos nossas lágrimas de tanto chorar.

Eu me sentia drenada, árida, como se tivesse posto para fora os quarenta litros de água estocados no meu corpo. Chorar de soluçar por horas é exaustivo. Se, por um lado, eu ansiava por me enfiar na cama e não acordar mais, por outro, Amanda, minha filha — *Deus do Céu, sonhei tanto com esse momento!* — fora morta de forma covarde, e eu faria qualquer coisa para pegar o desgraçado que havia arruinado a chance de tê-la em meus braços.

— Não sei, pai... mas eu preciso saber quem foi.

Pedi licença para me levantar da mesa da cozinha, não estava mesmo com fome, e voltei para o meu quarto. As três fotografias surrupiadas estavam, por um milagre, sobre o colchão. Minha filha sorria em duas delas e se declarava para alguém na terceira. Aparentemente havia sido feliz. Peguei primeiro a foto dela com a família e beijei seu rosto, tomando cuidado para não estragar a imagem. Fiz o mesmo com a fotografia com Tarciana e Débora. Depois, reli o "te amo" da polaroid, pelo menos uma dezena de vezes, desejando que aquelas palavras tivessem sido para mim.

Pra quem você escreveu isso?

Apesar do turbilhão na mente e do emocional em frangalhos me mantive *focada*, como se estivesse em uma missão. Havia uma lista de coisas que precisavam ser feitas, resolvi começar logo. Disquei o número.

— Aconteceu alguma coisa, Paixão? Você só me liga quando está em rabuda, menina. — A voz familiar, bem ou mal, me deu saudade da minha vida iludida de cinco dias atrás.

— Chefe, preciso de um favor. Preciso que você queime aquele teu cartucho com o Secretário de Segurança Pública e me coloque de volta em um caso.

— É vida ou morte, né, menina?

Olhei para as fotografias, uma ao lado da outra e quase não consegui responder.

— É.

Ele ficou em silêncio, provavelmente estava dando goladas no vidro de Mylanta Plus, deixado sempre sobre a sua mesa para *emergências*.

— Tá ok, vou cobrar aquele pescador de araque o favor que ele me deve, mas vê se você se cuida e age com juízo. Preciso de você de volta aqui na delegacia inteira, ninguém aguenta mais o chororô do Marco Aurélio.

Voltar inteira é impossível.

— Me passa qual é o caso, que já vou agir.

Doutor José Augusto Paiva era feito um segundo pai para mim. No meu primeiro dia na DP fui recebida a gritos. Seus xingamentos — por terem designado uma policial mulher para a sua Delegacia de Polícia — vazavam pela fresta da porta do seu gabinete. Eu havia arruinado um ambiente essencialmente masculino, que permitia conversas de sacanagem, piadas de mau gosto e broncas homéricas. Ele não queria se policiar para dar esporro com tato e controlar a boca suja. Fora a minha insistência em ir para a *rua*. Eu não tinha chegado até ali para me atolarem de serviço administrativo. Um dia, passados cerca de três anos e alguns casos resolvidos, ele me chamou na sala dele e disse "Paixão, você sabe que no início a sua lotação aqui não foi bem-vinda. Acontece que, com o passar dos anos, você foi me mostrando que eu estava errado e provou a sua competência. Está de parabéns pelo trabalho excelente, menina". Esse é o jeito dele de se expressar e, apesar da tosquice, compreendi o que ele tentava me dizer. Eu havia conquistado o seu respeito.

Desliguei o telefone e em vez de andar em círculos, ansiosa pelo sinal verde do Chefe, resolvi anotar no bloco de notas do celular a lista de prioridades na investigação.

Descoberto até agora
27/09/24 (sexta-feira, 18h23min):

1. Amanda se relacionava com pessoa misteriosa que a buscava em um carrão tipo picape ou SUV (pode ser o Bernardo). Falar com Bernardo e Tarciana;
2. Celular desaparecido. Descobrir a senha da conta Google — entrevistar a família; irmão agressivo com ela. Motivo?
3. Carro pequeno visto deixando o local onde o corpo foi achado por volta de duas, duas e pouco;
4. Estimativa da hora da morte — entre dez da noite e uma da manhã;
5. Último lugar onde Amanda foi vista viva: casa do Bernardo, na noite do dia 24/09/24 ou madrugada do dia 25/09/24;
6. Contar para o Cadu.

Assim que digitei o nome dele, congelei. O último item da lista não era relacionado diretamente ao caso, no entanto, eu devia ao Cadu a verdade. Guardei as três fotografias no bolso da jaqueta jeans, peguei o celular, a carteira e a minha arma e desci apressada as escadas.

— Vai sair, filha? — O barulho da chave girando no trinco alertou meu pai.

— Vou…

— Você precisa comer, tomar banho… — A voz estava mais perto.

Comer… tomar banho… para quê?

— Na volta eu faço. — Bati a porta atrás de mim e voei para a rua. Visitar o Cadu fazia parte dos meus planos, porém havia um lugar antes no qual eu precisava passar.

Eu amava o silêncio reconfortante de lugares pouco ortodoxos. Locais esvaziados por não corresponderem ao gosto ou uso da maioria. Quando se lida, quase todos os dias com o pior do ser humano, momentos solitários funcionam como um alívio para a alma, um *detox*. A minha bateria era recarregada através de um mergulho no mar em uma manhã cinza-chumbo, em dirigir por horas em uma estrada interiorana quase sem fluxo — tendo apenas como companhia a minha *playlist* de clássicos do rock —, ou me sentar na pedra do Arpoador, ainda no escuro, para ver o sol nascer. Agora, eu caminhava por entre as vielas de túmulos, no lugar mais silencioso do mundo, gritando por dentro.

Dizem que o sofrimento de uma mãe escancara as portas do céu. E quando essa mãe enterrou a sua mãe e a sua filha em meras vinte e quatro horas?

Parei de frente a uma imagem de Jesus pendurado em uma cruz de mármore com quase o meu tamanho, ornando o túmulo de algum figurão da cidade.

O rosto sereno embaçou com as minhas lágrimas e ajoelhei.

— Sei que abandonei você quando perdi minha filha pela primeira vez…

Ergui as palmas na direção da figura.

— Eu imploro, Senhor! — Emudeci por alguns segundos. A cabeça prestes a explodir e liberar um choro convulsivo. — Me troca de lugar com ela! Por favor! Me leva, me leva no lugar dela! — Os soluços vieram como uma avalanche e a dor saiu rasgando a minha garganta. E, então, em um lampejo de raiva, alcancei uma pedra, que atirada passou rente à cruz.

Deus não me ouviu naquele dia. Mas eu precisava ser escutada, ainda que fosse através de uma intermediária.

Eu havia aprendido com a Mari, a minha afilhada de doze anos, que há algo além do fim do corpo. Mari conversa com amigas invisíveis desde bebê, e sim, já cogitei ser invencionice de criança, coisas de uma mente infantil e criativa. Porém, desde a situação que vivenciamos juntas no caso do "monstro do Parque Tabuado", não há mais espaço para dúvidas, mas apenas a certeza de que ela fala a verdade, e um caixão não é o ponto final.

Disquei o número dali mesmo.

— *Oi, dinda!* — Ela soava feliz.

— Oi, meu amor, tudo bem? — Fingi um tom alegre.

— *Aconteceu alguma coisa? Não tô te sentindo bem.*

— A dinda tá bem. Estou ligando pra te pedir um favor. Preciso falar com uma pessoa que acabou de morrer. Você consegue?

— *Não é assim, dinda, como um telefone.* — Ela suspirou. — *Na verdade até é, mas discam de lá e toca aqui, entendeu?*

— Eu não consigo contato fácil assim, é isso? — Funguei.

— *Acho que não, dinda.*

— Tá bom, meu amor. Obrigada. Se cuida, hein? E obedece a sua mãe. Quando eu voltar para o Rio a gente se vê, tá bem?

— *Aham.*

— Beijos...

— *Beijos...*

A necessidade de ter contato com a minha filha era tão visceral quanto a necessidade de respirar. Faminta pela proximidade que não tive em vida, fui em busca de migalhas.

Passados dois dias do enterro, o cheiro forte e adocicado das flores dominava o local e atraía moscas e abelhas. As margaridas se mantinham fortes, porém os cravos de cabeça baixa e com as bordas das pétalas amarronzadas indicavam que o prazo de validade estava próximo de expirar. Retirei com cuidado os vasos e buquês, colocando-os no chão de paralelos e me deitei de bruços, tentando envolver em um abraço o túmulo largo.

A gravação no mármore preto era outra porrada.

Amanda Lagos Pereira
10/07/2007
25/09/2024
"Um único ser nos falta, e fica tudo deserto"
Alphonse de Lamartine
Saudades, filha amada

Uma verdade inegável é que Amanda havia sido feliz e amada. E isso deveria bastar para mim, mas não bastava. Ali, no cemitério vazio aos olhos dos vivos, acariciei a lápide e lhe sussurrei uma promessa. Se há um céu, ou algo parecido, minha filha está nele, e sinceramente eu estava pouco me fodendo de acabar no inferno, contanto que nesse *passeio* gozasse da deliciosa companhia do desgraçado assassino de crianças.

Meus demônios internos adorarão voltar para casa.

A casa da mãe do Cadu não era muito longe dali. No entanto, eu não tinha a mínima ideia se ele continuava morando com ela, se a dona Janice sequer estava viva, e então me dei conta de como eu havia sido uma puta egoísta nesse tempo todo.

Em todos esses anos, eu estava tão afogada na minha dor, na minha revolta que me mantive cega para a dor dele. Não vi, ou não quis ver, que o Cadu também tinha as suas perdas, suas feridas para lamber. O sentimento de culpa me seguiu por todo o trajeto feito um cachorro sem dono ansiando por acolhimento.

É engraçado como alguns lugares, cheiros ou situações têm o poder instantâneo de invocar memórias. Diante da mesma porta verde da casa onde Cadu cresceu, eu incorporava o espírito do tempo e todas as Arielas que pisaram naquela calçada se desdobravam na frente dos meus olhos, como se em forma de camadas tivessem acabado de descolar de mim: a garota apaixonada; a que achou que morreria e chorou litros ao se descobrir grávida com quinze; a que acreditou que poderia dar certo e se casaria com ele, e a que morreu no dia dez de julho e assassinou a relação dos dois.

Nesse momento, quando só me restava bater na porta, fraquejei. A enxurrada de sentimentos represados era a razão do aperto no peito, que irradiava para o braço. Ou eu infartava, ou aquilo era a síntese do meu coração partido. Por outro lado, eu já havia enfiado os dedos pelas ripas de madeira do portão e levantado o trinco escondido — mais de quatorze anos se passaram e eles não colocaram uma tranca de verdade —, já tinha atravessado o pequeno quintal da frente e estava parada havia alguns minutos com o punho erguido.

Veio até aqui, agora bate...

Eu bati, e a porta foi aberta como se alguém estivesse parado do outro lado ouvindo a minha respiração e só aguardando. Era o Cadu, o sorriso no seu rosto — acompanhado da sua risada gostosa — quase o engolia, e ele olhava na direção do interior da casa, para só então se dar conta da minha presença. Ao fundo, tocava uma música agradável, daquelas do Michael Bublé, trilha sonora típica de casal apaixonado em um pré-jantarzinho, quando um faz o outro largar a colher de pau que mexe o molho e o tira para dançar, para depois bebericarem um bom tinto. Uma experiência só vivida por mim em filmes.

— Oi, Ari, que surpresa! — Ele parecia admirado em me ver, porém de um jeito bom. — A Roberta me disse que você tinha ido embora...

— Vou, quer dizer, ia... Olha, cheguei em um mau momento?

— Não, claro que não. Eu estava indo no mercado comprar um creme de leite, mas isso pode esperar um pouco.

Ele tá feliz, e lá vou eu estragar tudo de novo.

O coração do Cadu parecia hemofílico. Sangrou quando recebemos a notícia de que nossa bebê havia morrido, sangrou quando me fechei e o expulsei sem explicações da minha vida, porque estar com ele era viver com o fantasma de planos e sonhos envolvendo nós três, e sangrou em cada nova tentativa de aproximação, até finalmente eu ir embora de Santo Amaro. Eu não podia abrir uma nova ferida. Não depois de tê-lo feito sofrer por tanto tempo. Cadu tinha a ilusão de que, como nos amávamos, conseguiríamos superar a nossa perda juntos. Com meros dezessete anos, ele se mostrou mais companheiro do que muito marmanjo e se dispôs a amar por nós dois enquanto eu estivesse me afogando em dor.

Ele me olhava aguardando que eu dissesse o que tinha para dizer de tão importante a ponto de me levar até a sua porta, mas eu não podia. Não depois do brilho nos olhos e do sorriso leve e genuíno que me atenderam. Simplesmente não dava para trucidá-lo mais uma vez.

— E aí? — Cadu abriu os braços e em um movimento rápido e fechou-os ao lado do corpo.

— É... é... é... — Eu estava pronta para dizer qualquer coisa diferente do motivo que havia me levado ali, mas meu celular tocou. — Só um minuto. — Levantei um dedo e me virei de costas para ele. — Oi, Chefe...

— Paixão, só vou conseguir o que me pediu daqui a uns cinco dias. O Secretário está viajando e aquele pescador vagabundo deve ter desligado o celular. Sei que você sempre quer tudo pra ontem, mas espera, menina! Se meter onde você não é mais chamada pode ser perigoso. Você conhece esse mundo...

Agradeci o conselho e desliguei sem mencionar que eu não esperaria, ele já sabia disso. Aquela investigação era a mais importante da minha vida. Nada e nem ninguém me faria voltar à casa dos meus pais para sentar e ficar aguardando a autorização. Eu não precisava de uma. Voltei a minha atenção para o homem parado à minha frente com uma expressão ansiosa. O único homem com o qual me envolvi de verdade, amei e fiz planos. E eu estava prestes a dá-lo de mão beijada.

Respirei fundo e o pulmão falhou, me fazendo tossir. Era o meu corpo dando o recado claro de que mais um pouco e ele desligaria, feito um celular descarregado.

— Bom, vim dizer que vou ficar um pouco mais na cidade para concluir a investigação do caso da Amanda. — A voz quis falhar, então silenciei até que as palavras desengasgassem.

Cadu me acompanhou no silêncio, demonstrando que a paciência daquele homem era um presente para quem soubesse valorizá-lo.

— E que estou muito feliz — finalmente consegui soltar — por te ver assim, tão de bem com a vida. Espero que você e Roberta sejam muito felizes juntos. — Segurei na mão dele. — De verdade, você merece, Cadu... — e me estiquei para beijar o seu rosto. A barba rente era uma novidade para mim, porém o cheiro da pele, uma mistura de grama molhada e sândalo, com um toque salgado, era familiar até demais.

Não aceitei uma resposta. Assim que os meus lábios se afastaram experimentando um formigamento gostoso, culpa do leve roçar da barba, me virei e mesmo com a vista embaçada mirei o portão. Possivelmente eu cometia um dos maiores erros da minha história sonegando a verdade ao Cadu, no entanto eu só não queria ser mais uma vez a causa do seu sofrimento; e precisava libertá-lo da minha assombração.

CAPÍTULO 23

O que uma adolescente faria em um sábado neste fim de mundo?

Minha paciência era tão curta quanto a traseira do Ford Ka verde-menta do meu pai. O carro, seu xodó, havia me sido emprestado para seguir Tarciana — não que meu pai soubesse ser essa a razão do empréstimo da coisa mais valiosa da sua vida, mais até do que a sua coleção rara de futebol de botão da Seleção de 70. Os rostos brilhantes do Rivellino, Gérson, Pelé e do Furacão da Copa, Jairzinho, de tanto o seu Gilberto esfregar o disco de plástico com lustra móveis, ainda eram orgulhosamente expostos em uma das cantoneiras da sala.

Por volta das onze da manhã, a cabeça com cabelos de cachos largos despontou do portão. A pele no tom canela se acendia com o contraste da camiseta *cropped* na cor rosa-choque. O short jeans tinha dois rasgos imensos nos três dedos de pano localizados abaixo dos bolsos, fazendo com que a peça parecesse ainda mais curta. A minha intenção era a de seguir os seus passos e forçar um esbarrão.

Saltar do carro e receber uma lufada de um vento fraco, porém o suficiente para gelar cada parte do meu corpo embebido em suor, foi gratificante. Policial no Rio de Janeiro deveria receber gratificação por insalubridade. Nada de passar horas entocaiando alguém enquanto se saboreia um café e rosquinhas, usando do limpador para afastar do para-brisa os flocos da primeira neve que voltou a cair depois de um ano, como nos filmes americanos. Aqui, se cozinha a policial em temperaturas altas para servi-la *ao ponto para bem* a depender de quanto tempo foi assada na travessa de metal de quatro rodas.

Talvez o calor — outubro batia às portas — estivesse funcionando como uma espécie de suplemento vitamínico para a intolerância que fervia o meu sangue. Talvez fosse porque a moça alguns metros à minha frente, deslizando o dedo pela tela do celular de um jeito despreocupado, demonstrasse uma forma atípica de luto. A melhor amiga mal havia sido enterrada e a empolgação pelo passeio que se avizinhava era gritante. No fundo, me doía o fato de alguém que tivera a possibilidade de conviver com a Amanda, de fazer parte do seu mundo, não parecer se importar com a perda dela. Eu queria que Tarciana sentisse a minha dor. A dor alucinante da privação, *daquilo que poderia ter sido, mas não foi*. Eu queria tão forte que, por alguns segundos, me vi agarrando a menina pelos ombros e chacoalhando, ao mesmo tempo que gritava "qual é o seu problema?". Sorte dela — ou minha — o prenúncio da falta de ar me interrompeu.

Eu só mudei o planejamento inicial.

— Tarciana, meu nome é Ariela e sou a inspetora de polícia que está investigando a morte da Amanda... — Encostei anunciando e a imagem da minha filha toda fodida naquela pedra na beira do rio me derrubou. Apertei os punhos até que os nós dos dedos ficassem brancos. Eu tentava controlar a vontade de agredir aquela menina mesquinha e vazia.

— Eu te vi conversando com a Déb anteontem. — Tarciana enfiou o celular no bolso traseiro do short e cruzou os braços.

Tremores me percorriam por inteira, e eu só não queria que chegassem aos meus lábios e afetassem a minha voz ou a minha respiração.

— Vocês duas eram as melhores amigas da Amanda. — Calei-me por alguns segundos e cocei a garganta evitando o choro. — Por isso é tão importante falar com vocês. Tenho algumas perguntas e conto com a sua boa vontade em nos ajudar a prender quem a matou.

— Mas eu não sei nada, não vi nada e a minha carona já deve tá chegando. — Ela esticava o pescoço e olhava para o lado da rua de onde vinham os carros.

A mentira dela me engatilhou. Feito a válvula de um aquecedor a gás, acesa com um simples *click*, a vontade de chorar foi posta em segundo plano e, em seu lugar, a de socá-la no nariz reacendeu com tudo.

— Vocês já conversaram sobre a gravidez? — perguntei para espezinhar e imaginando que Bernardo chegaria logo. A menina me encarou com as sobrancelhas arqueadas.

— Não sabia que esse assunto era de interesse da polícia.

— Nós achamos o teste de gravidez negativo nas coisas da Amanda, então é óbvio que é importante saber com quem ela estava envolvida a ponto de pensar que podia estar grávida — justifiquei com uma meia verdade. — Pode ser até o Bernardo. Temos uma testemunha que disse ter visto ela saindo às escondidas e entrando em um carrão como o que vocês entraram na saída do cemitério — falei para machucá-la.

— Nada a ver! — Ela descruzou os braços e os abriu em um claro gesto de irritação. Nenhuma tatuagem de asas ali também. — A Mandy não estava com o Bê. Ele nunca se interessou por ela. É verdade que a gente tava dando um tempo por causa desse teste que eu fiz, mas só porque ele ficou com medo desse lance de gravidez. — As mãos foram para a cintura. — A gente já tá junto de novo e ele nunca deixou de querer ficar comigo. A Mandy nem faz o tipo dele.

— Tem certeza? — alfinetei.

Tarciana apertou os lábios e estreitou os olhos.

— Ela estava saindo escondida com alguém e vocês não estavam juntos. Pelo que vi do menino, ele é do tipo que arrasa corações.

— Olha. — Ela bateu com as mãos espalmadas ao lado do corpo. — Eu já disse, tá bom, o Bê é apaixonado por mim. Ele nunca, nun-ca — pronunciou marcando as sílabas — quis ficar com a Mandy.

Quando alguém faz questão de reforçar um determinado fato, é porque não foi bem assim que aconteceu. A linguagem corporal, a escolha de palavras, a perda da paciência, tudo soou um alarme na minha cabeça.

— Certo. — Levei o assunto para outro lado. — Você desconfia de alguém?

— Não sei. Acho que pode ter sido um estranho. Ou vai ver foi o mesmo homem que pegou a Nádia. — O rosto dela se acendeu como se tivesse se lembrado de algo. — A Mandy, inclusive, tava obsessiva com a história da Nádia e dando uma de detetive. Ela só falava nisso nos últimos dias. Achava que tinha descoberto algo importante sobre o caso. — Deu de ombros.

— Que Nádia? Qual caso?

— Ah, não lembro o sobrenome. A Nádia desapareceu tem um ano ou mais. Foi fazer uma trilha e nunca mais voltou. Deve ter fugido pra não aturar a maluca da mãe. Eu, no lugar dela, faria isso. A menina só queria ser normal, sair e namorar.

— Você a conhecia bem?

— A gente conversou algumas vezes na casa do Bê, a mãe dela trabalhava lá. — Tarciana olhou para a esquina e a expressão que se formou foi de reconhecimento. — Ah, minha carona chegou!

Ela gritou o nome "Diva" e uma mulher de meia-idade, vestindo um uniforme de serviços domésticos saiu do portão puxando uma mala de viagem com uma mochila encaixada na alça suspensa.

— Você vai viajar? — Um misto de surpresa e indignação cresciam dentro de mim.

— Meu pai achou melhor eu sair da cidade. Passar um tempo na casa de uma tia em São Paulo.

O carro foi diminuindo a velocidade, se preparando para encostar na calçada.

— O delegado sabe disso?

— Sabe. Tô indo com a benção dele.

O descaso do Brandão com a investigação estava indo longe demais. Ou o delegado sabia quem era o culpado e estava fazendo de tudo para protegê-lo, ou Brandão era cachorrinho dos ricos e influentes da cidade e faria o possível para blindá-los.

Não seria a primeira vez que me deparo com esse tipo de postura. Os abastados, aqueles que praticam tráfico de influência, que possuem um político nos contatos do celular, não podem aguardar horas sentados na cadeira desconfortável da delegacia para serem ouvidos. Nada de salinha apertada, com o ar-condicionado lutando para manter a temperatura em vinte e três graus, uma mesa bamba precisando de calço e um café fraco. Os despudoradamente poderosos solicitam aos seus advogados com ternos bem cortados e tecidos inteligentes o agendamento de um horário para as suas oitivas no escritório finamente decorado. A importunação de uma repartição pública, com o seu burburinho natural e a ausência de conforto, não é para esse tipo de gente.

Restava descobrir se Brandão era um tremendo puxa-saco ou se prevaricava. Porém, qualquer um desses motivos explicava a razão da sua animosidade comigo. Quando ele percebeu a minha disposição para resolver o caso, passei a ser uma pedra no seu sapato. O delegado só não sabia ainda que essa disposição havia se transmutado, e a voracidade que tomara conta de mim abocanharia os seus tornozelos. Se Tarciana estivesse fugindo por ser a culpada, nenhuma distância seria empecilho.

Fui dominada de tal forma por esses pensamentos que só percebi onde eu estava ao parar a Valda na vaga em frente à casa na qual minha filha morou.

Bastou saltar do carro e ela me chamou. Dona Henriqueta estava debruçada no seu meio-muro chapiscado, acompanhada de uma tulipa de cerveja e do cigarro entre os dedos.

— Ei, menina, aceita um aperitivo antes do almoço? — Ela ergueu a tulipa suada.

Balancei a cabeça em sinal negativo enquanto me aproximava.

— Cê me desculpa, mas não pude ir me despedir da tua mãe. Beatriz era uma amiga querida, mas eu estava em Nova Aurora fazendo uma tomografia computadorizada do pulmão quando fiquei sabendo que o enterro estava acontecendo — ela disse, assim que encostei o quadril no muro.

— Não tem problema, dona Henriqueta...

— Para mim tem, sim! Eu gostava muito da sua mãe, né. Ela era uma pessoa mal julgada pelos outros, só porque não era toda sorrisos...

— Ela interrompeu a frase e deu uma tragada no cigarro. — ... mas quem ia além da capa percebia que ela era uma boa pessoa.

Eu não a havia abordado para ter aquela conversa.

— Então, dona Henriqueta, vim aqui...

— Eu achava uma injustiça essas jararacas que não sabiam da história da Beatriz, que não tinham conhecido ela meninote, levada e feliz, pulando o muro do finado seu Turiba para comer goiaba, ficarem malhando ela pelas costas. É gente que vive no mundo da perfeição e não entende nada da vida e suas dores, né?

— Tem alguém na casa da Amanda? — soltei a pergunta de forma direta para demonstrar o meu desejo em mudar o assunto.

— Pior que tem, menina! — Dona Henriqueta debruçou sobre o muro e cochichou: — Cê não vai acreditar... Ernesto e Mara viajaram. — Ela bateu a cinza cilíndrica de quase dois centímetros no cinzeiro. — Não aguentaram ficar em casa nos dias que se seguiram ao enterro, e quem pode culpar eles, né? Foram para a casa de uma irmã da Mara, em Juiz de Fora, se não me engano. A casa estava vazia até agora a pouco, até o menino aparecer.

— Quem? O irmão sumido?

— É. — Uma palavrinha que carregava na sua entonação toda a nossa desconfiança mútua.

Um bom policial não fica preso ao seu planejamento, a uma estrutura metódica de investigação. Ele abraça os presentes do acaso e recalcula a rota. Essa era eu, recalculando a rota ao enfiar os dedos entre as grades do portão de pedestres, que separava a porta da casa e o pequeno quintal da calçada da rua, e puxar o trinco.

Eu estava ali para ser atendida. Sinceramente, eu estava cagando de entrar em propriedade alheia sem a porra de um mandado me escorando ou sem o flagrante de um crime. Responder administrativamente por uma conduta indevida ou por abuso de autoridade não me impediria de buscar a verdade. Eu amava a minha carreira. Fora ela a responsável por me fazer levantar da cama muitas e muitas vezes nos últimos anos. Poder responder aos olhares questionadores e suplicantes dos familiares e oferecer-lhes uma conclusão funcionava como uma injeção de ânimo. E, em um universo de desgraças, de certa forma eu encontrava *felicidade* em possibilitar um julgamento e uma possível condenação. Agora, cumulando os dois papéis, nada mais tinha importância; somente a bala reservada para o meio da testa do maldito.

O som do punho na madeira saiu seco, mas alto. Não foi uma batida delicada, de fato, e com isso surtiu o efeito esperado. O rapaz escancarou a porta e os vincos de irritação entre as sobrancelhas foram se metamorfoseando em uma expressão de surpresa.

— Pois não? — A pergunta pomposa não combinava com os lábios jovens que a pronunciavam.

— Você é o Eduardo, irmão da Amanda, não é? — Ele parecia ter perdido peso, se comparado com a fotografia e ostentava uma certa palidez. O tom da pele estava mais para um papel pardo desbotado do que o bronzeado oliva da foto. Poderia ser pela falta de habilidade na cozinha, o legando a uma base alimentar de Miojo e nuggets (eu morei sozinha com vinte anos, já tive a minha cota desse menu, a ponto de não suportar sentir o cheiro de macarrão instantâneo), e por horas e horas de clausura estudando. Ou poderia ser pelo ocorrido com a irmã. Talvez o arrependimento o estivesse mastigando por dentro, o remorso cravando a espada no seu peito. Eduardo ainda se mantinha no topo da minha lista de suspeitos.

— Olha, não vou dar entrevista, eu já falei! — Ele fez menção de fechar a porta, mas fui mais rápida e enfiei meu coturno no vão, ao mesmo tempo que espalmei a madeira e empurrei, impedindo o esmagamento do meu pé.

— Não sou repórter, sou inspetora da Civil e estou investigando o caso da sua irmã. Eu gostaria de te fazer algumas perguntas. — Eduardo parou de fazer força, demonstrando a propensão a colaborar.

Ele franqueou a minha entrada e me conduziu até a sala. A casa parecia *morta*: os dois vasos de plantas existentes no cômodo estavam murchando; havia uma fina camada de poeira sobre os móveis. Cartas acumuladas estavam jogadas sobre a mesa. As janelas mantinham as cortinas fechadas. Um cheiro de batata podre se fazia presente no ambiente. Sentamo-nos um de frente para o outro e o jovem me examinou como se eu fosse uma lâmina de microscópio. Uma descoberta científica.

— Que coincidência estranha, você até parece com ela — ele disse me encarando com os olhos grandes e salientes, lembrando os da atriz Juliana Paes. — Se a Nanda tivesse tido a chance de chegar na tua idade, ela ia ser assim, meio como você.

O comentário inadvertido puxou o tapete debaixo dos meus pés e o tombo foi feio. Eu estava tentando não desmoronar para conseguir concluir a investigação. Eduardo aguardava uma resposta ou o início do assunto, porém um nó gigantesco na garganta bloqueava as palavras. A minha mudez não casava com uma abordagem policial, e ele pelo visto percebeu isso.

— Tá tudo bem? Achei que policiais estivessem acostumados a esse tipo de coisa.

— Não. — Levei alguns momentos para continuar. — Se eu me acostumasse com a barbárie, o que isso diria de mim? A gente aprende a conviver, e foca em trazer respostas para os familiares da vítima, mas se acostumar, nunca.

Cocei a garganta e pedi um pouco de água para ganhar alguns minutos e enxugar os olhos. Logo que Eduardo retornou e me estendeu o copo fui ao seu encalço, feito uma leoa atrás da presa.

— Como era a sua relação com a Amanda?

— A gente se dava bem. — Ele esfregou as palmas das mãos na bermuda. — Normal, como é a relação entre irmãos.

— Sou filha única, então preciso que você me explique como é uma relação normal entre irmãos — insisti.

— Ué, tem hora que a gente se dá bem, e tem hora que dá meio no saco. — Ele repetia o movimento de friccionar as palmas na bermuda e arrastá-las pelas coxas.

— Era comum que vocês brigassem?

— Não, claro que não. — Ele flexionou o tronco e apoiou os cotovelos nos joelhos, entrelaçando os dedos. Parecia querer conter as mãos inquietas. — De vez em quando um implicava com o outro. Só isso.

— Tenho uma testemunha que contou ter ouvido a sua mãe chamando a sua atenção porque você andava tratando sua irmã como um cão sarnento. Você a tratava mal por ser adotada?

Os olhos grandes ficaram enormes, e Eduardo ergueu o tronco e enrijeceu a postura.

— Como você sabe disso?

Não respondi.

— Foi por essa razão?

— Não! Claro que não! Isso não mudava nada. Você não entende, mas pra minha família não tinha diferença nenhuma, a adoção era só mais uma forma de ter filhos. A Nanda era a minha irmãzinha, isso não mudava por ela não ter saído da minha mãe. Ela era a minha formiguinha. — Seus olhos ficaram vermelhos e ele mirou um ponto qualquer à sua direita, como se vivenciasse alguma memória. — A Nanda não podia ver alguma coisa doce que caía de boca... — Ele sorriu um sorriso contido. — Acabei colocando esse apelido nela. — Roçou as pálpebras com as costas dos dedos.

Eu estava dividida. Feito uma árvore partida ao meio por um raio. Eu entendia perfeitamente a colocação dele, pois eu tinha o meu pai. O amor não faz distinção por causa de laços sanguíneos. Muito pelo contrário, laços do coração são igualmente poderosos. Por outro lado, eu me sentia surrupiada da vivência com a minha filha, como se a família dela tivesse certa culpa nisso.

— Onde você estava das dez da noite do dia 24 a uma da manhã do dia 25? — Soltei a pergunta e passei a escanear a sua reação. Os pés que antes batiam no chão relaxaram, e o rapaz descruzou os braços, demonstrando estar mais aberto.

— Eu estava na minha república. Rolou uma choppada e pelo menos vinte pessoas me viram lá. Eu estudo em Juiz de Fora e são mais ou menos três horas de carro até aqui.

— Eu vou confirmar.

— Pode confirmar. O nome da minha república é Dom Corleone — disse mergulhado nos meus olhos.

Eduardo aparentava estar muito seguro do seu álibi. Manter um segredo ou pacto com três ou quatro pessoas já é difícil, com vinte seria impossível. Além disso, o que vinte pessoas ganhariam para mentir em uma investigação criminal e sofrerem o sério risco de responderem pelo crime de falso testemunho?

— Bom, se você não está envolvido na morte da Amanda, gostaria de saber quem foi, certo?

— Sim! Com certeza.

— Uma peça essencial para a investigação é o celular dela, e está desaparecido. Você sabe se sua irmã tinha senha Google?

— Sim, ela tinha. O e-mail dela é formiguinhaz100707@gmail.

Anotei no bloco de notas do celular.

— E a senha?

— Minha irmã não era uma pessoa de mudanças. Ela gostava sempre do mesmo tipo de cabelo, as blusas cortadas na cintura e o All Star de lei. Quando ela cismava com uma comida, podia comer a mesma coisa por vários dias sem enjoar. O bolo de aniversário todo ano tinha que ser de brigadeiro. Nanda era uma pessoa previsível, mas de um jeito bom. De um jeito que passa tranquilidade e não guarda segredos. De um jeito que não traz surpresas ruins... — Suspirou. — Uma coisa dessas não tinha como acontecer com ela. Quem foi expulso do colégio, deu PT em festa, bateu com o carro da autoescola e foi pego fumando um baseado fui eu. Era eu que deixava meus pais sem dormir.

Ambos ficamos em silêncio. Ambos nos engasgávamos com o sofrimento e a saudade — Eduardo com a saudade de momentos vividos, já, eu, com a saudade de toda uma vida que poderia ter sido.

— Bem, te respondendo... — Coçou a garganta. — ... ela não era de trocar senha, então pode ser a mesma desde o primeiro Android. Nessa época a gente interagia bastante. A Nanda sempre amou desenhos animados e histórias de fantasia. Quando ela tinha uns seis ou sete anos foi a febre do *Valente*. Do prato de plástico à roupa de cama, tudo tinha que ter a personagem do desenho. — O sorriso triste apareceu de novo. — Não me lembro de outro personagem que tenha despertado nela essa obsessão. Tenta Merida e a data de nascimento dela, como no e-mail. Tenho quase certeza que é essa.

Meu pai havia estruturado um pequeno escritório no espaço embaixo da escada. O lugar era um pouco apertado, e quando alguém subia ou descia os degraus parecia que um número de sapateado acontecia dentro da nossa cabeça. No entanto, eu ansiava por chegar em casa e poder usar o coitado do Pentium IV, o computador aposentado por invalidez, que recebia proventos do INSS pelo trabalho árduo em rodar Paciência e abrir e-mails com propagandas enganosas e correntes inquebráveis. A senha Google da Amanda poderia estar completamente equivocada, mas havia uma chance e eu estava agarrada a ela.

— Pai, cheguei! — gritei ao fechar a porta da entrada. — Vou usar a Múmia. Ele ainda funciona?

Ele não respondeu, mas ouvi murmúrios e o barulho agudo e irritante de cadeiras sendo arrastadas, vindo da cozinha. O Chefe havia me alertado sobre o Brandão e, pensando somente em mim, escolhi ignorar. Esqueci que, não raro, covardes não descontam em seus alvos, mas nas pessoas amadas por eles; esqueci também do que um policial sujo é capaz. Existe um tipo de gente passível de qualquer coisa para remover as pedras do seu caminho, e eu era a porra do Everest no caminho do delegado.

Puxei minha arma do coldre e a apontei para o chão enquanto fatiava o cômodo. A vantagem — ou propensão a dar merda para alguns — da Glock é que ela não tem trava externa, o primeiro apertão no gatilho empurra o cão da arma. Por essa razão, eu só destravava a minha quando tinha certeza de atirar.

Colei as costas na parede que separava a sala de jantar da cozinha e mantive os braços esticados, formando a letra V, pronta para erguê-los e mirar o cano no meio da testa do invasor. Talvez fosse paranoia minha, talvez eu estivesse fazendo mau juízo do Brandão. Em segundos, eu descobriria.

Um som de desespero eriçou todos os meus sentidos e o chiado X-9 me deu um alô. Alguém estava na cozinha com o meu pai e eu ficaria sem ar em questão de minutos. Saí da proteção da cobertura e entrei pisando forte com a Glock apontando para a frente. Eu só não esperava a cena que se desenrolava diante dos meus olhos.

Marco estava curvado por cima do seu Gilberto, abraçando-o por trás e com os punhos unidos pressionava a região do estômago com movimentos de alavanca. Fazia a manobra Heimlich.

Larguei a arma de qualquer jeito em cima da mesa e, assim que dei o primeiro passo na direção deles, uma coisa branca voou da boca do velho e acertou o armário.

Graças a Deus!

O miolo de pão do tamanho de uma bola de ping-pong escorreu pela cobertura laqueada do gabinete e caiu no piso, me lembrando que, para morrer, basta estar vivo.

— Você tá puta por eu ter aparecido? — A pergunta ansiosa foi a primeira coisa dita pelo Marco assim que voltei do quarto do meu pai. A segunda, quase atropelando a primeira, depois de escanear o meu rosto e de um leve arregalar de olhos, foi "caralho, o que houve contigo?".

Ignorei o comentário.

— Não, como ficaria? Se você não tivesse vindo, talvez meu pai seguisse a minha mãe em menos de quarenta e oito horas. Devo a vida dele a você. — Forcei um sorriso e apertei a sua mão largada sobre a mesa, ao lado do copo de café vazio. Os olhos amendoados, emoldurados por sobrancelhas naturalmente desenhadas, brilhavam e emanavam uma vibração de companheirismo e entendimento que me fizera muita falta nos últimos dias.

— Não é cobrança, ok, é uma explicação. — Ele passou a mão no cabelo ondulado, jogando a franja comprida para trás; um tique que entregava quando Marco estava nervoso. — Eu sabia do seu novo caso aqui. Você tinha me dito que me ligaria e acabou não ligando. Mesmo quando telefonei para te dar uma notícia do caso do Calvin, você não atendeu, e não me retornou. Aí o Chefe deu a entender que você estava passando por problemas, coisa que eu já desconfiava... e acertamos, né? A minha tia voltou da última internação por pneumonia parecendo que voltava de um SPA, se a gente comparar a aparência de vocês.

— Sei que prometi ligar e tal, me desculpe. Que notícia você ia me dar? — desconversei. O que eu mais desejava naquele momento era me importar com o inquérito do Calvin, porém o meu mundo estava imerso em tamanha dor, e somente ela ressoava nos meus ouvidos.

Marco me encarou como se enxergasse todo o meu fingimento. Ou talvez fosse um hiper foco nos sulcos embaixo dos meus olhos, na minha raiz oleosa e na ausência de cor das minhas bochechas e dos meus dias.

— Melhor depois, Paixão. Bora resolver esse caso daqui primeiro, acho que é evidente que essa investigação está consumindo você. Quando a gente voltar, resolvemos o inquérito do Calvin. — Agora foi a vez de ele envolver a minha mão e por algum motivo inexplicável a minha pulsação acelerou. Não nos víamos a meros cinco dias, porém pareceram semanas, anos até, principalmente porque a Ariela que o deixou no Rio não era a mesma pessoa sentada ali. Naquele momento, me dei conta de como a sua presença era reconfortante, feito uma xícara de chá em uma tarde fria ou brigadeiro de colher durante a TPM. Era difícil reconhecer, e eu nunca diria isso em voz alta, mas como eu havia sentido a sua falta.

— Mas ele não estava resolvido? — Foram essas as palavras que pularam dos meus lábios no lugar de confessar a saudade.

— Temos algumas pendências. Só que não adianta nos debruçarmos agora nos problemas do inquérito do Calvin, estando em uma cidade a trezentos quilômetros do Rio. Se esse caso novo não fosse importante, na real, você já teria ido embora. E, desculpa, mas a sua cara diz muito.

Sem ânimo e sem motivos para discordar, mexi a cabeça em uma concordância silenciosa.

Eu havia passado para o Marco as linhas gerais do caso na quarta-feira. Entretanto, a avalanche de acontecimentos das últimas setenta e duas horas me soterrava de informações que deveriam ser divididas com o meu parceiro, mas nem todas eu pretendia compartilhar.

Enquanto a Múmia ligava, contei sobre as conversas com dona Henriqueta, Tarciana e Débora, Eduardo, o Zé Teixeira, a tal Maísa, mãe do Bernardo, o laudo preliminar do legista, o comportamento no mínimo estranho do delegado e as pistas que eu estava seguindo. Quanto à minha ligação com a vítima, guardei para mim, mesmo sem saber se meu pai teria tido tempo de abrir o bico.

— Então, você acha que conseguiu a senha Google da vítima e estamos prestes a rastrear o seu celular, é isso? — Marco estava debruçado sobre as costas da cadeira na qual eu havia me sentado para encarar a tela da Múmia. A proximidade fazia com que o cheiro da sua loção pós-barba escalasse até o meu nariz.

— Exatamente.

A Múmia levou uma eternidade para abrir o navegador.

— Bom, chegou a hora da verdade — eu disse ao lançar o e-mail e senha informados pelo irmão da minha filha na página de login. O movimento do meu dedo até a tecla do *enter* se deu em câmera lenta. Assim que apertei a tecla tudo ao meu redor ficou preto. A ansiedade havia me presenteado com um apagão, uma cegueira de momento. Só voltei a mim com o Marco sacudindo os meus ombros e comemorando.

— Funcionou, Paixão! Funcionou! — Por trás da cadeira, ele vibrava empolgado sem notar o meu curto-circuito. Pisquei os olhos e a tela duplicada foi se encaixando e virando apenas uma.

A mão sobre o mouse tremia de leve e eu não queria que o Marco percebesse.

— Agora é só clicar na seção "Histórico de Localização", Paixão — Marco ensinava como se eu não soubesse, diante da minha demora em conseguir concluir o movimento sem escancarar a tremedeira.

O *click* revelou que somente duas localizações foram marcadas após as dez da noite do dia 24. A primeira na Rua Romeu de Castro Leal, 257, no bairro Águas Claras. Abrimos o Google Maps e a visão de rua mostrava um muro bastante alto com revestimento fino de pedras naturais, cercado por um jardim elaborado por um paisagista. A fachada luxuosa destoava da maior parte das casas da cidade.

— Essa casa deve ser a do prefeito, onde teve a festa. Vamos passar lá para confirmar.

A segunda localização era às cinco e quarenta e três da madrugada do dia 25, horário no qual Amanda supostamente já estaria morta. O endereço apontado era na rua principal do Centro, a Avenida Floriano Peixoto, número 340. Pinçamos o bonequinho laranja do Google Maps e o soltamos. A visão de rua apareceu, mas na altura do número 290. Mais alguns cliques na tela e larguei o mouse. Apesar do imóvel não ostentar numeração, eu sabia que era ali. A raiva subiu pelo meu esôfago queimando e a vontade de vomitar e de quebrar a cara do Brandão veio com força.

O número 340 era a Delegacia de Polícia de Santo Amaro.

CAPÍTULO 24

— Jorge! Jorge, sai desse banheiro, vamos nos atrasar para o *seu* compromisso. — Eu batia na porta com ferocidade, mas o idiota estava se drogando. Jorge só se trancava quando injetava quetamina. — Abre a porta!

Ele abriu, e na pia repousava a necessaire de couro, onde guardava as seringas, o garrote para amarrar o braço e estufar as veias, chumaços de algodão e o frasco de veneno. É lamentável que o carisma e capital político sejam dele. *O homem que veio do povo, para servir o povo* transformou um veterinário, falido e viciado, em prefeito, com chances reais de alçar maiores voos.

Eu havia consultado um assessor e um marketeiro. O plano era viabilizar a transferência do cabedal político para mim. Foi por esta razão que *deixei* Jorge se recrear demais. O problema foram os resultados das pesquisas de imagem. Fui categorizada como soberba e arrogante. Uma pessoa que não gera sentimentos de pertencimento e simpatia. Eu entendo... o pobre até aceita o novo rico com as suas marcas enormes estampadas nas roupas, luzes de LED no teto das casas, telão na piscina, entre outras fanfarronices, porque foi pobre um dia e venceu na vida. Diferentemente do *old money*, o rico de berço, aristocrático. E eu, de fato, tenho ares aristocráticos. A desconstrução que me propuseram seria demais: usar um tom de cabelo mais amarelado e menos refinado, roupas coloridas e chamativas, de preferência de lojas populares e aceitar salgados fritos em óleo sujo e abraços suados. Não deu, e isso me deixa algemada ao Jorge.

— Vergonhoso você aparecer no jantar drogado. — Cruzei os braços.

— Ninguém vai notar — ele respondeu se olhando no espelho. Depois jogou água no rosto e penteou o cabelo. As pupilas estavam dilatadas e havia uma leve euforia na voz e nos gestos, expansivos demais.

— Estou cansada de você estar quase sempre assim.

— E eu também, Maísa. — Ele fez menção de que sairia do banheiro para o closet. Dei espaço para que passasse sem precisar encostar em mim. — Estou cansado de você com essas meninas. Cada um com o seu maldito vício, né? — Jogou ao chão a toalha que cobria o pênis flácido e abriu a gaveta de cuecas. Pescou uma em que o elástico gritava "Hugo Boss".

A comparação era esdrúxula demais, talvez por isso tenha me irritado.

— A droga é sinônimo de fraqueza. Além disso, pode te custar o cargo ou uma eleição no futuro. Imagina se você dirigindo drogado atropela e mata alguém? Não tem foro privilegiado, não, viu? Só para crimes relacionados ao cargo. Você sabe disso, não é?

— É, você tem um ponto aí... — Jorge estendeu o braço na minha direção para que eu abotoasse as mangas da blusa social. — Só que se a população soubesse das *suas preferências* isso também me custaria a eleição.

— São coisas bem diferentes, meu amor.

— Não são, não. Ambas matam.

TRÊS DIAS ANTES DA FESTA

Nádia, Nádia, Nádia...

Depois de saber que ela tinha sido criada na sua casa, não consegui pensar em outra coisa. Juro, tentei me convencer de que tudo não passava de teoria da conspiração e pura manipulação do seu marido *Chernobyl*, mas o desaparecimento sem sentido e a falta de conclusão eram dois fantasmas me assombrando.

Meu pai usava o notebook para adiantar algumas coisas da escola, então precisei me contentar com a tela pequena do celular para pesquisar no Google. Nádia devia ter amigas, alguém que pudesse me contar mais, com quem ela dividia suas inseguranças e alegrias, seus pensamentos e até segredos. Essa ideia me animou por alguns minutos, até eu me tocar que a sua existência era desconhecida para as minhas melhores amigas. Se Nádia fosse parecida comigo, essa linha de investigação daria em um beco sem saída, pois ninguém saberia de você.

Confesso, no início foi o ciúme quem me moveu. Foi ele o combustível para a busca dessa garota anterior. Talvez ela fosse uma invenção, uma criação só para me deixar insegura, para mexerem com a minha mente. Se eu pudesse escolher, teria preferido isso, mas a realidade me contava uma outra história, e ela tem me deixado com medo do final. *Plot twists* do tipo que arrebentam com a nossa cabeça só são bons nos livros. Não na vida real. Na narrativa da sua vida, sou a leitora, que receia a última linha, porém continua virando as páginas.

Santo Amaro é o fim do mundo, mas ainda assim está no Google, sabia? Alguns sites locais traziam notícias sobre o caso da Nádia. Cliquei ansiosa em cada um dos cinco links que brotaram da busca. Eu experimentava uma combinação de curiosidade investigativa e medo de obter respostas. A ignorância é uma benção, já ouviu essa frase? Escutei algumas vezes da minha mãe sem entender o significado. Eu era feliz mantida no escuro do seu passado, mas agora me enveneno com ciúmes e desconfianças horríveis que amargam a minha boca e me dão pesadelos.

Meus olhos passaram rasteiros por todos os textos. A maioria, repetição dos outros, em um copia e cola descarado, mas encontrei informações úteis, além das imagens que tanto buscava. Você não pode me criticar por isso. Praticamente todo mundo *stalkea* os perfis das suas antecessoras no Instagram.

Sem sinal da adolescente desaparecida ao fazer trilha até cachoeira

Logo após o título da notícia vinha a fotografia de uma moça de cabelos alaranjados, com um sorriso amplo e verdadeiro e uma flor roxa presa atrás da orelha. Para ser sincera, eu não lembrava de ter cruzado com ela antes, mas parecia alguém com quem eu faria amizade. A fotografia transpirava uma felicidade tranquila, uma pessoa simples e sem caprichos; aberta, porém reticente, feito alguém que, desejando tocar em um bichinho silvestre ou numa planta exótica, estende os dedos e, ao quase concluir a vontade, recolhe a mão por receio. Enfim, bem eu, né? Além disso, ela era linda! Parecia uma ninfa saída dos livros de fantasia — misteriosa, perfeita e delicada — e a insegurança com o meu corpo sem graça me acertou com força.

Santo Amaro (publicado em 05/02/24) — Continua desaparecida a jovem Nádia Maria Proença, de 17 anos, que sumiu no último domingo (28/01) ao dizer à mãe que faria uma trilha até a cachoeira Tenebroso, no 2º distrito de Santo Amaro.

Várias buscas foram feitas na região, inclusive por trilheiros locais, e nenhum indício ou rastro da adolescente foi encontrado, o que tem gerado comentários na pequena cidade serrana.

A polícia civil está investigando todas as hipóteses, porém, segundo o delegado da 111ª Delegacia de Polícia, dr. Clésio Brandão, diante dos últimos testemunhos ouvidos, a linha principal da investigação gira em torno de uma possível fuga da jovem.

"Ouvimos algumas amigas da Nádia, e um rapaz com quem ela foi criada, e todos afirmaram que a menina sonhava em virar modelo e morar no Rio de Janeiro. Além disso, a cachoeira Tenebroso é de difícil acesso, sem ônibus só se é possível chegar até o início da trilha de carro. Soma-se a este fato a ausência de rastros da adolescente, e que turistas e locais que visitaram a cachoeira no domingo, 28, não a viram e a hipótese de fuga tem se mostrado bastante plausível."

A mãe da jovem, Odete Casimiro Proença, não compartilha da opinião da polícia. "Minha filha não ia fugir e deixar para trás as roupas preferidas, o tablet que ela tanto me pediu, e só consegui comprar no mês passado com o décimo terceiro, e principalmente o Linguiça, o cachorrinho dela. Quem foge sem levar a mochila e a carteira? Meu coração de mãe não me engana, alguém pegou a minha menina."

Estranho. As informações não batiam. Tia Zélia havia dito que Nádia queria ser veterinária e a reportagem falava em uma fuga para ser modelo. Bê e umas amigas dela teriam feito essa afirmação. Será? Sendo Bê seu filho, é bem provável que ele reproduza um discurso fabricado por você, mas e as amigas? Teriam mentido para te agradar? Até dois dias atrás, eu diria qualquer coisa que você pedisse. Só para receber aquele seu sorriso de amolecer pernas e arrancar risadinhas recheadas de pensamentos com duplo sentido. Talvez elas tenham feito o mesmo; talvez a ideia de que eu era a única tenha sido a coisa mais idiota que já pensei na vida.

CAPÍTULO 25

A raiva tem um efeito interessante, o de me teletransportar. Quando meu corpo chacoalhou com a freada do Cavalão foi que me dei conta de que estávamos parados na frente da delegacia. Agarrei a maçaneta pronta para mergulhar para fora do carro.

— Paixão, peraí… — Marco envolvia meu braço com a mão, impedindo a conclusão do movimento. — O que você pretende fazer?

Seus olhos exalavam preocupação.

— Fazer o filho da puta entregar o celular e explicar como o aparelho veio parar aqui. — Mirei os dedos dele, contornando acima do meu cotovelo. — Agora me deixa…

Pela primeira vez, ele não me soltou.

— Me escuta, Paixão. Trabalhar contigo nem sempre é fácil, você é impulsiva, meio pavio curto…

— Então troca de parceiro! — interrompi. Eu não precisava de ninguém me dando lição de moral e apontando os meus defeitos.

— Calma, cara… não é isso! A gente é parceiro há anos e já entendi que você se envolve nos casos, que não consegue manter distância, mas sinto que nesse está pior. É como uma Ariela no 220, regada a Red Bull.

Qualquer atitude sua nesse espírito vai nos ferrar. Você não vai ter a solução e ainda vai queimar o Chefe, que pediu um puta favor e usou uma ficha que ele podia ter usado em um caso mais grave ou num processo na Corregedoria.

— O Chefe não conseguiu o favor...

— Ainda... mas ele vai conseguir!

— Esse caso é grave, Marco! — rebati com fervor, mas a razão do seu argumento foi me preenchendo por inteira. — Pode me soltar — falei em um tom mais apaziguado, indicando que a panela com água fervendo havia sido desligada e a temperatura já amornava. — Me diz qual o seu plano.

Ele soltou o meu braço, mas eu sentia que o receio e a dúvida ainda estavam ali. Não dava para culpá-lo diante do meu histórico, e no lugar dele eu também me enxergaria voando porta afora e invadindo a delegacia para exigir explicações.

— Por que um policial corrupto manteria o celular da vítima com a possibilidade da bilhetagem? Só consigo pensar que é por garantia ou chantagem do mandante. Meter o pé na porta do delegado vai nos fazer ser expulsos da cidade, uma opção é a gente fingir que é sujo e vê se ele abre o esquema.

— Sou péssima atriz e as minhas expressões faciais entregam em um segundo os meus pensamentos. Fora que a gente não se topou.

Marco olhou para os lados, possivelmente verificando se estávamos sendo monitorados. Ficar minutos debatendo dentro do carro estacionado em frente à DP não tinha sido a nossa jogada mais inteligente. Por sorte, era sábado, quase uma da tarde. Cidades pequenas como Santo Amaro assumem uma natureza quase desértica nas tardes dos finais de semana. Sem restaurantes badalados, shoppings ou lugares para se passar o tempo, as pessoas reservavam as manhãs para tarefas simplórias, como ir ao mercado, à casa de ração ou ao caixa eletrônico, e aos domingos, à missa. À tarde recolhiam-se em casa, à beira de uma churrasqueira ou fogão à lenha em almoços demorados com direito à soneca digestiva ou à ação que faltava na cidade, garantida pelos filmes da Sessão de Sábado.

— Vai por mim, Paixão, o confronto não vai resolver. Vamos entrar e tentar tirar pelas beiradas...

A delegacia estava vazia, como era de se esperar. Com as estatísticas criminais da cidade, surpreendente seria entrar pela porta e encontrar um balcão de atendimento cheio, um ambiente caótico ecoando o burburinho de dezenas de vítimas ou familiares ávidos pela punição dos algozes. Se estivéssemos no Rio de Janeiro, a fila de cadeiras de plástico, empoleiradas lado a lado e presas a uma base única de metal, próprias de repartição pública, estaria repleta de gente fingindo não ver os olhares de cobiça daqueles a quem só restou aguardar de pé.

O plantonista era um dos policiais que estavam na beira do rio quando vi minha filha pela primeira vez. Um dos que Brandão mandou vazar. Talvez ele não soubesse da minha expulsão do caso. Cabelo cheio feito o do Cid Moreira e bigode grisalho, o homem usava um daqueles óculos de armação fina e dourada com lentes amareladas. Lia um jornal aberto sobre a mesa.

— Ô meu amigo, tudo bem? — Marco soava simpático. — Somos colegas do Rio de Janeiro, atuando no caso da menina a pedido do teu chefe. — Mostramos o distintivo e em seguida ultrapassamos o balcão. — Prazer, Marco Aurélio... — Marco estendeu a mão.

O mix de Charles Bronson e Cid Moreira ergueu o braço para retribuir o cumprimento.

— Prazer, amigo, Amadeu.

— Essa é a inspetora Ariela Paixão. — Marco me indicou com um movimento lateral da cabeça.

— Ela eu já conheci... — Amadeu me deu uma olhada rápida da cadeira em que estava sentado e dei um sorriso forçado em resposta. Eu conhecia o tipo. Para alguns policiais, uma colega mulher nunca está à altura. Como se o simples fato de sangrar todo mês nos tornasse mais burras. Além disso, ele havia sido escorraçado da cena do crime por um pedido meu. Mais um para o fã-clube.

— Escuta, Brandão tá por aí? — Marco assumiu a dianteira ao perceber que o dinossauro sentado à nossa frente não havia ido muito com a minha cara.

— Tá não, amigo. Deve aparecer por aí mais tarde. É só com ele?

— É, sim, mas aceito um café e uma conversa sobre futebol enquanto a gente espera — Marco soltou com uma expressão fingidamente inocente, como se a oferta tivesse partido do Charles Bronson de Taubaté.

Preciso dar o braço a torcer, essa tática dele, de se mostrar simpático e agradável funcionou. O homem fechou o jornal e ele e o Marco se dirigiram até a copa, me deixando livre para xeretar. Olhando ao redor, deslizei até a sala do Brandão. Eu tinha alguns minutos para escanear o gabinete do delegado.

Abri e fechei a porta com a maior delicadeza possível. A pequena sala fedia a cravo e a ketchup dormido. A tampa semiaberta de uma caixa de pizza largada sobre a mesa entregava a procedência do cheiro enjoativo.

A mesa de trabalho lembrava madeira, no entanto algumas lascas do tampo laminado estavam faltando. Por cima, além da caixa de pizza, meia dúzia de relatórios e um Código Penal com a jaqueta carcomida na lombada e nas pontas. *Até parece que o bonito aplica a lei.*

Não tinha por que eu perder tempo admirando a decoração modesta — um amontoado de móveis vagabundos e capengas somados a impressoras e computadores dos anos 2000, patrocínio de um estado falido e em recuperação fiscal. Na parede, um calendário do supermercado local e um cartaz de "Desaparecida". O celular possivelmente estaria submerso e não largado às vistas. Abri as duas gavetas verticais da escrivaninha. Na primeira, um monte de capa de inquérito, papéis, um Código de Processo Penal, a Constituição da República e um grampeador; na segunda, ao lado de um frasco de álcool em gel, uma revista jurássica da Playboy — com a Núbia Oliveira na capa, coberta por buquês de rosas amarelas.

Empurrei a gaveta com a sola tratorada e fui para o armário tipo arquivo, daqueles antigos de ferro, salpicados de ferrugem. Nas gavetas, apenas pastas suspensas, penduradas em uma aparente ordem mensal. Nada ali também.

Eu olhava em volta procurando um lugar propício para se esconder o aparelho quando a porta foi aberta e uma senhora portando um saco de lixo entrou.

— Eu estava procurando uma tomada para carregar meu celular. — Meu primeiro instinto foi inventar uma desculpa qualquer.

Ela olhou para as minhas mãos vazias.

— A senhora é a moça policial do Rio, né?

A mulher não estava nem aí para a minha invasão.

— Isso. Tô investigando o caso da Amanda. — Meu peito apertou. Eu estava fragilizada feito um filhote de passarinho sem penas, que basta um passo mal dado e o esborrachar do corpo é inevitável.

— A senhora precisa investigar o desaparecimento da Nádia, filha da minha comadre.

Era a segunda vez no mesmo dia que o nome Nádia aparecia.

— Nádia?

— Essa moça aqui ó... — A mulher apontou para o cartaz de "Desaparecida". A foto era de uma jovem de cabelos afogueados e olhos penetrantes. De uma beleza singular e chamativa. O nome Nádia Proença, ao lado da data de nascimento e da data de desaparecimento, 28 de janeiro de 2024. — O doutor acha que ela fugiu, mas isso não é verdade. A menina nunca que ia deixar a mãe e o cachorro dela. Nádia dizia que, quando fosse rica sendo veterinária, ia levar a Odete para morar em São Paulo.

Mais uma bola fora do Brandão. Não dava para entender esse descaso do delegado.

— E qual a teoria da Odete?

— Que mataram ela. O prefeito matou ela e enterrou em algum lugar de mata por aí, pro corpo não ser achado nunca.

Se tem uma coisa que aprendemos na polícia, é que não existem coincidências. Minha filha tinha sido vista viva pela última vez na casa do prefeito, e agora uma outra jovem com um destino igualmente cruel também tinha ligações com o lugar.

— Mas por que o prefeito mataria a Nádia?

— Isso a senhora vai precisar perguntar para a Odete, porque não tenho permissão pra explanar. Mas a Odete trabalhou muitos anos naquela casa, sabe muito podre da família... — A mulher de repente se calou. Coçava o queixo como se avaliasse se devia prosseguir ou não. — Olha, doutora, trabalhar com limpeza faz a gente ficar invisível, sabe? A gente entra nas salas, recolhe o lixo, e ninguém muda de assunto ou fica quieto. A gente ouve muita coisa, sabe?

— Me conta! — A minha vontade era a de agarrar os ombros curtos e sacudir até que ela cuspisse tudo.

— Ouvi o doutor xingando e dizendo que tava de saco cheio dos bacanas querendo as sujeiradas deles limpas e que...

Meu celular fez o barulho típico de notificação no WhatsApp. Olhei para a tela e a mensagem do Marco dizia:

> sai logo daí, o Brandão chegou

CAPÍTULO 26

AINDA TRÊS DIAS ANTES DA FESTA

Perdi as contas de quantas vezes ouvi da Taci e da Déb sobre o tédio que era o meu Instagram. Com fotos em zoom de plantas e borboletas, páginas de livros e *fanart* de personagens queridinhas, o meu perfil estava a anos-luz de distância do perfil das outras meninas da minha sala, com selfies recheadas de biquinhos e decotes, lugares instagramáveis e vídeos de maquiagem.

Apesar das diferenças gritantes e da insistência para que eu me *adequasse*, me mantive fiel ao meu gosto. Eu não estava nas redes sociais para me mostrar e conseguir contatinhos. Nós já tínhamos trocado os primeiros beijos e eu havia aceitado a sua solicitação para me seguir. Não precisava de mais nada.

Eu flutuava nas nuvens com as nossas ficadas, então nunca passou pela minha cabeça *stalkear* a sua lista de amigos, ver quem eram os perfis seguidos por você; uma ingenuidade, é verdade, alimentada por uma fantasia — agora eu sei — de que éramos a primeira uma da outra.

Insistir no erro seria burrice, né? Taí uma coisa que não sou.

Você tinha mais de dois mil seguidores, mas *só* quatrocentos seguidos para conferir. Confesso que parei o dedo no ar antes de clicar em "seguindo" e enchi o pulmão tentando afastar a ansiedade borbulhante dentro do meu estômago.

Um... dois... três!

O dedo arrastou a tela em um movimento largo e dezenas de imagens esféricas e nomes rolaram para cima. Perfis de decoração, lojas de roupas, clareamento dentário e harmonização facial se misturavam aos de "Tatis, "Dudinhas", "Carolzinhas" e "Vitórias" e o meu queixo foi ao pé. Sabe quando você tem uma pulga atrás da orelha, que não te deixa por nada neste mundo, mas ainda mantém a esperança de estar errada? Pois é... Eu me sentia como se tivesse trombado com o pneu de trás da bicicleta em uma das crateras do caminho da escola e voado por cima do guidom, estatelando a cara no chão. A decepção doía feito um nariz quebrado.

Depois do choque, fui tomada pelo formigamento. O indicador anestesiado, porém teimoso me conduziu por um passeio nos perfis de dezenove adolescentes. Dezenove meninas que eu nunca tinha visto na vida, mas que agora enchiam a página do meu caderno com seus nomes. A ideia era buscar uma a uma na lista de seguidores do Bê, e com isso achar as amigas da Nádia. Podia não dar certo, podia, só que esse era o único plano.

O mais curioso é que o perfil da Nádia não estava entre os seus seguidores e nem na lista dos seguidos por você. Voei até o ig do Bê e bastou digitar "Nadi" na busca dos perfis seguidos, e ela apareceu. Ela ainda tinha rede social. Parecia estranho vocês não se seguirem. Por qual motivo vocês evitariam o vínculo se a gente, namorando há cinco meses, não fez o mesmo? Por mais que eu resistisse, a merda do pensamento *Chernobyl* martelava na minha cabeça: se você a tivesse feito desaparecer, sumido com ela do pior jeito, isso seria uma ótima razão para apagar rastros na rede social, não é?

CAPÍTULO 27

— Senhora, a gente precisa sair agora daqui, o Brandão chegou. — Eu ouvia o burburinho de vozes se aproximando.

A voz de Marco chamando o delegado se sobressaía ao murmúrio atrás da porta. Não havia mais tempo. Olhei para a senhora franzina, que me retribuiu com uma encarada assustada, e com uma agilidade impressionante ela se jogou ao chão, deixando cair o saco de lixo ao seu pé. Instintivamente me agachei. Foi uma questão de segundos para que a porta fosse aberta, revelando o homem alto e corpulento, com sobrancelhas quase unidas e olhar de bravo, e mais duas cabeças — a do Marco e a do Bronson de Taubaté — como se brotassem de cada lado do ombro dele.

— O que você faz aqui, Ariela? O que está acontecendo? — Os olhos zanzaram com rapidez pela cena. — Dona Geralda, está tudo bem? — Ele se ajoelhou e apertou o pulso da mulher, que abriu as pálpebras de forma fingida.

— Eu vinha do banheiro e ouvi um baque seco, entrei para ajudar — disse me levantando, e em uma atuação digna do Oscar.

— Do banheiro, aqui na delegacia? — A pergunta exalava desconfiança.

— Tô bem... tô bem. Acho que minha pressão tombou. — Dona Geralda apoiou os cotovelos no piso e fez força para se levantar, me salvando das explicações.

Estendi a mão para ela ao mesmo tempo que Brandão a erguia pelas costas.

— Só preciso molhar o rosto e os pulsos, e comer um negocinho salgado. A moça pode me levar no banheiro? — A mão borrifada de manchinhas brancas, daquelas que aparecem com a idade, demonstrando que a pessoa cozinhou ao sol quando mais nova, pousou no meu braço.

— Claro! — Saímos a passos vagarosos e cínicos. Eu conhecia o tipo da dona Geralda; o que ela tinha de pequena, tinha de ágil. Aquela mulher seria capaz de me fazer comer poeira em um tiro de cem metros.

Passamos pelo Brandão e pude sentir seus olhos pulando nas minhas costas e grudando na minha roupa feito uma aranha peluda. Foi entrarmos no banheiro e trancarmos a porta e dona Geralda deu com a língua nos dentes.

— Moça, a solução que você está procurando o delegado não vai te dar. Ele não pode. Procura a Odete, ela mora pro lado da usina abandonada. Naquele loteamento Sol Nascente. A casa dela fica na terceira rua e tem um pé de abacateiro no quintal. A minha comadre grita pro vento desde que a filha sumiu. — Ela segurou as minhas mãos. — Você é a resposta das orações dela.

— Eu não sou a resposta para oração de ninguém, dona Geralda. Não consigo ajudar nem a mim...

— Tá enganada, minha filha. Deus não vê o peito de uma mãe sangrar e não faz nada. Só que às vezes a resposta não é a que a gente quer, mas a que dá pra se ter.

Odete era daquelas mulheres que trazem os olhos mortos, desnudando o buraco nas suas almas, mas ao mesmo tempo uma energia febril que as mantém em movimento. Como policial, testemunhei essa combinação de sentimentos algumas vezes e, em todas, eram mães. Só uma mãe *morre* com o filho, porém se transforma em uma morta-viva, alguém que não descansa, que segue aos tropeços e em passos mancos atrás de uma resposta, da condenação e de uma estadia longa na cadeia. Eu entendia a Odete. Não que não entendesse a dona Elisa, e tantas outras com quem lidei nos últimos anos. A questão é que agora eu tinha a mesma perspectiva. A diferença era que Odete buscava explicações, e eu, vingança.

Assim que a porta foi aberta e dei de cara com aquele olhar vazio, foi impossível não me perguntar se os outros notavam o mesmo em mim. O cabelo cor de cenoura era igual ao da filha, apesar de mais curto. Os cílios eram dourados, assim como os poucos fios das sobrancelhas. Odete lembrava uma matrona europeia — Santo Amaro fazia parte de uma região interiorana que crescera no aspecto populacional pela imigração suíça e alemã. Corpulenta, o vestido de saia reta na altura das batatas da perna destacava o quadril avantajado e as panturrilhas massudas. Ela limpou as mãos abrutalhadas no avental e nos convidou para entrar.

As paredes eram de tijolo aparente e os poucos móveis eram rústicos. No entanto, o chão de ardósia brilhava e as cortinas bordadas eram brancas como dentes clareados. Um vasinho de maria-sem-vergonha enfeitava o peitoril. Ela nos fez sentar à mesa da cozinha e, apesar do calor que empapava a gola da camiseta, serviu um café e um quadradinho amarelado com uma fatia de maçã por cima. Marco nunca recusava um café; aceitei tentando transpirar simpatia.

— Alguém finalmente se interessou pela minha Nádia? — A pergunta ríspida casava com as feições fechadas da mulher. — Precisou uma outra *mädchen* morrer, uma que não é filha da empregada pra polícia ouvir?

Marco abriu a boca, tentando contemporizar, porém eu entendia a raiva dela. Com o copo de café encostado nos lábios, olhei para ele e balancei a cabeça bem de leve. Nós tínhamos uma linguagem silenciosa e na maior parte das vezes conseguíamos nos entender. Ele engoliu as palavras — e o bolo — antes que fossem pronunciadas e me deu a deixa.

Pousei o copo americano na mesa.

— Dona Odete... — Levantei um pouco a voz, tentando vencer o som de um ventilador antigo, com pás de ferro preguiçosas, próximo da mesa e que fazia mais barulho do que ventilava. — Eu gostaria muito de ouvir sobre a Nádia, e o que a senhora acha que aconteceu. Sei que a senhora está querendo que investiguem há muito tempo, mas chegamos na cidade há menos de uma semana e eu queria de verdade dar essa resposta para a senhora.

Ela acabou de mastigar, colocou metade da cuca de maçã no pires e me encarou. Era difícil ter a paciência necessária para quebrar a casca da mulher quando eu borbulhava para receber qualquer informação que me levasse ao assassino da minha filha.

— A dona é mãe?

Mirei os olhos duros e respirei fundo.

— Sim, sou... quer dizer... — Respirei. — A gente não deixa de ser, mesmo que eles não estejam mais por aqui, né?

Pela visão lateral percebi a expressão serena do Marco se alargar; olhar e boca saltados, formando um grande ponto de interrogação, e depois retornar para a mesma posição, feito um mar calmo que se agita subitamente e forma redemoinhos. Passados alguns minutos a superfície retoma a sua quietude, mas o redemoinho está lá, embaixo d'água, agitado, aguardando para te afogar.

Mil coisas podiam estar passando pela cabeça do Marco, mas eu não me importava. Naquele momento, a minha atenção estava voltada na conexão que eu estabelecia com outra mãe em luto. Um sorriso triste indicou que dona Odete havia compreendido.

— Então a dona conhece o buraco no peito. Um buraco tão fundo que parece não ter fim.

— Sim.

— Minha menina amava cuca de maçã com farofa de biscoito e passas. Faço toda semana, sabe por quê? Porque ela ficava louca com o cheiro da cuca assando, e cheiro gostoso vai longe. Se ela tiver fugido, como o delegado diz, quem sabe o cheiro ajuda ela voltar pra casa. — Odete parou de falar e esfregou os olhos com a bainha do avental. Ficamos em silêncio aguardando que ela conseguisse acalmar a emoção repentina. Alguns minutos depois ela retomou a conversa. — Não acho que a Nádia fugiu. Não tinha motivo pra minha filha ir embora desse jeito, sem levar nada, nem documento. Deixando o cachorro dela.

— Me conta o que a senhora acha que aconteceu — insisti.

— Não sei explicar a razão, e acho que nem teve uma, mas foi a Nádia completar catorze anos e ela mudou comigo. Tive a sorte de trabalhar e ter ela perto. Fui durante muitos anos empregada na casa do dr. Jorge, o prefeito da cidade. Ele e a dona Maísa eram muito bons comigo e me deixavam levar minha filha pro trabalho. Nádia cresceu naquela casa, brincando com o Bernardo e o Benjamin. Ia pra piscina, via televisão com eles, sentava em sofás e camas que nunca sentei. Às vezes comia com eles na mesa. Eu cozinhava e limpava, mas tinha a minha filha perto, saracoteando pelos corredores como se aquela casa também fosse dela. Ela era feliz assim. Até os catorze. Com catorze, começou a querer coisas que meu salário não podia dar.

— Acho que isso é bem comum em adolescentes, querer coisas porque os outros também têm. Meu sobrinho é assim. — Marco sempre tentando apaziguar.

— Não foi só isso. Ela passou a fugir do meu abraço, não ia mais na praça comigo e nem me queria nas festinhas do colégio. Tudo era com a dona Maísa. Dona Maísa levava ela pra fazer as unhas, tomar sorvete, levava no shopping. Nádia enxergava na dona Maísa a mulher perfeita, a mãe que ela queria ter. — Odete suspirou. A tez tom de leite assumiu uma cor avermelhada, como se ela tivesse tomado sol demais.

Pelo visto, ela também sofrera com a pior das perdas, que é a perda de alguém presente. É mais fácil viver a dor da ausência, e que permite a idealização do vazio, a viver a permanência da rejeição.

— Nos dias que eu voltava pra minha casinha, ela não vinha mais comigo, dormia lá. Ela foi me deixando de fora até me apagar da vida dela.

A mulher quase se engasgou na última palavra. Ela se levantou e foi até o filtro de barro na bancada da pia. Encheu um copo de água e deu dois goles.

— Vocês aceitam? — Ergueu o copo na nossa direção.

Nós negamos com a cabeça. Ela deu passos pesados até a cadeira e se jogou. Odete aparentava ter uma ossatura larga, mas não era por isso. Ela carregava o peso do mundo nos ombros.

— Tudo era os meninos, dona Maísa e seu Jorge. Ela ficava toda hora lá. Teve um dia que encontrei dona Maísa sozinha, deitada na cadeira da piscina, as crianças tinham ido pra escola e seu Jorge trabalhar na prefeitura. Parecia até aquelas atrizes de novela. Tomei coragem e perguntei se a menina tava incomodando. Falei que ela podia mandar a Nádia pra casa, que a menina já tinha idade de ficar sozinha enquanto eu trabalhava. E, sendo sincera, no fundo era isso que eu queria ouvir. Dona Maísa com toda a educação que tem respondeu que "não". Que gostava muito de ter a Nádia na casa com eles, porque era como se ela tivesse uma filha. Mesmo com o peito doendo eu deixava ela ficar. Nádia ia ter coisas naquela casa que eu não tinha como dar pra ela.

A mulher se curvou levemente e levou outra vez a ponta do avental até as pálpebras.

— Até uma semana depois do seu aniversário de dezessete anos. Aí tudo mudou de novo. — Odete mirou um ponto na parede atrás de mim e do Marco. Os olhos fixos eram o portal para a lembrança. — Nádia apareceu num domingo em casa. Agarrou o Linguiça, me abraçou e me pediu desculpa. Ela disse que tinha sido muito idiota. Eu falei que ela não era idiota e ela insistiu. Disse que foi burra em acreditar. Perguntei "em quê", só que ela não respondeu. Deitou na minha cama, pediu bife à milanesa e batata no forno. Fiz a comida preferida dela e, enquanto ela mastigava, ela balançava o corpo como se tivesse dançando sem sair do lugar. Minha menina tinha voltado pra mim.

Um vira-latinha rebaixado e amarelo entrou trotando pela porta e foi cheirar as pernas do Marco e, em seguida, as minhas.

— A senhora conseguiu saber o motivo dela dizer essas coisas? — Enquanto o cachorrinho fungava a bainha da minha calça jeans, fiz um carinho dissimulado no topo da cabeça dele.

— Linguiça, deixa a moça!

— Pode deixar, dona Odete, não me importo. — Na verdade, eu até gostava. — Deixa elezinho aqui.

— Bom, se a dona não liga. — Odete abanou com a mão. — Ela não me contou, mas naquela semana mesmo o Bernardo levou a namorada pela primeira vez pra almoçar em casa. Ele me pediu a lasanha de queijo e presunto que ele amava. A Nádia nem sentou na mesa com eles.

— Dona Odete, qual a sua opinião sobre ela e o Bernardo? Eles estavam de namorico? — perguntei. Essa linha se encaixava perfeitamente na minha hipótese de que Bernardo e Amanda estavam juntos sem a Tarciana saber.

Ela ficou alguns segundos calada, como se estivesse analisando a pergunta ou pensando se deveria responder.

— Pra falar a verdade, já teve vez que pensei que a Nádia gostava do menino. Só que agora não acredito nisso... — Ela interrompeu a frase e respirou fundo. — Quando minha filha voltou pra casa tava feliz e com planos de fazer faculdade e ganhar bem. Ela dizia que ia sair dessa cidade e me levar junto. Ia me dar uma casa onde eu quisesse. Uma vez ela pegou o celular, abriu um mapa e rindo mandou eu apontar um lugar. O lugar que eu escolhesse era onde a gente ia morar. Uns dez dias antes dela sumir, abri a porta da sala de TV pra passar o aspirador e vi Nádia sentada no sofá e o seu Jorge ao lado dela, mas perto demais, de um jeito estranho. Debruçado, como se cochichasse. — Odete interrompeu a frase, uma expressão sombria dominou o seu rosto. — Minha menina não sorria. Os olhos esbugalhados. Ela se levantou num pulo e passou por mim feito um furacão. Aqui em casa tentei saber o que tinha acontecido e ela só respondia "nada. Nada, mãe". Só que depois disso começou uma conversa diferente. Ela dizia que ia arranjar um dinheiro pra gente ir embora logo, não ia esperar faculdade coisa nenhuma. Andava nervosa. Com pressa de conseguir esse dinheiro. Eu acordava às cinco da manhã e encontrava a menina já acordada, sentada na mesa da cozinha pensando na vida, coisa que nunca fez. Sempre tive que expulsar ela da cama.

— Para a senhora, qual era o problema? — Eu podia ter minhas desconfianças, porém dona Odete era *a mãe* e intuição de mãe não é de falhar.

— Alguma coisa naquela casa assustou minha filha. Não gosto de falar mal dos meus patrões, eles sempre foram bons comigo e fico até com vergonha de pensar nessas coisas, mas eu entrei na hora errada naquele dia e flagrei uma coisa que não parecia certa. — A mão de pele grossa, cativada pelo serviço duro, mexia inquieta a borda do passeio de mesa feito em crochê. — Sabe quando você vê uma coisa e não entende na hora, mas depois você passa a entender?

Marco e eu balançamos a cabeça juntos.

— Não foi só com a Nádia que *entrei na hora errada*, entendeu? Nesse último ano, veio na minha cabeça umas ideias estranhas. Olha, minha filha sumiu, não tenho motivo pra guardar desconfiança dos outros — disse, mais para convencer a si mesma do que a mim ou ao Marco. — Teve uma menina, uns anos atrás, irmã mais velha de uma amiga do Bê; naquele tempo as crianças tavam com uns doze anos e essa menina com uns dezesseis. Toda vez que a amiguinha ia na casa brincar com o Bernardo e a Nádia, a irmã ia junto. Enquanto as crianças pulavam na piscina, corriam no jardim, essa moça ficava na casa com os patrões. Uma vez, eu tava indo limpar o banheiro do Bê e cruzei o corredor do segundo andar na hora que o seu Jorge saía do quarto deles. A cara braba. A porta encostada; deu pra ver a patroa de costas, segurando os cabelos enquanto a menina subia o zíper do vestido dela. — A mulher nos encarava com um olhar aflito, como se prendesse algo e estivesse a ponto de explodir. — Deixei minha filha ficar porque eu não podia dar tudo o que ela queria... naquele tempo, eu não entendia o que acontecia lá. — Seus olhos, vermelhos e úmidos, brilhavam.

Uma casa simples, mas jeitosa, onde o amor se traduzia pelo esforço de uma mãe iletrada em possibilitar à filha uma vida diferente da dela, deveria ser o suficiente. Porém, não; não na era da ostentação e ilusões virtuais. Com vidas *perfeitas* desfilando ininterruptamente aos olhos de jovens através do mero esbarrar de um dedo na tela, fica difícil se contentar com o que se tem.

Marco e eu nos entreolhamos. Apesar de não dizer em alto e bom som, a mulher expunha indícios de uma das coisas mais perversas e deploráveis que um ser humano pode fazer: macular uma criança e deixar nela uma rachadura eterna. Um trauma incurável.

— Entreguei minha menina pros monstros — disse, e se levantou. Seguida pelo Linguiça, dona Odete atravessou a porta do outro lado da pequena sala e em menos de dois minutos retornou com uma folha nas mãos. — Caí na besteira de entregar isso aqui na delegacia — Ela me estendeu a folha. Era a xerox de uma carta. — Geralda conseguiu tirar uma cópia pra mim. Essa carta tava em cima da cama da minha filha no dia que ela desapareceu, mas essa letra aí não é da

Nádia. Juro de pé junto! A letra da minha filha era caprichada, redondinha, essa daí tá toda tremida. Parece até que uma pessoa igual a mim que não sabe ler e escrever direito é que fez.

A letra era de forma e bastante tremida, como se alguém com dificuldades para segurar e firmar a caneta tivesse escrito. Ou uma pessoa destra escrevendo com a mão esquerda.

"Mamãe,

Não fica triste comigo, mas preciso ir. Consegui um teste pra ser modelo no Rio e até em São Paulo. Eu sempre quis desfilar e conhecer essas cidades. Se eu te contasse você ia me fazer ficar, ia dizer que meu sonho é besteira, que tenho que estudar. Por isso escondi e resolvi deixar essa carta pra você saber que te amo.

Fica tranquila que tá tudo bem. Uma menina que conheci na internet me ajudou com a grana e vou ficar na casa dela. Um dia, quando eu tiver rica, eu volto e te busco.

Um montão de beijos.

Nádia"

— A Nádia alguma vez mencionou para a senhora que queria ser modelo? — A minha pergunta era legítima. A menina era bonita, poderia ter chances. Bastava o contato certo.

— Nunca. Esse papel na mão da doutora não é de verdade. Ela não fala do Linguiça. — O cãozinho ergueu a cabeça e olhou para a dona; bufou, trotou até um sofá de corino e pulou na almofada. — Ela deixa uma carta dizendo que foi embora e não leva roupa e nem documento? Ela deixa uma carta se despedindo, mas, de manhã quando a gente tomou café junto, me pede de lanche da tarde a broa de milho que amava?

A mulher conversava olhando nos olhos. Não evitava contato visual tal qual alguém que tem medo de ser pego mentindo. O seu nervosismo era perceptível nas mãos inquietas e na postura nada relaxada. No entanto, era algo mais de indignação do que propriamente medo.

— Ela queria sim ir embora, mas o plano era ir eu, ela e o Linguiça. Ela tava tentando arranjar o dinheiro pra gente ir junto. Esse papel aí foi feito pela pessoa que levou minha menina.

— A senhora disse isso para o delegado?

— Falei sim. — Odete bateu com as mãos no próprio colo. — Levei essa carta pro doutor Brandão pra mostrar que era invenção de quem roubou a minha filha. E se ele descobrisse a pessoa que escreveu, não ia poder fingir que não sabia o que aconteceu com a minha menina. Mas ele não acreditou. Disse que era prova dela ter fugido e não investigou nada.

A resposta do Brandão não me surpreendeu; seguia na mesma linha das alegações quanto ao celular da Amanda. Passei a carta para o Marco.

— Nádia gostava de tomar banho de rio? — ele perguntou.

— Ela era mais dessas de ficar no quarto mexendo no celular, mas de vez em quando ia com o Bernardo.

Seria possível que Bernardo fosse um joguete nas mãos dos pais? Servisse como uma espécie de isca e depois, quando a situação descambasse, fosse usado para descartar essas meninas?

— O problema é que essa carta encaixa na narrativa do delegado — Marco complementou, deixando o papel em cima da mesa.

— A senhora tem cadernos ou diários escritos pela Nádia para que possamos comparar a letra? — Fiz a pergunta torcendo por uma resposta afirmativa.

— Tenho sim.

— Posso ficar com essa cópia? — Estendi a mão e peguei a carta largada na mesa antes mesmo da autorização. Eu sabia que uma perícia grafotécnica levaria meses, mas sabia também que o Ministério Público do Rio de Janeiro tinha um setor de perícia próprio que colocava o nosso no chinelo.

— Se for ajudar, pode. Eu só quero a verdade do que aconteceu com a minha filha. Porque, doutora, os monstros que fizeram a minha menina ficar encantada com uma vida que não era dela, só pra se aproveitar da inocente, não tão nem aí. Se isso não é a resposta pra pergunta de vocês, não sei mais o que pode ser.

CAPÍTULO 28

DOIS DIAS ANTES DA FESTA

Quando meu irmão, bêbado, bateu o carro do meu pai pela segunda vez, ele me chamou na manhã seguinte e disse "Nandinha, tem algo de libertador em fazer uma merda gigantesca e perceber que o mundo não acabou. Espero que um dia você não tenha mais medo de não ser *a certinha* e experimente essa sensação".

Andei até a praça da cidade, decidida que aquele domingo era o dia. Não dava para desperdiçar a chance de encontrar o Ben sozinho, fora do seu controle. Eu sabia que não era legal me aproveitar das informações que você tinha me passado quando a gente estava de boa, mas você não deixou muitas opções. Encontrar o seu filho brincando no playground da pracinha enquanto você passava a tarde em um daqueles almoços políticos chatos, era esse o plano.

O lugar estava vazio. Talvez fosse por causa das nuvens cheias e escuras que brotavam por trás do Pico da Viúva e avisavam da chuva que viria no fim da tarde. Seria bom. O tempo estava quente e abafado de um jeito que deixa a gente de mau humor e sem vontade de fazer nada. Se eu não tivesse enfiado na cabeça que precisava descobrir real o que havia acontecido com a Nádia e se existiram outras namoradas, não colocaria os pés para fora de casa. Passaria a tarde com a cara enfiada no ventilador, roubando gelo do freezer para esfregar no pescoço e chupando picolé.

Benjamin jogava as pernas compridas para frente e para trás, tentando fazer com que o balanço saísse do lugar. A babá, em vez de ajudar, estava recostada em um dos bancos, aproveitando a sombra da amendoeira e com a cara enfiada na tela do celular; ignorava o rosto dele, vermelho pelo calor e esforço.

— Oi, Ben — falei num tom animado, mas baixo. Não queria chamar a atenção dela.

— Ananda! — Ele sorriu. As bochechas subiram, fazendo parecer que o queixo era enorme. Lembrava o Buzz Lightyear.

Sentei-me no balanço vazio ao lado dele.

— Vamos brincar de segredo — cochichei. — Se você brincar direito, te empurro.

Ele deu um gritinho empolgado e a babá levantou a cabeça.

Merda!

Uma expressão de reconhecimento me fez sorrir de volta e, tranquila por desconhecer as minhas intenções, a babá retornou ao mundo virtual.

— Vamo brincá!

Deslizei o dedo pela tela do meu celular.

— Lembra que você me contou da outra namorada? A Nádia...

Ben balançou a cabeça com força para cima e para baixo.

— Namorada igual Ananda! — Ele tentou bater palmas, mas o movimento sacolejou o balanço. Assustado, agarrou as correntes com força a ponto dos dedos ficarem brancos. — Minha namorada!

— É. Vou te mostrar umas fotos de outras meninas, aí você me fala se tem outras namoradas. Se prestar atenção direitinho e me responder, você ganha o jogo e eu te empurro no balanço. — Abri o álbum. Eu tinha *printado* as imagens das dezenove meninas seguidas por você no Instagram. — Bora começar a brincadeira!

Uma a uma as fotografias deslizavam na nossa frente. A nossa ansiedade era evidente: ele, por estar em um jogo, e eu atrás de respostas.

— Essa! — Ben bateu com o dedo na tela e quase me fez derrubar meu celular. Ele apontou para uma menina linda. O cabelo era cheio e cacheado; os olhos grandes lembravam os dos desenhos de mangá, a pele era da cor do meu chocolate preferido, o Alpino. O nome dela era Ingrid. — Inguid, namorada velha!

— Tem certeza?

Ele lançou a cabeça para cima e para baixo com tanta força, que não sei como não deslocou o pescoço.

— Ganhou um ponto, Ben! Mas o jogo ainda não acabou. — Faltavam dez imagens. Fui passando as fotografias com uma mistura de sentimentos: satisfeita porque o plano tinha dado certo, mas arrasada porque tinha dado certo e agora mais uma garota entrava na lista de "suas namoradas". Nossa, eu fui muito burra em pensar que era a única!

— Essa!

Quê?

Meu coração deu um pulo.

— Namorada, essa! — Ele cutucava o ar, apontando na direção do meu celular. A imagem era da "Melissinha_Dix", uma menina fazendo um biquinho e que passava fácil como minha irmã mais nova.

— Outra namorada velha, Ben? — A minha sorte é que o seu filho não conseguia perceber a decepção na minha voz.

Ele balançou a cabeça para os lados com força. Não sei como não ficava tonto.

— Namorada agora.

Quê?

A minha barriga começou a doer, igual quando eu comia quase a panela todinha de brigadeiro; e a minha vontade era a de sumir. Encarei as pontas de borracha dos meus tênis fazendo força para não chorar. Meus olhos ardiam, mas eu não queria derramar uma lágrima. Não na rua, nem na frente do Ben.

— Ananda, empurra eu!

O grito dele me arrancou do meu mundo despedaçado. Levantei e dei a volta no balanço com passos fracos e sem vontade, como se eu fosse uma boneca daquelas com fios pendurados nas mãos e nos pés, controlada por alguém. Apoiei as duas mãos nas costas largas e empurrei. Ben era pesado. Precisei colocar mais força para fazer o balanço se mexer e pegar altura. Toda vez em que ele subia e voltava rápido de ré, Ben guinchava de excitação.

Um barulho seco e berros de socorro chamaram a nossa atenção.

Sem pensar, corri para ver o que tinha acontecido. Uma mulher, tipo a minha mãe, estava caída na calçada; uma poça de sangue crescia por baixo da cabeça dela. A senhora de cabelos brancos que a acompanhava chorava e tremia. Não conseguia puxar o zíper da própria bolsa.

— Alguém liga pro SAMU! Alguém liga pro SAMU!

A confusão juntou algumas pessoas em volta da mulher caída e da senhorinha nervosa ao lado dela. Um homem que passava atravessou a rua correndo, a babá do Ben veio ver o que acontecia, um senhor passando de carro parou para ajudar.

— O que aconteceu? — o homem perguntou antes de se agachar e colocar os dedos no punho da mulher.

— A gente ia pra casa de uma irmã e ela desmaiou aqui e bateu a cabeça no meio-fio.

— Ela é o que da senhora?

— Minha irmã caçula... — A senhorinha chorava muito e comia as palavras. — ... Problema no coração.

O outro homem, que saltou do carro, tirou a camisa e enfiou o tecido embolado embaixo da cabeça sangrenta, tentando pressionar o machucado; e o moço que atravessou a rua correndo se debruçou por cima da mulher e começou a pressionar o peito dela com as mãos abertas; enquanto a babá do Ben usava o celular para alguma coisa útil e ligava para o SAMU. Era um momento triste, mas bonito também, por vermos pessoas estranhas unidas para ajudar.

— O homem tá machucando a moça?

Virei o rosto e era o Ben, ao meu lado com os olhos arregalados e o punho fechado pressionando a boca, como se tentasse se engolir. Estávamos tão envolvidas, a babá e eu, naquele acidente, que não percebemos ele ali ao nosso lado, vendo tudo.

— Aquilo é sangue? — Ben apontou para a poça vermelha brilhosa que escorria pela calçada. Sua expressão era de alguém fascinado.

Um arrepio desceu a minha nuca.

Passei o meu braço por dentro do dele e nos viramos para voltar aos brinquedos da praça.

— A mulher caiu e se machucou e o homem bom tá tentando salvar ela, Ben. Aquilo que ele tá fazendo é pra ela acordar e ficar boa. Não tá machucando, não.

Machucado foi o que a sua mãe fez comigo.

CAPÍTULO 29

NO DIA DA FESTA

A palavra trouxa dançou em volta do meu rosto toda vez que me olhei no espelho nos últimos dois dias, e dançava ali de novo, enquanto a Déb me maquiava para a festa.

Quando ela me falou da resenha, lá na escola, a minha ideia era a de ir para conseguir ver você. Aproveitar a música alta, casa cheia e todo mundo bêbado para passar alguns minutos contigo, mesmo escondida. Em menos de uma semana, a minha vida havia virado de cabeça para baixo, e agora eu só queria contar o que descobri, perguntar se era verdade e, dependendo da resposta, terminar olhando na sua cara.

— Você nem parece que vai numa festa, Mandy; tá parecendo mais um enterro. — Déb segurava o pincel do rímel na altura dos meus olhos, esperando que eu parasse de piscar que nem uma louca.

— Acho que mudei de ideia e não quero mais. — Eu tinha concordado em passar maquiagem pela segunda vez na minha vida porque queria aparecer bonita para você, mas isso tinha sido antes.

— Ah, não! Para com isso! Você é sempre uma estraga-prazeres, Mandy! — Ela fechou a tampa do rímel e jogou a embalagem na bolsa enorme, lotada de produtinhos. A Déb não gostava de ser contrariada.

— Ei! Também não é assim, né? É que não tem mais sentido eu me arrumar toda... — Fiz que ia me levantar da cama dela, mas, então, Déb se jogou do meu lado.

— Por que não tem mais sentido? Vai ter um monte de amigo do Bê lá. Um mais gato que o outro. — Ela segurou as minhas mãos.

— Não tô interessada nos amigos do Bê. Na verdade...

— Na verdade, a senhora tem um contatinho secreto, que escondeu até das suas melhores amigas. — Déb se esticou, alcançou uma das almofadas da sua cama e bateu na minha cabeça. — Vai, desembucha!

Eu estava morrendo de vontade de falar de você. De dividir as minhas dúvidas, as coisas que eu tinha descoberto, ouvir a opinião dela sobre o nosso namoro e se eu devia perguntar se estava rolando traição. Além disso, bateu um sentimento de culpa por esconder das minhas amigas um assunto que elas não iam esconder de mim. Você tinha me pedido para não contar para ninguém, nem mesmo para elas, e obedeci sem questionar por dois motivos. O primeiro foi o Bê. No lugar dele, eu odiaria chegar na escola e ter a sala toda cochichando e olhando para mim. Odiaria ser surpreendida com a fofoca de que a minha mãe pediu o divórcio para ficar com uma amiga minha, em vez de saber por uma conversa em casa. Você me convenceu a esperar até a gente se formar e ele ir para a faculdade, para revelar ao mundo o nosso amor. O segundo foi mais uma percepção minha. Você nunca chegou e colocou isso como motivo para namorarmos escondidas, mas, depois que entendi a dor do Humbert Humbert, percebi como você poderia ser julgada pelos outros.

Sigo no Instagram alguns *bookstagrams* e, quando a gente ia completar quase um mês juntas, uma resenha de *Lolita* passou no meu feed. Curiosidade provocada com sucesso, baixei o livro quase imediatamente e comecei a leitura. Uma história de amor entre pessoas com idades tão diferentes, eu podia sentir a paixão e a dor do Humbert; e enxergar você em cada página. Ao terminar o livro, fiquei pensativa, sabe? Percebi como ele soava condenável e vilão na opinião de um mundo que o rejeita e o vê como errado. Ali, entendi como você devia se sentir solitária e com medo, como deve ser horrível se sentir a pior pessoa do planeta. Então, para preservar o nosso amor, fingi para os outros que ele não existia. Só que deixei de entender você quando descobri as *outras namoradas,* e agora não sei bem quem você é, e nem se foi tudo verdadeiro. E isso estava me matando!

— Eu tava meio que namorando uma pessoa, mas acho que ela me traiu. Não sei se a gente tá namorando ainda — soltei, e o alívio foi imediato. Todo esse segredo me fazia ferver por dentro; e, a depender das suas explicações mais tarde, não teria mais motivo para não tirar esse peso de mim e chorar litros.

— Quê? Você namorando? Fala sério! E escondeu das amigas?

— Eu tava tomando coragem pra contar, Déb... — Abracei a almofada e me joguei de costas no colchão.

Déb me conhecia o suficiente para saber que eu estava arrasada. Ela virou o corpo e se deitou de bruços. O queixo apoiado sobre as mãos, os olhos de lado, me escaneando.

— E essa pessoa vai tá na festa?

— Uhum. — Desviei o olhar, encarei os dedos e fiquei cutucando a pontinha do esmalte das unhas.

— Ele tá te traindo com quem?

Em minha defesa, caso alguém me chame de fofoqueira, tive dúvidas se mostrava o perfil da Melissinha_Dix para a Déb. Passei os últimos dois dias encarando a *bio* dela no Instagram, indecisa se solicitava amizade ou não. Uma merda que ele era fechado. Justamente por essa razão que me levantei e alcancei o celular na penteadeira. Mostrei para a Déb. Que mal haveria? Era impossível ver os seguidores ou qualquer outra coisa sem segui-la.

— Conheço essa menina de vista. — Ela se sentou. — Faz equitação lá no Haras Soberano. Esse seu namorado é papa-anjo, amiga! — Déb fez uma careta. — Essa garota acabou de fazer quinze anos. Se ele te traiu com ela, ele é um idiota!

— É. — Suspirei.

— Olha, é fácil descobrir se ele ainda gosta de você. Só fazer ciúme nele. No seu lugar, eu daria mole pro Minhoca ou pro Cazé, que babam no seu chão, pra ver a reação do bonito. Agora, me fala quem é!

— Juro que amanhã eu te conto tudo... — Fiquei encarando a estampa do edredom, envergonhada por decepcionar minha amiga.

— Cê vai me deixar curiosa, sua safada! — Déb bateu de novo com a almofada na minha cabeça e soltou uma gargalhada. — Tá bom, amanhã, quero a história todinha na minha mesa! Vamos deixar você linda pra essa festa pro idiota se arrepender da traição. — Ela se virou e pegou o batom na bolsa de maquiagem. — E cê não vai com aquele vestido florido de vovó, não.

Eu ia abrir a boca para protestar, mas em um movimento rápido ela pescou do guarda-roupa lotado um top vermelho, sem alças, e uma minissaia de couro e jogou em cima de mim.

— Você vai matadora, amiga! Esse menino vai morrer quando vir você.

Sorri imaginando o seu queixo caindo com a minha entrada triunfal; todo mundo calando a boca e virando a cabeça ao mesmo tempo para me olhar. Eu andando com o salto alto sem tropeçar, passando por rostos chocados. Uma menina cochicha "quem é essa?", e alguém responde "essa é a Amanda Pereira, como ela tá gata!". Os olhares me acompanham até o meio da sala. Sentada no sofá, você morde os lábios e me olha de cima a baixo. Depois se levanta, vem na minha direção, pega a minha mão e me puxa para o interior da casa. No caminho você diz que me ama e pede desculpas. Ajoelha, prometendo nunca mais me trair. Na cena seguinte, tô caminhando no calçadão da praia, alguns anos depois, de braços dados com meu namorado. A gente gargalha, trocando lembranças das nossas paixões de adolescentes, e de como éramos bobos e iludidos, e eu fico feliz por ter te desculpado, mas de no final ter escolhido a mim e não a você.

— Você tem certeza disso, Paixão? — Marco segurava o volante com as duas mãos, demonstrando toda a sua tensão. A postura enrijecida destoava do jeito relaxado como ele geralmente dirigia. O Cavalão era um prolongamento do seu corpo e por isso o lugar no mundo no qual Marco se sentia mais à vontade. Em tempos frívolos, eu havia gostado de admirar os antebraços com veias aparentes e uma penugem dourada.

— Tenho. — Olhei para o muro alto, revestido em pedra clara, das naturais, nada de piso imitação, e respirei fundo. — A gente chegou no final da linha. Tudo aponta para cá: foi o último lugar em que a Amanda esteve com vida; ela tinha encontros escondidos com alguém que dirigia um carrão. — Ele abriu a boca para tentar me interromper, mas não dei espaço. — Isso é vago, eu sei, só que é mais um indício; o celular dela está escondido na delegacia, e para o Brandão se prestar a um papel desses com a filha do amigo... — Essas palavras doeram como estocadas rápidas. — ... só por alguém muito mais importante; temos o depoimento da Odete e aquela mulher sabe muita coisa. Se conseguirmos fazer com que ela confie na gente, ela vai se abrir mais...

— E você planeja conseguir arrancar uma confissão do prefeito? Você acha mesmo que ele vai dizer que abusava das amigas do filho? Que tem tara em adolescentes?

— Na real, não planejei nada. Vamos precisar improvisar. Só não dá pra a gente voltar para o Rio sabendo o que aconteceu e que a investigação não vai chegar a lugar nenhum, porque Brandão é o cachorrinho dos poderosos daqui. Basta uma ligação para um deputado estadual, que eles conseguem a remoção do delegado para Varre-e-Sai. Tô cansada da balança desigual, Marco. Se fosse um fodido, a gente não estaria debatendo dentro do carro estacionado na frente da casa do suspeito.

Era a pura verdade. Quando a teia se mostrou muito mais complexa do que ousei imaginar e a vítima se tornou a mais importante da minha vida, o plano nunca foi o de levar o culpado para os tribunais. Eu só precisava me livrar do Marco; não dava para arrastá-lo para o fundo do abismo comigo.

Ele puxou um elástico preto do pulso e amarrou os fios ondulados, que batiam na altura do maxilar, em um pequeno rabo de cavalo. Marco sempre prendia o cabelo quando achava que nossos próximos passos seriam intensos. Uma mecha da testa desprendeu e caiu sinuosa; a ponta roçando no lábio superior. Testemunhar o seu pescoço livre abriu as portas para pensamentos loucos...

Ariela, sua maluca, isso já é demais, pensei, tentando afastar a ideia de desmaiá-lo, golpeando a lateral do seu pescoço, no ponto de junção com o ombro. Um som curto, daqueles que anunciam a chegada de uma mensagem eletrônica, me trouxe de volta à razão.

— Porra! Olha aqui, Paixão! — Ele enfiou o celular quase no meu rosto. — Pedi ao Google que me enviasse uma notificação quando o aparelho da Amanda mudasse de lugar, e o celular dela está em movimento! — disse animado, me mostrando a tela do seu aparelho.

— Você precisa seguir o sinal e achar quem está com esse celular, Marco! Ele pode ser a solução do caso. Me deixa aqui, interpela o celular e aí você volta.

— Não, melhor a gente ir junto!

— Qual o problema? Você acha que eu vou fazer alguma idiotice? Botar tudo a perder? Eu estava sozinha no caso até hoje de manhã, só vou fazer algumas perguntas.

Quando o Marco arrancou com o Cavalão, a liberdade de fazer uma grande merda me conduziu até o portão de pedestres. Aos olhos dos transeuntes, a minha aparência tocando a campainha era de calma. No entanto, uma chama crepitava dentro de mim anunciando que o Inferno me acompanhava, e estávamos ali para arrebatar os *pecadores*.

NA FESTA

— Cê não vai tocar a campainha, Déb?

— Olha como o som tá alto, Mandy. — Era verdade. Ela precisou quase gritar. — Ninguém vai escutar. O portão deve tá encostado… — Ela espalmou a mão na chapa larga e branca e o jardim da frente apareceu, todo iluminado, lindo. Luzes amarelas acendiam todo o caminho de pedra até a casa.

Andamos de braços dados, a Déb me ajudando a me entender com o salto alto e o chão irregular, até o hall de entrada. Diferente da minha imaginação, quase ninguém reparou na nossa chegada. Cruzamos a sala de estar, apinhada de gente, e fomos direto para o jardim dos fundos.

A decoração da festa era de cair o queixo. Bolas enormes — mas em tamanhos diferentes — brancas, pretas e douradas boiavam no espelho d'água da piscina. Da mesa de som do DJ, saíam luzes neons em direção ao céu. Na frente dele, um tablado em cima do gramado prometia ser uma ótima pista de dança em pouco mais de uma hora. Na varanda, além de uma mesa enorme com o bolo de aniversário do Bê — um bolo de três andares nas mesmas cores da decoração, que parecia mais uma obra de arte, com pedaços imitando pedras preciosas —, montaram o bar. Vasos de cristal nos mais variados formatos, traziam frutas sortidas para os drinques.

— Vem, vamos pegar uma bebida pra você... — Déb me puxou pela mão.

— Cê sabe que não bebo.

— Mas hoje você vai, amiga. Até pra te dar coragem para o nosso plano.

Déb se referia à ideia de colocar ciúmes em você. E ela me conhecia tão bem que sabia da minha falta de firmeza em fazer uma coisa tão boba e normal.

Cada uma de nós pediu ao barman uma caipirinha. Ela, de limão; eu, de morango. Brindamos e demos o primeiro gole ali. A bebida desceu gelada, mas, ao mesmo tempo, queimando a minha garganta. Dei uma leve tossida e a Déb riu.

— Vai dizer que é ruim, Mandy?

— É doce. — Chupei o canudo e o líquido gelado subiu rápido. Pareceu congelar meu cérebro. — Mas um pouco estranho.

— Daqui a pouco, você se acostuma.

Sorri para ela. Eu não pretendia beber de novo; porém aquela noite era *a noite*. O momento de ser outra pessoa mais interessante, mais livre. Segurei o canudo entre os dedos e virei a metade da caipirinha de uma vez só. Ergui o copo vazio acima da cabeça.

— Uhuuuuuu!

Em minutos, eu estava com o refil. Com uma certa coragem crescendo dentro de mim, sugeri que a gente procurasse a Taci, porém a minha intenção era olhar ao redor e ver se encontrava você e a Melissinha_Dix.

De volta à sala, os dois sofás imponentes serviam para amortecer os amassos. A parede de vidro, do chão ao teto, totalmente aberta, possibilitava o entra e sai constante de grupinhos animados. A música também entrava por ali. Virei a cabeça procurando você e te vi circulando com um copo de uísque na mão, indo em direção ao corredor que levava para os outros cômodos da casa. Você ainda servia o babaca do seu marido. Talvez se merecessem: o nojento e a traíra. Ou talvez você fosse só mais uma vítima. *Que ódio!* A minha opinião andava em uma gangorra, sempre buscando desculpas para as suas atitudes.

Vimos quando a Taci chegou. Parecia uma estrela como a Tay-Tay, em uma saia esvoaçante branca e um *corselet cropped* metalizado. Ela veio na nossa direção.

— Oi, gente! E aí, o que vocês acharam do meu cabelo novo? — Estava lindo, como sempre. — Fiz luzes com fundo baunilha, amêndoa e café em um cabeleireiro famoso do Rio. — A Taci estava tentando ficar ainda mais bonita, e isso nem era possível, para chamar a atenção do Bê. — Alguém viu o aniversariante por aí? Tenho um presente especial pra ele — ela perguntou, esticando o pescoço e sem carregar nada nas mãos.

Era uma festa bombada, daquelas em que os convidados cercam o dono da festa feito formigas ao redor do pote de açúcar. Todo mundo queria um pedacinho do Bê, com exceção de mim. Talvez por isso, ele tenha me dado uma atenção inesperada. Como animais que sentem os feromônios no ar, talvez Bê tenha sentido que eu era a única menina que não estava ali por ele, mas por outro alguém. Talvez tenha sido esse o motivo do abraço demorado quando ele nos viu e veio nos cumprimentar, e de toda vez em que meus olhos caíam nele, os dele já estarem em mim.

Com a segunda bebida terminada e metade da terceira ingerida, eu já tinha a coragem líquida para ir até você, jogar as perguntas no teu peito e cobrar explicações. Foi o que eu fiz ao te ver comandando os garçons, através da parede de vidro, na sua cozinha aparente, que nem parecia com uma cozinha normal de casa, mas com aquelas de restaurante de filme.

Entrei pisando em ovos, mais por sentir o chão desfazendo embaixo dos meus pés — parecia que eu andava e não saía do lugar — do que pelo ditado. Apoiei o meu copo quase vazio na ilha de pedra e recostei o quadril. Você estava do outro lado, gesticulando ordens.

— Ei. — Você não olhou para mim. — Ei! — Acho que gritei. — Quem é Melissinha?

Você virou a cabeça na minha direção e não sorriu, como fazia antes. Em vez disso, veio de cara fechada e apertou o meu braço.

— Aqui não — sussurrou entredentes. — Vem comigo.

Me permiti ser levada para fora da cozinha. Sua mão enroscada acima do meu cotovelo.

— Quem é Melissinha? — Não sei se o nome saiu embolado. Na minha mente, eu só falava e me movimentava um pouco mais lenta.

— Shhhh. — Você fez com a boca praticamente no meu ouvido, e aí virou o rosto para o outro lado e disse: — Ela só está um pouco enjoada, vai fazer bem tomar um remédio e se deitar por uma hora. Pode ficar tranquila, sua amiga vai voltar novinha em folha... — Você espremeu meu braço, que ardeu de leve.

Enquanto você me conduzia pelo corredor escuro e vazio da sua casa, com a música e as pessoas se divertindo ao longe, eu só me sentia como uma garotinha sendo levada ao castigo.

CAPÍTULO 30

Por que os ricos e poderosos sempre acham que os demais mortais são idiotas? Basta não ostentar o mesmo número de zeros na conta bancária, que instantaneamente seu QI é inferior e há a permissão para ser feito de babaca. Lidar com esse tipo de arrogância exige um talento que não tenho.

Eu aguardava a dona Maísa em uma sala decorada de forma exuberante. Com um projeto arquitetônico e móveis planejados que custariam muito além do que o salário de um prefeito poderia pagar. Uma parede de vidro descortinava um jardim com uma pérgola e piscina dignas de estarem em uma casa em Beverly Hills ou Dubai. O sol do fim de tarde avivava as cores das plantas e da água, deixando tudo ainda mais lindo. Apesar da beleza estonteante, eu esperava *pacientemente* — andando ao redor, feito um leão enjaulado — havia uns vinte minutos, contados do momento em que acompanhei a empregada até a sala de estar e ouvi um "dona Maísa já vem".

Se acha que vai me vencer pelo cansaço, está muito enganada.

Eu examinava o ambiente minimalista e estranhamente asséptico, sem um detalhe pessoal, um porta-retratos da família, quando pelo canto do olho percebi uma pequena movimentação. Atrás de uma estante de madeira, que separava a sala de um corredor interno, dessas feitas para um projeto exclusivo — nada de MDF comprado em sites de lojas — com nichos vazados, ocupados por vasos, cerâmicas e esculturas, se *escondia* um rapaz. Seus olhos, estrábicos, desviaram tão logo levantei a cabeça e o encarei pelos espaços vazados. Virei o rosto, fingindo não o ver.

— Nossa, que casa grande e bonita. Quem será que mora aqui? — falei baixo, como se conversasse comigo mesma ou pensasse alto. Pela visão periférica, vi que ele se mexeu. — Será que não tem ninguém aqui?

O rapaz apareceu na quina da estante. Enorme, ele balançava as mãos. A sua expressão era de uma curiosidade sincera, sem qualquer disfarce, feito a de uma criança, que se expõe de forma franca e inocente.

— Tem eu — ele disse em uma voz oscilante.

— Oi, tudo bem? Meu nome é Ariela, e o seu?

— Ben-Benjamin. Você é parecida com a Ananda. — Ele deu alguns passos até as costas do sofá e passou a enrolar os dedos na ponta da manta. — Eu tentei...

Quase me engasguei.

— Você conheceu a Amanda? Ela era sua amiga?

Ele abraçou a almofada.

— Ananda, namorada...

— Namorada de quem?

— A senhora está me aguardando? — Maísa vinha do corredor em passos rápidos. Os saltos, que poderiam tê-la entregado, substituídos por sapatilhas. Usava uma calça de alfaiataria no tom *off-white* e uma camiseta de seda bege. O *basiquês* da roupa era quebrado pelas joias: pulseira e colar inalcançáveis para mim, nem que eu trabalhasse por duas encarnações. Ela pousou a mão no braço do filho. — Benzinho, meu amor, vai lá para dentro. Deixa a mamãe sozinha com a visita.

— Ela parece a Ananda, mamãe.

Maísa sorriu, porém não havia verdade naquele sorriso.

— É, meu amor, agora que você disse parece mesmo; mas vai lá para dentro e deixa a mamãe conversar.

— Aaaaaaa, eu quero ficá aqui! — Ele bateu os pés com força no chão.

— Benzinho… — Ela passou as costas dos dedos no rosto dele. — Mamãe precisa conversar um assunto com a moça, depois você volta. — Maísa pegou um sino da estante e o tocou. Em segundos, a empregada que me escoltou até a sala apareceu. — Neuza, leva o Benzinho até a cozinha e serve aquele biscoito, o recheado preferido dele.

Aguardamos em silêncio o menino sair, com uma troca de olhares tão explosiva que seria capaz de detonar o quarteirão.

NA FESTA

A cada tropeço meu no corredor, você apertava ainda mais o meu braço, como se fosse para me impedir de cair. As minhas pernas, além de bambas, não faziam o que eu queria. Senti as suas unhas beliscando a minha pele e o seu perfume, e a única coisa que veio em pensamento era como eu amava aquele cheiro por não ser doce enjoativo.

Acho que fechei os olhos por alguns segundos. Quando abri, eu não estava mais sendo carregada pelo corredor; estava deitada e você ajeitava o travesseiro, feito a minha mãe antes de eu dormir. Talvez fosse um sonho e aquela fosse a minha cama.

— Descansa um pouco, meu anjo. … um comprimido… ressaca… melhorar, a gente conversa. Volto… Não saia daí!

Com as minhas pálpebras pesando quilos, puxando meus olhos para baixo, foi fácil obedecer e ficar ali. Era macio e gostoso. Minha mente apagou em um clique, feito um interruptor de luz.

Um blecaute, por não sei quanto tempo…

A cosquinha nos lábios e o peso em cima de mim vieram primeiro. Depois, o perfume gostoso e a minha boca cheia, tapada, repleta de você. Precisei puxar o ar pelo nariz. Acho que tentei me agarrar no seu cabelo, levantar a sua cabeça, colada na minha, para eu respirar direito, mas meus braços lembravam âncoras.

Senti um gelado no bico do peito, daqueles quando a pele está úmida e bate um vento ou ar frio. Meus olhos bêbados tentaram abrir, mas só um pouquinho. Na pequena faixa de visão, vi o topo da sua cabeça com as mechas douradas. O seu rosto enfiado no meu corpo fazia movimentos que, mesmo lenta e adormecida, conseguiam me provocar pequenos choques. Parei de fazer força e deixei as pálpebras caírem, feliz. Você tinha mesmo voltado.

— O que é de tão urgente que te faz vir à minha casa em um sábado à tarde? — Maísa fez um gesto para que eu me sentasse no seu sofá de cinco dígitos, mas preferi ficar de pé.

— Surgiram fatos novos e eu gostaria de fazer algumas perguntas para a senhora e para o seu filho Bernardo.

Ela se sentou de braços abertos. Ambos apoiados no encosto do sofá. Mostrava que estava à vontade, nada intimidada com a visita da polícia.

— Que eu me lembre bem, você me abordou de forma bastante descortês e inconveniente, em pleno enterro da amiguinha do meu filho, e te respondi que combinaria com o Brandão a eventual ida do Bê à delegacia para responder algumas perguntas *dele*. — Ela me encarava. Os olhos amarelos sem um pingo de receio. O queixo erguido de um jeito sútil. Aquela mulher estava acostumada a ter tudo o que queria. — Isso tem só dois dias.

— O tempo corre para os pais que perderam seus filhos, dona Maísa. — Sustentei o olhar. Era o embate entre ferocidades camufladas em palavras corteses. — Acredito que a senhora não saiba, ou talvez não se importe, mas as primeiras horas e dias de uma investigação são cruciais para solucionar o caso. Apenas trinta e cinco por cento dos homicídios dolosos são solucionados no nosso país. Ter pressa é uma condição inerente de quem teve um filho roubado da sua existência.

— Entendo. — Ela repousou os braços no colo. — Então, no que posso ajudar, inspetora?

— Sendo franca com a senhora, a polícia tem provas de que Amanda foi morta aqui — blefei. — O celular dela foi encontrado, e em breve a perícia vai ter acesso às mensagens, inclusive, às apagadas. Tem a situação da Nádia também. Odete, mãe da menina...

— Sei quem é Odete — ela me interrompeu. — Aquela mulher nunca ligou para a filha. Diria qualquer coisa para ganhar um dinheiro.

— Como eu dizia, Odete revelou algumas coisas importantes e que colocam seu filho e seu marido como os principais suspeitos.

— O que ela falou? — Maísa rodava o bracelete no braço, em um gesto mecânico.

— Isso, não posso revelar agora. Além da Odete, temos uma testemunha que viu Amanda sair escondida várias vezes durante a madrugada e entrar em um carro parecido com o seu. Acredito que seu filho já dirija.

— Meu filho não tem nada a ver com a menina que morreu. Ele namora a Tarciana. — Ela mexeu de novo no bracelete dourado com brilhantes. Talvez fosse um tique nervoso, indicando quando a conversa a incomodava, ou um sinal de que a joia estava apertada.

— A senhora sabe que o corpo da Amanda foi todo analisado, inclusive internamente, e que colheram várias coisas, entre elas, fluidos corporais. Esses fluidos, com um simples exame de DNA podem levar ao seu marido ou ao seu filho. E o Brandão não vai conseguir segurar para vocês.

Maísa baixou a cabeça. Parecia olhar para os próprios pés. Possivelmente, assimilava as informações, calculando as probabilidades. Ela ergueu o rosto, os olhos vermelhos e brilhantes.

— É tão difícil a posição que você me coloca. — Ela se levantou e passou a andar de um lado a outro da extensão do sofá. — Não posso mais proteger meu marido — soltou em um tom mais baixo, como se falasse para si mesma.

— O que a senhora disse?

— Meu marido me traiu algumas vezes com mulheres mais jovens...

— Mulheres mais jovens? Amanda era quase uma criança. Nádia também — interrompi.

— Você desconhece o que essas adolescentes de hoje são capazes, inspetora. Elas que se atiram nos homens. — Maísa esfregou o canto dos olhos e respirou fundo. — Meu filho não tem nada a ver com essa história. Você pode investigar, mas vai esbarrar no foro privilegiado.

A mulher, antes ostentando uma couraça, como se fosse inatingível, do nada se permite abalar e entrega o marido de bandeja baseando-se em uma premissa equivocada sobre foro privilegiado. A conversa escalou para um desfecho um tanto suspeito.

— Mesmo assim, eu gostaria de confirmar com o Bernardo.

Mais uma vez ela rodou o bracelete no braço. Aquilo claramente era um tique.

— Mãe! — A voz grossa interrompeu o nosso contato visual. O rapaz vinha do corredor. Aquela era a minha chance. — Peguei a chave do seu carro, vou dar uma volta com o Caz... — Ele se calou quando me viu na sala. — Não sabia que você tava com visita.

Virei-me na direção dele.

— Vim aqui para conversar com você, Bernar... — Um impacto forte na minha cabeça impediu a conclusão da frase. Nem o baque seco dos meus joelhos no piso foi capaz de evitar o teto preto.

NA FESTA

A bebida ainda fazia os seus efeitos, e o principal era me deixar um pouco aérea. Os meus pensamentos pareciam uma pena planando como a brisa, enquanto o meu corpo era uma pedra no fundo de um lago; incapaz de se mexer.

Eu viajava nas sensações, deixando que você brincasse comigo como quisesse, até que uma pressão na minha vagina, como se algo estivesse tentando entrar em mim, me puxou de volta para o quarto. Abri os olhos e um corpo enorme se erguia entre as minhas pernas. Não era você, era seu filho.

Ele se enfiou, sem me dar tempo de gritar "não", e mesmo anestesiada pelo álcool aquilo doeu. Uma dor aguda, misturada a uma ardência, encheu meus olhos de lágrimas. Os ombros largos desabaram na minha direção e ele encostou a boca no meu ouvido.

— Você é tão gostosa, Amanda — ele arfava.

— Na-não, Bê... — choraminguei.

Ele ignorou. Continuou a me afogar com o seu peso; a me anular com seus golpes rápidos e profundos, até de repente parar. Ele girou o corpo e encostou as costas na cama, depois se levantou. Andou até o banheiro e voltou rápido. Com um bolo de papel higiênico, limpava a cabeça do pênis, ainda duro.

— Você toma pílula, né? — perguntou vestindo a bermuda. — Esqueci de colocar a camisinha, mas a culpa é tua, que me deixou morrendo de tesão.

Olhei para mim e só aí percebi que o meu top estava enrolado e na altura do estômago, a saia puxada até os tornozelos e os pés descalços. Foi então que percebi o que havia acabado de acontecer, e uma sensação de vazio me capturou. Eu só tinha me sentido assim aos oito anos, quando minha mãe contou que a minha avó havia morrido. Instantaneamente um vácuo que retirou a cor e o porquê de tudo, e me trouxe uma vontade irresistível de ficar encolhida na minha cama, me derrubou.

O som da porta batendo não me fez querer levantar. Continuei congelada na mesma posição, quase nua, engolindo os momentos anteriores, não sei por quanto tempo.

A sensação de morte foi substituída pela raiva. Uma raiva gritante, que me fez levantar, ajeitar o top, vestir a saia, pegar os sapatos e sair para o corredor. Eu queria xingar você, o seu filho, a sua família toda, pedir um Uber e no caminho ligar para o meu pai. Ele falaria com o tio Brandão... todos vocês iriam ver só.

Ao abrir a porta, você se aproximava. Carregava uma garrafa de uísque em uma das mãos e um balde de gelo na outra.

— Acordou, meu anjo? Ué, que cara é essa?

— Seu filho me estuprou...

— Shhhhh! — Com uma virada de pescoço rápida, você olhou para as duas pontas do corredor. — Que maluquice é essa, Amanda? — A pergunta foi acompanhada de passos na minha direção, me obrigando a andar para trás.

— Cadê meu celular? Você guardou ele quando me trouxe pra esse quarto? — Caí de bunda no colchão abraçada aos sapatos. — Quero ligar pro meu pai. Vou contar tudo o que aconteceu! Tudo, entendeu?

Se a minha cabeça não latejasse, a sensação seria a de estar acordando no meu apartamento, depois de um grande pesadelo, ou com uma tremenda ressaca.

Ao abrir os olhos, além da pontada forte, me deparei com a penumbra. No entanto, não precisou que a vista se acostumasse para que eu constatasse os meus braços abertos e os punhos presos à cabeceira gradeada da cama. O lacre plástico mordiscava a pele a cada movimento exploratório. Os tornozelos também estavam amarrados, mas o material era outro, áspero, porém mais maleável. Parecia uma corda, dessas de varal.

A dificuldade em respirar deu o ar da sua graça, fazendo questão de me lembrar da minha asma nervosa.

— Se você gritar tampo a sua boca e nariz e você vai morrer como um peixe se debatendo fora d'água. — A voz anasalada vinha do canto esquerdo do quarto. — Sua bombinha está comigo.

Ergui o rosto procurando o seu dono. O cômodo era anemicamente iluminado por uma luz que vazava pela fresta de uma porta, localizada do outro lado da cama. Assim que o ambiente escuro abraçou as minhas pupilas, pude ver o vulto do homem, sentado em uma poltrona. Ele segurava alguma coisa nas mãos.

— Essa sua Glock caiu do céu...

Não consegui responder. Eu sibilava como um apito quebrado, tentando puxar o ar.

— Vou te dar uma colher de chá. — Ele se levantou e veio na minha direção. Uma gota de suor gelado desceu pela minha nuca. — Toma... — Ele encaixou a bombinha de asma na minha boca e eu inalei. O homem caminhou de volta até a poltrona e se sentou de novo. — Esse chiado estava me incomodando. Agora melhorou.

Respirei fundo. Tentava não ficar sem ar e controlar a raiva.

— Que bom que eu pude te servir — falei com ironia. — Você é o prefeito, não é? Vai atirar em mim com a minha própria arma?

Acho que vi a sombra de um sorriso.

— Na verdade, não. Ela vai servir para você levar a culpa pela morte de um policial. — O tom de voz era irritantemente calmo. — Saca queima de arquivo? Tem gente aqui na cidade que sabe demais sobre as atividades da minha família. Por mais que você molhe a mão do indivíduo, nunca é bom saber esse tanto. No meu mundo, conhecer segredos sujos dá poder.

— Quer dizer que você vai matar o Brandão e colocar a culpa em mim?

Ele riu.

— Você não vai voltar dos mortos para contestar, vai?

Um barulho de passos rápidos do lado de fora chamou a minha atenção. Não sei por quanto tempo fiquei desacordada, mas já havia escurecido. Se eu ainda estivesse na mansão deles, havia chances do Marco me achar.

— Isso tudo para esconder que você abusa e mata menores? Jorge, né? — A minha vontade era a de voar no pescoço dele.

Jorge riu de novo e, então, se levantou, se sentou na beirada da cama ao meu lado, e se debruçou, deixando o rosto anguloso a um palmo de distância do meu.

— Na verdade, eu prefiro as bem crescidinhas… — disse, afastando com as pontas dos dedos alguns fios de cabelo colados pelo suor no meu rosto.

O cuspe foi a minha reação instintiva e natural e acertou parte da linha fina de pelos pretos que emoldurava o queixo pontudo. Ele passou as costas da mão na área atingida e me acertou com um tapa. A ardência da mão pesada na minha pele não superou a brasa interna que me consumia. Eu estava quase no ponto de combustão.

A luz se acendeu, e ambos olhamos em direção à porta. Maísa estava parada ali. Arrumada. Sem uma mecha fora do lugar. Tinha um celular nas mãos.

— O seu parceiro está montando guarda lá fora. Você vai mandar um áudio para ele do seu celular, dizendo que você seguiu uma pista. Diz que você está no local em que acharam o corpo. — Ela estendeu o aparelho na direção do meu rosto, esperando que o reconhecimento facial fizesse o seu trabalho e ali eu vi. Estampado no pulso estava o maldito par de asas.

— Sua vaca! Ela era uma menina! — Dei um impulso e sacudi o meu corpo preso em uma tentativa vã de alcançá-la, e os lacres enterraram na carne. Jorge havia se levantado sem que eu percebesse e encostou a Glock na lateral da minha cabeça.

— Melhor ficar quietinha...

— Foi sempre você. — Mergulhei nos olhos amarelos com fúria. — Acho bom vocês me matarem, senão juro por Deus que te mato! — Morrer não me assustava. Eu só não queria que o Marco tivesse o mesmo destino.

— Eu podia tentar me justificar, sabe? Mas acho que não temos esse tempo. Anda! Se o seu parceiro pular o muro, atiramos nele e alegamos invasão. Vamos dizer que não sabíamos que era um policial, ou, melhor, que ele era um corrupto a mando de algum inimigo político. Quer ter a morte dele na tua conta?

Obedeci. A desgraçada só não sabia que o Marco tinha a minha senha Google, e isso era um indicativo de que eu estava viva e dentro daquela casa.

— Anda, me dá meu telefone! — Larguei os saltos da Déb na cama e me levantei. — Quero ligar pro meu pai. — Estendi a mão, que tremia. Você deixava a bebida e o balde de gelo em cima da cômoda do quarto.

— Não sei do seu telefone. Vem cá, você precisa se acalmar — você disse, vindo para cima de mim. Um sorriso maternal. Uma tranquilidade que agredia. — Vamos conversar e você me conta o que acha que aconteceu...

— Me acalmar? — Acho que gritei. — Me acalmar? Contar o que eu *acho* que aconteceu? O Bernardo me estuprou, foi isso que aconteceu! — A revelação não alterou um músculo do seu rosto. A decepção me fez dar três passos para trás e meter a mão na maçaneta. A vista embaçava com as lágrimas. A raiva borbulhava o meu estômago e me dava vontade de vomitar. — Você e essa sua família maldita! Todos doentes! — Virei de costas e escancarei a porta.

Dei o primeiro passo em direção ao corredor. O som da festa apareceu ao fundo. As luzes coloridas da sala refletiam borradas no chão de madeira escura, quase na outra ponta, funcionando como um aviso de saída de toda essa loucura. Uma sombra surgiu ali, e logo outra ao lado daquela. Eram os gêmeos. Um deles se adiantou, vindo na minha direção, enquanto o outro ficou parado.

Eles não vão me deixar sair.

— É caótica, mas é a MI-NHA família! — A sua frase veio seguida de uma pressão absurda na minha cabeça e um barulho interno, como o som de vidro trincando. Instintivamente toquei com os dedos o ponto que latejava, e eles voltaram vermelhos. Acho que desabei no chão...

CAPÍTULO 31

Talvez o que eu vou contar a partir de agora pareça irreal, ou até mesmo maluquice para você, Maísa. Quando eu era viva, também não acreditava muito nessas coisas de espírito, mas a portadora dessa história me explicou sobre psicografia e sabe direitinho a quem primeiro entregar essa carta. Fique tranquila que a sua cópia chegará até você.

Depois do golpe na minha cabeça, passaram a existir duas Amandas: uma, que foi arrastada pelos pés para dentro do quarto e até o banheiro, virada de barriga para cima para que você e o Bê conseguissem verificar se eu ainda respirava — e, sim, eu ainda respirava; que teve o buraco — aberto no crânio por você, com o seu picador de gelo chique, que mais parece um martelo antigo — jorrando sangue, tapado pelo lençol da cama, feito uma múmia de desenho animado; que foi largada no assoalho frio da suíte, enquanto você e o seu filho estuprador saíam para procurar o nojento do seu marido para decidirem o que fazer. A outra, estava ali, invisível aos olhos de vocês, assistindo a tudo, porém presa à Amanda que lutava para viver.

Talvez eu tivesse conseguido sobreviver, quando o seu outro filho, o Ben, entrou no banheiro e se ajoelhou no chão; desenrolou o lençol que me sufocava; me encarou com dor e pena, feito uma criança que vê um gatinho machucado, e com o lampejo da lembrança — consegui ver a mudança no olhar dele, quando se lembrou de uma cena parecida — apoiou as mãos enormes nas minhas costelas e pressionou. O peso de uma tonelada em movimentos repetitivos, me imprensando contra o piso duro, fez o gosto de sangue subir pela minha garganta. O coitado ainda apertou o meu pescoço e tentou fazer respiração boca a boca.

Talvez se vocês não tivessem me deixado ali umas duas ou três horas e me entregado para ser desovada — lembro bem dessa palavra, você repetiu umas três vezes — na beira do rio, para que a correnteza me levasse, talvez as duas Amandas tivessem se encaixado novamente.

Bem, não é um relato com final feliz, mas a história não acabou.

—Jorge. — Maísa jogou uma necessaire marrom no peito do marido. — Você vai dar uma overdose de quetamina nessa mulher. Assim, faz menos sujeira. Remover manchas de sangue é uma das coisas mais difíceis do mundo.

— Filha da puta! — Mexi-me no colchão e ela puxou a minha Glock do cós da calça do marido, e apontou na direção da minha testa. — Acha que me importo com você tendo que catar pedacinhos meus colados na tua parede, estragando a merda de um lençol egípcio? Atira, vai!

Ela manteve a arma apontada por alguns segundos e depois abaixou a mira.

— Vou levar o Ben na rua como desculpa e ver se o idiota do seu parceiro acreditou no seu áudio. É bom para ele acreditar, senão, além de ter que se livrar do seu cadáver, o CJ vai precisar dar cabo dele.

Puta merda, todo esse tempo era o CJ o policial vendido!

Maísa devolveu a arma ao marido e se foi. O prefeito preparava a injeção enquanto eu maquinava alguma saída.

— Meu pai votou em você. Vivia dizendo que você era bom, íntegro, filho do seu Astério. Quantos eleitores seus não pensam da mesma forma? Vai macular sua imagem por causa das coisas erradas que a sua mulher fez?

— Você não conhece os bastidores do Brasil, não é? Isso aqui não é nada comparado ao que acontece por aí... — Ele puxava o êmbolo com destreza. — ... e ninguém vai mesmo saber.

Apelar para a vaidade dele não funcionou.

Jorge puxou a ponta da agulha de dentro do frasco quase vazio e deu dois petelecos na bunda da seringa.

— Está pronta.

Se eu morrer agora, esses putos escapam. Vale qualquer coisa, diz qualquer merda!

— Maísa não sabe apreciar um bom homem — falei, disfarçando o engulho. — Se você soltar minhas mãos a gente pode *brincar* um pouco, antes que você me aplique essa injeção. Na verdade, a gente pode até aproveitar o barato junto.

— Você acha que sou idiota? Há dez minutos te dei um tapa...

Contei mentalmente até três, enquanto buscava forças para continuar com aquela farsa.

— Aquilo me excitou, gosto de levar porrada — saiu a fórceps. — Há quanto tempo vocês não transam? Me solta, que a gente se pica e até faz um sexo gostoso. Vamos curtir uma onda juntos...

— Eu tenho *queta* suficiente para te matar e ainda viajar depois. — A convicção da frase não combinava com a sua expressão de dúvida.

Ele olhou para as minhas ancas largas, bem-marcadas pelo jeans, e para a seringa cheia — para mim, seu conteúdo significava morte, porém para ele, mera recreação. Eu quase conseguia enxergar os seus neurônios debatendo entre si.

Eu estava a passos dos demônios que mataram a minha filha. Valia qualquer coisa para estourar seus miolos. *Qualquer coisa.*

— Você vai perder a melhor foda da sua vida? Vem cá que te dou uma provinha. — A piscadela coroou a minha atuação canastrona.

O nojento se sentou na beirada da cama e se debruçou sobre mim. A língua escorregadia quase alcançava a minha garganta enquanto ele apalpava meus seios, e o meu estômago deu um salto.

Assim que a tortura molhada terminou, ele se afastou e me encarou. Eu precisava desse imbecil tão consumido pelo tesão a ponto dele não se preocupar mais com a minha eventual reação.

— Olha só, Jorge, vai ficar na seca? Solta o braço que você vai aplicar, vai. — Usei de um tom meloso e arrastado. — Assim, a gente se pega e você ainda fica seguro, porque eu ainda vou estar presa e meio fora do ar.

Jorge girou o corpo e se esticou na direção da mesinha de cabeceira, mas, feito um estilingue, trouxe a mão de volta.

Quase. Só mais um pouco...

— Seu pau deve ser enorme... que delícia. Imagina ele deslizando entre os meus dedos. — Passei a ponta da língua nos lábios.

Seus olhos escureceram.

Ele abriu a gaveta da mesinha de cabeceira e puxou uma tesoura de costura. Com um movimento rápido, as lâminas cortaram o lacre do meu punho esquerdo. Assim que ele se levantou e dobrou o tronco para amarrar o garrote de borracha no meu braço, soquei a traqueia dele. Não pegou de jeito, mas fez com que o prefeito desse alguns passos para trás e tombasse.

Estendi o braço o máximo que pude, a ponto de senti-lo próximo de uma distensão, e com as pontas dos dedos tentei alcançar a tesoura deixada displicentemente em cima da mesinha. Funcionou. Girei um pouco o tronco para levar a tesoura até a mão direita e, ao cortar o segundo lacre, senti uma espetada na coxa. Jorge havia cravado a seringa no meu músculo e, ajoelhado ao lado da cama, apertava o êmbolo.

— Seu desgraçado! — Uma cotovelada bem dada acertou o seu nariz, que explodiu manchando a beirada do lençol. O homem caiu de costas no chão.

Com a injeção cravada, cortei as cordas que prendiam os meus tornozelos e pulei da cama. No entanto, ao ficar de pé, a tontura veio, como um soco no rosto. A droga já fazia seu efeito. Com a visão desfocada, olhei para baixo. A seringa ainda estava ali, dançando na minha perna. Em um gesto de escavadeiras, abracei o pequeno corpo plástico com os dedos e puxei.

— Toma o seu barato, seu filho da puta! — Atravessei o globo ocular dele com a seringa e apertei o êmbolo.

A porta dava para um longo corredor, que se mexia, como um pulmão respirando. Ora as paredes expandiam, ora apertavam, aparentando que iriam me espremer. Eu puxava da perna esquerda — a que havia sido atingida pelo golpe da seringa — e também o ar, que parecia entrar apenas por uma fresta das minhas narinas. Eu dava comandos para o meu corpo, mas ele teimava em me desobedecer; era como se estivéssemos desconectados. Não éramos mais partes da mesma pessoa. E, então, a vi na ponta do corredor, sorrindo e acenando.

— Minha filha! — Veio a vontade de chorar. Ela estava linda, em um vestido branco, com os cabelos longos, quase iguais aos meus, balançando ao sabor do vento.

Fiz força para passar por entre as paredes apertadas... quase sem ar... quase sem ar.

— Minha filha, me espera!

Arrastei-me entre o concreto, entre a vida e a morte, entre os dois planos. Minha filha estava ali, a poucos metros, acenando e sorrindo, me esperava para o abraço apertado e o colo nunca dado.

Quando cheguei ao final do caminho, ela havia evaporado e, em vez do abraço desejado e do beijo saudoso, alguma coisa estourou o meu rosto.

Ao abrir os olhos, eu estava deitada de lado em um chão de terra e folhas mortas. Estava frio e escuro. Ao redor, árvores nos mais variados tamanhos cobriam o céu. As folhas pretas dançavam em um tapete de estrelas, no embalo da brisa relutante. Sons de grilos e do farfalhar dos galhos ecoavam por entre vácuos escuros. No entanto, havia outro barulho, mais assustador do que o das patas de um animal silvestre. Um som arenoso e seco, o som de uma pá cavando.

Mexi a cabeça devagar na direção do *caf caf* e o facho de luz, espalhado pela lanterna jogada aos pés do homem, iluminava o perfil do CJ enquanto ele abria a minha cova.

— Ter que enterrar a filha da Beatriz já é demais! — Ele se apoiou no cabo e acendeu um cigarro, soprando a fumaça para o alto. — Quantas vezes bati naquela porta querendo assumir a casa e a menina, e a orgulhosa me trocou por um bunda mole quatro olhos.

Assassino e estuprador desgraçado!

— Porra, depois daquela ruivinha e dessa última, eu disse que não queria mais me envolver nesse tipo de sujeirada. Tão achando que sou o quê? Trinta milzinho de mesada não vale isso, não...

Olhei ao redor procurando uma pedra. Fora esse demônio que havia deixado a minha menina na beira do rio e estuprado a minha mãe. Agarrei uma que encaixou na minha mão e rastejei. Rastejei até um ponto no qual ele me veria de qualquer forma, fosse me arrastando na terra negra, fosse em pé. Levantei-me e corri, e ele virou justamente quando acertei a lateral da sua cabeça com toda a força que me restava.

CJ cambaleou, porém não caiu. Em um reflexo, ele me golpeou com a pá e acertou a boca do meu estômago. Instantaneamente fiquei sem ar e me dobrei para frente, tentando respirar. Ele me meteu um gancho no queixo, que fez o sangue explodir dentro da minha boca e desabei.

— Porra! — Ele tocou no ponto que acertei e os dedos voltaram com as pontas escuras. — Não vou sujar minhas mãos com você, Ariela. Pela sua mãe. — CJ chutou a minha barriga e me encolhi com a pancada. — A sua asma vai te matar por mim. Só vou garantir que você não seja despedaçada pelos animais que rondam por aqui. Tô te fazendo um favor.

Tossi o sangue, tentando não me afogar, buscando de forma desesperada o ar. Apesar da escuridão, pontinhos pretos pipocaram na minha frente, me avisando do desmaio iminente. Ele agarrou os meus punhos e me puxou até a borda do buraco, depois me empurrou com o pé.

Senti o impacto da queda, e uma pontada nas costelas; porém, nada mais importava. Nem a terra, jogada com fervor, e que se espalhava por cima de mim. Eu havia me entregado ao meu destino, por ser ele quem me levaria de volta à imagem da minha filha sorrindo e acenando.

Acorda!

O grito me arrancou do apagão e uma sensação horrível de morte se apoderou de mim. A boca, aberta, em uma necessidade insana de respirar, me fez quase entalar com o punhado de terra que me invadiu, feito a onda de lama e entulho que em segundos rompe portas e janelas e afoga uma casa. Os olhos apertados deixavam a escuridão mais sufocante. Era a dor latejante e o peito comprimido e em brasa que me faziam ter a certeza de ainda estar viva.

Minhas mãos tremiam ao contato da terra grudenta e úmida. Eu tentava controlar a respiração para evitar aquilo que seria o meu fim: um acesso de tosse asmática.

E se aquela cova realmente se tornasse meu túmulo? Se somente descobrissem meus ossos quando algum empresário ambicioso conseguisse a licença para construir um condomínio com "área integrada à natureza"? Como seu Gilberto reagiria? Teria sobrevivido à morte das duas mulheres da sua vida? E o Cadu? Choraria ao pé do meu caixão fechado ou entraria de mãos dadas com a Roberta e seria entreouvido comentando que sempre fui uma bomba-relógio e aquele meu fim não fora surpresa?

Os olhos marejados do Marco, feito os de um cachorro tristonho que vão perdendo o brilho ao aguardar no canto da sala dia após dia o seu dono morto retornar, pareciam me encarar imersos na escuridão.

Mexe os braços. Vai, mãe!

O apelo, alucinação ou não, funcionou como um gatilho.

Cavei a terra fofa febrilmente, como nunca havia feito na vida. Só parei quando emergi do buraco — feito alguém se afogando, e que rompe a barreira de água — puxando todo o ar fresco suportado pelos meus pulmões famintos.

Um tempo depois, eu caminhava trôpega pela estrada de terra de Jacuína, o céu, uma mistura de um azul-arroxeado e rosa, indicando o raiar do dia, quando enxerguei uma nuvem de poeira ao longe.

Um carro...

O farol alto me cegou por alguns instantes e, então, o carro parou. Eu reconheceria o barulho daquele motor em qualquer lugar. Ergui o braço para proteger a vista e a porta do motorista abriu.

— Caralho, Paixão, o que fizeram contigo?

CAPÍTULO 32

Na meia hora de viagem até o Centro de Santo Amaro, Marco explicou a epopeia dele, ao mesmo tempo que repetia de cinco em cinco minutos que eu deveria ir a um hospital.

Eu não estava na melhor das minhas aparências segundo as espreitadelas preocupadas do meu parceiro e o julgamento do espelhinho do carona. Um dos meus olhos estava levemente inchado e semicerrado, como se eu sofresse uma crise aguda de terçol. Havia um rastro de sangue seco do meu nariz até a gola da camiseta — um dia — branca. O meu cabelo na linha da testa estava emplastrado, graças a um pequeno corte na cabeça; e uma camada fina de terra cobria a minha pele nos lugares secos. Nos cantos das mucosas, ou onde eu havia suado, a terra se transformara em uma película endurecida. Parecia uma morta-viva recém-saída da cova.

Marco havia seguido o sinal do celular da minha filha até o carro usado por CJ, estacionado em frente ao botequim próximo da rodoviária. Aquilo provara que CJ estava envolvido, mas ele poderia estar a mando do Brandão.

Quando Marco voltou para a casa do prefeito e mandei aquele áudio, que ele sabia ser falso porque acompanhava o meu sinal, ele resolveu circular a esquina e analisar o muro para tentar pular, e, então, testemunhou o carro do CJ entrando e saindo da garagem da mansão em questão de minutos. Ele correu para tentar seguir, porém foi interceptado pela Maísa, acompanhada do filho com deficiência. A alegação tinha sido de que o menino desejava conhecer um policial de verdade.

Foram quase dez minutos até conseguir se livrar dos dois. Sem saída, pois ele tinha certeza de que eu havia sido levada naquele carro, e o meu celular estava sem sinal, Marco voltou à delegacia e apertou Brandão. Aparentemente o delegado não fazia parte dos esquemas do CJ, mas acobertava o colega, ao saber de toda a sujeirada envolvendo casas de prostituição, jogatina e os sumiços e morte das meninas, e não fazer nada. Ele alegou que havia fechado os olhos por muito tempo, e que os abrir custaria também o seu cargo, diante de tantos anos de desídia. No entanto, ao ver que a vítima era a filha de um grande amigo, e sabendo da minha estadia na cidade, ele mandou me chamar, acreditando que eu conseguiria levar o caso adiante. Toda a dificuldade causada pelo delegado seria para não levantar suspeitas do CJ, que, com poderosos por trás, era quem mandava de fato na delegacia.

Brandão indicou ao Marco um terreno que CJ teria em Jacuína, e foi assim que fui encontrada em plena estrada.

— Melhor a gente ir ao hospital e procurar a Corregedoria depois.

— Se você falar isso mais uma vez, juro que desço desse carro e sigo a pé. Tenho um assunto pendente para resolver.

Ele me encarou com uma expressão desolada.

Pedi que virasse na rua da praça para cortarmos caminho e a Trailblazer da Maísa estava estacionada em uma das vagas próximas da entrada da igreja.

— Para o Cavalão, Marco.

— Aqui?

— É.

Ele embicou no canto, dando passagem para um eventual automóvel que quisesse passar.

— Isso aqui não é vaga.

— Não vou demorar. Põe o giroflex, mas antes me passa a sua arma.

— Tá maluca? — Os olhos abertos em um susto.

— Você não confia em mim?

Marco respirou fundo, puxou a arma do coldre axilar e a entregou na minha mão. A maior prova de confiança que um policial pode dar.

Entrei na igreja com ele no meu encalço.

No altar, o padre, em sua túnica branca, azul e dourada, segurava a hóstia acima da sua cabeça.

— Eis o Cordeiro de Deus que tira o pecado do mundo!

— Sinto muito, padre…

As fileiras de rostos voltaram-se todas para mim. Seu Gilberto e o Cadu estavam entre elas. Lábios surpresos foram se abrindo e enchendo a abóbada dourada de murmúrios. Talvez fosse pela minha aparência, puxando de uma perna e coberta de sangue e terra; talvez pela arma que eu carregava ao lado do corpo, com o cano virado para o chão.

— Nem todas as hóstias do planeta tirarão os pecados dessa ovelha aqui. — Parei no banco em que Maísa estava sentada, ao lado dos filhos. — Levanta! — Apontei a arma para a lateral da testa dela, e um burburinho com interjeições de espanto correu por toda a igreja.

— Você está fora do seu juízo — ela disse sem mexer um músculo. — E vai se arrepender por isso.

— Não me faça atirar em você — falei, o gatilho coçando o meu dedo. No vazio da minha alma, desejei uma reação, uma atitude impensada que se amoldasse à narrativa de resistência à prisão. Maísa não alimentou o meu monstro. Deve ter percebido que bastava uma fagulha para que eu lançasse a nós duas no fogo eterno.

Ela ficou de pé.

— Essa policial é louca… — A frase ecoou nas paredes altas da igreja junto ao meu tapa, que marcou as maçãs perfeitamente maquiadas, seguidos por novo falatório.

— Me passa a algema, Marco.

Ele também obedeceu.

— Agora, põe as mãos para trás e vira devagar de costas.

Assim que ela se virou, passei a arma para o Marco e fechei as algemas nos pulsos.

— Você está sendo presa pelo homicídio de Amanda Pereira...

O Marco olhou para mim. Ele sabia que não tínhamos um mandado.

— ... e pela tentativa de homicídio de uma policial civil. — Apertei as algemas e o metal beliscou a pele de pêssego. A piranha gemeu.

Escoltei-a, com o corpo colado ao meu, feito recém-casados que caminham lado a lado deixando o altar enquanto encaram rostos ansiosos e felizes pela comunhão supostamente de almas, ainda que muitas vezes com data de validade. No meu caso, as expressões eram um tanto diferentes, e a nossa comunhão era de fato eterna.

Se Maísa tivesse feito a burrice de manter a minha arma, ou meu celular e bombinha, havia a possibilidade real de um flagrante. No entanto, ainda que fosse solta em menos de vinte e quatro horas para responder à eventual investigação e processo em liberdade, a cidade toda saberia que aquela mulher era uma loba, ávida por devorar meninas ingênuas e sonhadoras.

E, se no final de tudo ela viesse a ficar livre, eu estaria esperando.

EPÍLOGO

UM MÊS E MEIO DEPOIS

— Está preparada para o seu depoimento? — Marco apertou meu ombro de leve e deu um sorriso.

Eu estava frequentando os corredores da Corregedoria muito mais do que desejava. Naquele dia, eu estava ali para entregar um colega e, ainda que ele fosse um policial omisso e fechasse os olhos para esquemas de corrupção, não era uma coisa agradável. Além disso, a minha audiência por ter praticado violência policial contra a Maísa também se aproximava.

— Vou pegar um café. Você quer um?

Neguei com a cabeça.

— Mas eu daria a vida por uma Coca Zero...

— Vou ver se descolo uma. E depois daqui a gente vai jantar naquele restaurante que você queria conhecer; o dia hoje tá pesado, eu sei, mas precisamos comemorar nosso primeiro mês juntos.

Assenti, e ele me enviou um beijo enquanto se afastava para fazer a minha vontade.

Eu havia me esquecido. A ausência da lembrança tinha muito mais a ver com a minha dificuldade com esse tipo de social do que por não estar envolvida com o Marco. Desde o nosso retorno para o Rio, ele havia se dedicado a cuidar das minhas feridas, inclusive as que mantive secretas. A dedicação diária em tentar me fazer sorrir e em enxergar o sol novamente arreganhara uma fresta no meu coração, tornando impossível que eu me fechasse para ele mais uma vez.

Cadu e eu havíamos encerrado a nossa história, e cada um de nós abria um novo capítulo na vida: ele, com o casamento marcado — o convite dormitava em cima do balcão da cozinha aguardando a minha decisão de comparecer ou não — e eu completando um mês de namoro com um homem que mais parecia um bolo morno de chocolate em uma manhã de chuva fina.

Sentei-me em uma das cadeiras pretas de plástico duro, presas em uma base única, próprias de repartição pública, e mais uma vez a figura da Amanda, com as unhas descascadas e os elásticos rosa do aparelho fixo contrastando com o roxo dos lábios, tomou os meus pensamentos. Eu buscava as feições dela bebê, mas a recém-nascida morta que abracei não era ela. Puxei do bolso do jeans a fotografia dela com a família e me concentrei naquele rosto, naquele sorriso.

Talvez eu tenha sido egoísta, mas procurei Mara e disse quem eu era. Eu precisava dividir o meu luto com alguém que conhecia bem a minha dor. Fui recebida com respeito e empatia, e ouvi histórias, vi fotografias e filmagens que provavam que minha filha havia sido muito feliz. Eu sei como foi crescer sem mãe. Em compensação, o amor do meu pai me nutriu. Um amor tão dedicado e sedento por preencher meus vazios emocionais, que muitas vezes eu esquecia da existência da dona Beatriz, ou inventava que vivíamos só ele e eu em um mundo de risadas e pipoca no almoço. Mesmo com um sabor agridoce, me acalenta saber que Amanda foi nutrida e viveu esse mesmo amor incondicional.

A porta da sala de oitiva foi aberta e dela saiu o Brandão. Apesar de réu no processo, e saber do meu propósito ali, ele me cumprimentou. Parecia nervoso. CJ havia sido suspenso preventivamente e enfrentava acusações criminais gravíssimas.

— Preciso de um cigarro — ele disse ao passar por mim.

Meu telefone vibrou. Olhei a tela e era uma ligação da Mari. Distanciei-me da porta da sala, indo na direção contrária do corredor e atendi a ligação.

— Aconteceu alguma coisa, meu amor? — A fala pulou da minha boca tão logo o dedo terminou de deslizar na tela, aceitando a chamada.

— *Oi, dinda, cê tá muito ocupada?*

Olhei para trás, na direção da porta pela qual o delegado havia saído.

— Um pouco, amor, mas posso falar rapidinho. — Apoiei a palma da mão na parede de vidros, típica de fachadas envidraçadas. A vista era do pátio.

— *Tenho um recado pra você.*

— Da Amanda? — Desencostei do vidro, deixando uma marca perfeita da mão suada.

— *Não, mas ela tá junto.*

— Pode falar... — soltei, enquanto observava o Brandão caminhar até o lado de uma lata de lixo com cinzeiro no topo.

— *É uma senhora de cabelo preto. Ela disse que é a sua mãe e que sempre, sempre quis você...*

Engoli em seco e dobrei o corpo, como se tivesse levado um soco no estômago. Meus olhos arderam, mas eu não queria chorar. Não ali.

Respirei fundo.

— Que mais ela disse? — Esfreguei as costas dos dedos nas pálpebras úmidas.

— *Que te contou uma coisa muito ruim que aconteceu com ela, mas não te falou o que mais você queria saber sobre aquilo, porque não era a hora certa...*

— E agora que já descobri quem foi, é?

— *Dinda! Cê quer ouvir?*

— Quero. — Mirei o prédio da frente, espelhado, e baixei os olhos para o Brandão apalpando os bolsos atrás do vício. Quem era eu para julgá-lo. O meu, a bebida servia para desentupir ralo de pia.

— *Ela apareceu com a Amanda no colo, fazendo carinho na cabeça dela, e disse que você vai receber uma carta logo, mas que aquilo que você perguntou tanto e acha que descobriu, a resposta tá na música.*

— Qual música, Mari?

— *"O cravo brigou com a rosa debaixo de uma sacada, o cravo saiu ferido e a rosa despedaçada." Ela ficou repetindo isso...*

— Que porcaria de pista é essa?

— *Dinda!*

E, então, Brandão levou a chama do Zippo à ponta do cigarro equilibrado nos seus lábios, e tragou. O círculo de fogo brilhou ao longe. Ao levantar o rosto para baforar aquela fumaça fedorenta, que gruda em tudo com o seu cheiro enjoativo de cravo, nossos olhos se cruzaram e o reconhecimento instintivo veio em um clique.

OITO MESES DEPOIS

O painel iluminado quebra a escuridão externa e reflete os meus cabelos loiros na janela do motorista. A noite está fresca, mas mantive o ar-condicionado em confortáveis vinte e um graus. Se a minha abordagem não soar tão desesperada e eu não estiver tão enferrujada, o plano é que os vidros do carro não tardem a embaçar. São muitos meses na seca para ficar só de papinho.

Eu devolvi ao Jorge as mesmas promessas vazias que ele havia me feito ao repetir que abandonaria a quetamina. Como se as nossas atividades recreativas fossem parecidas... *Que comparação idiota!* Não que eu me importe de verdade, ou deseje a sua sobriedade. Eu o acho um viciado repugnante e frouxo ao não resistir ao chamado da agulha, mas a compulsão dele me deixa livre.

Aliada às picadas do meu marido, o início, há dois meses, das aulas do Bê no curso de medicina da Unifeso me proporcionou a paz e a privacidade necessárias para retomar os meus contatinhos. Bernardo não repudiava abertamente o meu estilo de vida, mas deixava isso claro ao seguir cada menina seguida por mim no Instagram, e me policiar ferrenhamente. Como um cão, ele farejava cada vez que eu abria um DM e ensaiava uma abordagem. Fora a insistência para que eu e o merda do pai dele fizéssemos uma nova lua de mel.

Foram quase cinco meses desde aquela cena patética na igreja para as coisas acalmarem. Quase cinco meses em que precisei aturar o blá blá blá jurídico e a preocupação fingida do meu advogado para fazer valer seus gordos honorários, em um país no qual gente da minha estirpe e com as minhas conexões não precisa se preocupar, a não ser que a mídia te jogue aos leões. Por sorte, novos escândalos na política, o carnaval, um jogador de futebol traindo a esposa, uma influencer sofrendo *exposed*, uma dona de casa envenenando a família toda do marido, tantos assuntos novos surgiram e enterraram a minha história. O bom do povinho brasileiro é a sua memória curta.

Escolhi uma estradinha de terra sem iluminação pública. A lua quase cheia dá um tom perolado ao chão de areia. Sem música, posso ouvir o barulho de grilos e outros bichos, habitantes da mata escura que margeia a estrada pelo seu lado esquerdo. Já o direito, ainda que mais devassado, é um pasto cercado por arames farpados. Somente as vacas serão testemunhas do enroscar da minha língua nos mamilos firmes da menina. Estou tão cansada de pele murcha e oleosa. De precisar esperar o Viagra fazer efeito, do suor patético do Jorge pingando em mim e do cheiro de meia suja que ele exala pela boca.

Estacionada após a primeira curva e a cerca de cinquenta metros da esquina com a rodovia, avisto os faróis e as luzes internas do ônibus que provavelmente faz a linha intermunicipal Santo Amaro X Nova Aurora, aparecer, sumir, e depois surgir de novo, deixando o ponto. O som familiar de notificação de mensagem vaza da minha bolsa jogada no banco do carona. Alcanço o celular.

Já saltei do bus Vc taí?

Digito as três letrinhas que formam o S-I-M na mesma velocidade do meu coração, acelerado pela promessa do banquete depois de tantos meses faminta. Coloco o aparelho no modo avião. Eu não permitiria ser interrompida nem pelo Ben com suas crises.

Pelo retrovisor aguardo a silhueta da menina finalmente surgir. Essas adolescentes se vestem quase sempre iguais: tênis, calça jeans e moletom com capuz. Descobrir o tamanho e formato dos seios escondidos por baixo do tecido grosso do casaco é como abrir uma caixa de bombom de sabores variados. A menina vem em passos vacilantes, quase como se a cada passada ela ouvisse a voz da mãe "Lorena, não dá conversa pra estranho", "Não aceita nada de ninguém, minha filha, principalmente carona", "Cuidado até com quem pede informação". Sorte a minha que jovens são caixinhas de segredos e têm aversão aos conselhos dos pais. Quando ela alcança a traseira do carro destravo as portas em um claro sinal de que a desejo lá dentro. Enquanto coloco a minha bolsa no assento de trás, escuto o *clack* inconfundível da porta abrindo e quase instantaneamente o som dela se fechando.

— Oi, Lolô, que bom que você veio. — Viro para cumprimentá-la com um abraço e um estalo seco, seguido de uma queimação aguda, me deixa perdida e meio sem fôlego. O impacto faz com que as minhas costas batam na porta do carro. Levo alguns segundos para perceber que a Lolô sem o capuz não é a Lorena, e que ela empunha uma arma.

— Bom te ver de novo, Maísa.

Toco a barriga por cima da blusa empapada. A dor, em ondas quentes, espalha calor por todo o meu corpo, mas ainda assim tremo de frio, como se estivesse ardendo em febre.

— Se você... le... var... — Cada palavra parece uma punhalada. — ... hospital ... pago... uh... bem.

A policial ergue levemente o canto da boca em um sorriso tristonho.

— Naquele dia da igreja, eu sabia do seu envolvimento na morte da minha filha...

Minha filha? Ãh?

A dor não é mais uma pontada, é uma presença constante.

— ... eu só não tinha ideia da profundidade da sua participação. Se eu soubesse, você não tinha chegado viva na delegacia. Quase dois meses depois, recebi a carta psicografada da Amanda. — O cano da arma dá uma tremida e ela se cala. Cerro as pálpebras. — Você é uma filha da puta abusadora de menores!

Minha bochecha arde com um tapa que me expulsa do meu quase desmaio. Graças à dor lancinante do tiro, o tempo se arrasta em um chão coberto de britas.

— Seduziu e matou uma menina inocente! A arrancou de quem a amava de verdade! A partir dali, cada dia que sobrevivi foi para me trazer até aqui. — Os olhos dela brilham, mas não de um jeito bonito. — Cada passo, movimento, cada entrada no seu DM. A morte do CJ e cada conversa com o Brandão.

O CJ foi você? Brandão?

A desgraçada continua a apontar a arma na direção do meu rosto. Em um movimento débil para desarmá-la, tento erguer o braço encoberto por uma camada fina de um suor gelado e pegajoso e que parece apoiar um cofre de chumbo. O som inconfundível do tiro é seguido de uma pontada enlouquecedora na coxa esquerda. O meu grito rouco e esquálido não ultrapassa as paredes do carro.

— Gritar só vai te deixar cansada, o Brandão não vai te ajudar — ela sentencia. — Me aproximei dele para exigir uma reparação. Brandão me deve toda uma infância solitária e de traumas e o câncer que corroeu a dona Beatriz.

Viro o tronco escorado na porta do motorista para alcançar a trava e fugir, mas o buraco na barriga vomita sangue. A pontada que se segue me faz enxergar pontos pretos, apesar da penumbra.

— Botar fogo nesse carro para mascarar grânulos do seu cérebro colados no vidro é só um *sinal* do que ele me deve. É por isso que ele está lá fora, esperando para limpar os vestígios...

Ela solta o plano com uma naturalidade cruel. Com a mesma frieza de quando eu subo o vidro na cara de um pedinte de magreza etíope.

— Esse será um segredo meu e dele. Um segredo enterrado que dispensa coveiro, pois não vai sobrar nem um pedacinho seu para o funeral.

A fala é como um soco e me dou conta de que não vou sair do carro viva...

... mas não vou sair por baixo.

— Deve... ser horrível... — O esforço das poucas palavras esgota as forças que me restam. — ... Olhar no espelho... ver uma coisa... que você não... vai ter... nunca mais.

Ela contrai os lábios, e duas lágrimas escorrem pelas suas bochechas.

— É, você está certa. — A tal Ariela responde sem fazer questão de enxugar o rosto. — O mesmo horror de saber que, depois de te matar, vou atrás do seu filhinho estudante de medicina e estupra...

A última sílaba é silenciada pela faísca repentina na ponta do cano, seguido pelo barulho seco do tiro e um *crack* bem no fundo da minha cabeça.

Os meus olhos pesam, mas, antes que eu os feche para sempre, Amanda me encara do banco do carona e sorri.

AVEC
EDITORA